Le double jeu du Dr Grainger

*

Un rêve à partager

HAZEL FISHER

Le double jeu du Dr Grainger

HARLEQUIN

COLLECTION BLANCHE

Cet ouvrage a été publié en langue anglaise
sous le titre :
A DREAM WORTH SHARING

Traduction française de
NICOLE MÉNAGE

HARLEQUIN®

est une marque déposée du Groupe Harlequin
et Blanche® est une marque déposée d'Harlequin S.A.

Photo de couverture :
© JACQUES ALEXANDRE / PHOTONONSTOP

83-85, boulevard Vincent-Auriol, 75013 PARIS — Tél. : 01 42 16 63 63
Service Lectrices — Tél. : 01 45 82 47 47
ISBN 2-280-03573-1 — ISSN 0223-5056

1.

— Alors, vous avez survécu à votre première semaine parmi nous, semble-t-il ! lança l'infirmière Craig à la nouvelle venue dans l'équipe.

Occupée à rassembler les dossiers de ses patients du jour, Linda Scott esquissa un pâle sourire.

— En général, c'est la pire, je sais, admit-elle. Mais c'est un défi auquel je ne renoncerais pour rien au monde ! Bon, n'ai-je rien oublié ?

— Non, je ne crois pas. Vous m'avez donné toutes vos notes. Oh... qu'en est-il de Mme Skilton ?

— L'agoraphobe ? Je ne sais pas. Elle ne s'est pas présentée. Que se passe-t-il dans ces cas-là ? Est-ce à nous ou à l'assistante sociale de se rendre chez elle pour connaître les raisons de sa défection ?

— C'est l'assistante sociale qui s'en charge, en général, ou bien l'infirmière du quartier. A moins que notre Jamie n'intervienne lui-même. Son charme opère toujours des merveilles dans ce genre de situation. Dommage que vous l'ayez manqué, cette semaine ! Mais vous l'avez sûrement rencontré lors de votre entretien, non ?

Muriel Craig, une femme pétulante et bien en chair, semblait ravie d'avoir amené la conversation sur le très séduisant et très macho Dr Jamie Grainger, dont la seule évocation ne la laissait visiblement pas de marbre. En effet, ses yeux brillaient d'un éclat nouveau et elle paraissait au bord de la pâmoison. Elle n'était d'ailleurs pas la seule à manifester ces symptômes à la clinique de Summerheath où tout le personnel appelait le psychiatre par son prénom. Cette épidémie n'atteignait pas Linda, bien au contraire, mais elle garda cette réflexion pour elle.

— Oui, en effet, répondit-elle. Il m'a décrit le fonctionnement de la clinique avec beaucoup d'enthousiasme.

— C'est lui qui a instauré ce système de soins ambulatoires qui permet aux patients de rester chez eux et près des leurs plutôt que de se retrouver enfermés dans un asile. Il estime que c'est la psychiatrie de l'avenir. Il obtient d'ailleurs d'excellents résultats et ses malades l'adorent.

— J'ai remarqué, oui, acquiesça succinctement Linda en se levant.

Elle rejeta en arrière ses longs cheveux d'un blond cendré. Il faisait chaud et humide et elle aurait préféré les relever sous sa coiffe, mais le Dr Grainger ne voulait pas d'infirmières en uniforme pour ne pas conférer aux lieux une atmosphère trop médicalisée. En revanche, il se montrait intransigeant sur la qualité des soins et la compétence de son personnel.

— Je vais laisser un mot au médecin au sujet de Mme Skilton, décida Muriel Craig. Elle ne s'aventurera pas hors de chez elle sans aide, apparemment, et il voudra sûrement intervenir en personne. Il aime...

— Qu'est-ce que j'aime ? coupa une voix grave et profonde.

A son grand désarroi, Linda se sentit rougir, comme si elle avait été surprise à médire de lui derrière son dos, ce qui n'était pas le cas. Elle s'en irrita, d'autant plus qu'il la toisa d'un air glacial mais se montra tout sourires dès qu'il s'adressa à Muriel Craig.

— Nous parlions justement de vous avec Linda, dit-elle. Elle évoquait votre enthousiasme concernant la clinique.

— Eh bien, merci, mademoiselle Scott.

Linda s'efforça de sourire mais elle devinait en lui une volonté de fer qui ne présageait rien de bon pour leurs rapports ultérieurs.

Ils se jaugèrent du regard et, l'espace d'un instant, l'infirmière Craig cessa d'exister. Linda détourna les yeux en frissonnant et feignit un intérêt soudain pour les notes étalées devant elle.

— Mme Gwen Skilton ne s'est pas présentée ce matin, docteur. Comptez-vous vous rendre chez elle ou dois-je m'adresser à l'assistante sociale ?

— Non, votre première idée me paraît excellente, mademoiselle Scott. Surtout si vous m'accompagnez, suggéra-t-il aimablement, laissant Linda sans voix. A moins que vous ne soyez pressée de rentrer chez vous, bien sûr.

— Non, pas du tout. Je n'ai pas d'obligations.

Elle s'irrita de le voir hausser légèrement les sourcils. L'avoir surprise à faire des adieux touchants à Paul Winterton ne l'autorisait pas à en tirer des conclusions quant à sa vie privée. Paul était un ami, rien de plus. Comme elle relevait imperceptiblement le menton, elle décela une lueur rieuse dans les yeux gris du psychiatre. Exaspérée, elle alla chercher ses affaires au vestiaire en regrettant de ne pas avoir décliné son invitation.

Un rapide coup d'œil dans le miroir lui apprit qu'elle avait les joues rouges et le regard brillant. Au comble de l'agacement, elle donna un rapide coup de peigne à ses cheveux et remit du rouge sur ses lèvres. Petite et menue dans sa robe d'été sans manches, elle ne paraissait pas ses vingt-cinq ans mais elle ne doutait pas de posséder la maturité nécessaire au bon exercice de son métier. En revanche, elle ne savait pas comment s'y prendre avec Paul, et l'attitude de son nouveau patron la préoccupait au point d'obscurcir ses yeux d'un bleu transparent.

Chassant ces pensées qui la rendaient morose, Linda prit son sac à main et descendit.

Dehors, un soleil de plomb illuminait le ciel. Pas le moindre souffle d'air. Rejoignant Jamie Grainger, elle s'efforça de le suivre sans courir tandis qu'il traversait le parking en direction de sa Jaguar.

— Vous êtes hors d'haleine, mademoiselle Scott, dit-il avec un petit sourire. Pourquoi ne m'avez-vous pas demandé de ralentir ?

Linda résista à la tentation de lui rendre son sourire.

— Je refuse que l'on me fasse des concessions sous prétexte que je suis petite, répliqua-t-elle, au vif amusement du psychiatre.

L'espace d'un instant, il lui sembla presque humain, alors qu'il n'en était rien. Ne lui avait-il pas infligé un vrai sermon à propos de la nécessité pour les infirmières et les médecins d'avoir une vie privée irréprochable, quand il ignorait tout de ses relations avec Paul ? Non, cet homme était grincheux, rabat-joie et…

— Vous disposez-vous à courir à côté de la voiture ou allez-vous vous décider à monter ?

Se reprenant, elle s'installa près de lui, mais se promit de lui dire ce qu'elle pensait de lui à la première occasion. Et sans mâcher ses mots !

La clinique de Summerheath se trouvait à Little Upwell, dans le Sussex, à quelques minutes de la mer. Au bout de l'allée gravillonnée brillait la Manche, et l'on entendait les cris des oiseaux marins. Le Dr Grainger s'engagea sur la route côtière.

Il faisait tellement chaud que, pour une fois, Linda lui sut gré de réprouver le port de l'uniforme. Elle n'avait pas l'impression d'être une infirmière dans ses habits de tous les jours, mais elle appréciait secrètement d'avoir les bras nus.

— Comment s'est passée votre première semaine parmi nous, mademoiselle Scott... à moins que vous ne me permettiez de vous appeler Linda ?

— Oh, oui... bien sûr, dit-elle, surprise. Mes débuts à Summerheath se sont fort bien déroulés, même si les méthodes y sont très différentes de celles du Baxter, le dernier hôpital où j'ai exercé.

— C'est-à-dire ?

Il pesta soudain en voyant un piéton traverser inopinément pour voir la mer. Linda réprima un sourire. Peut-être était-il humain, finalement...

— Par exemple, on appelait les patients des « clients », et j'ai malencontreusement usé de ce terme envers une malade qui n'a pas apprécié. Elle m'a fait vertement remarquer que seuls les éducateurs et les travailleurs sociaux avaient des « clients ».

Concentré sur la route, assez fréquentée en cette période estivale, il ne fit pas de commentaire. Elle continua donc à lui exposer les petits problèmes qu'elle avait rencontrés.

— Mercredi, j'ai perdu deux patients atteints de troubles obsessionnels compulsifs. Bien sûr, ils ont été retrouvés mais j'ai connu des instants de panique à l'idée qu'ils aient pu s'aventurer jusqu'aux falaises de Beachy Head.

— En général, ce sont des étrangers qui vont chercher le repos éternel à Beachy Head, répondit-il en s'arrêtant devant une rangée de maisons mitoyennes. Nous y sommes. Voyons ce que nous pouvons faire pour Mme Skilton.

Ne pas pouvoir sortir de chez soi représentait un vrai handicap, particulièrement quand le temps était aussi radieux qu'aujourd'hui. L'incapacité à affronter l'espace et les autres était un trouble plus répandu qu'il n'y paraissait. Linda avait hâte de voir comment s'y prendrait son nouveau patron. Elle se demandait s'il était aussi compétent que le vieux chef de clinique avec qui elle avait travaillé à Londres.

Il frappa à la porte. Un vieil homme leur ouvrit au bout d'un long moment.

— Oh, c'est vous, docteur ! Entrez... elle recommence à aller mal, vous savez, ajouta-t-il plus bas en les conduisant dans un salon plongé dans une demi-pénombre. Voulez-vous une tasse de thé ?

— Avec plaisir, répondit le Dr Grainger sans même consulter Linda.

Ils s'installèrent autour d'une table basse.

— Mme Skilton ne se joint pas à nous ? reprit-il.

— Je vais voir ce que je peux faire, dit son mari après une hésitation.

— Expliquez-lui que j'emmène Mlle Scott dîner et que nous n'avons pas beaucoup de temps.

— Oh, dans ce cas... je reviens tout de suite.

— Ce n'est pas gentil de mentir à ses patients, remarqua Linda dès qu'ils furent seuls. Quand Mme Skilton verra que ce n'est pas vrai, elle...

— Pas vrai ? Mais bien sûr que c'est vrai, rectifia-t-il doucement. Ne m'avez-vous pas dit que vous étiez libre comme l'air ?

Linda s'apprêtait à lancer une réplique cinglante quand M. Skilton réapparut, suivi de sa femme. Elle se retint, mais ce Jamie Grainger ne perdait rien pour attendre ! De quel droit disposait-il de son temps ?

En revanche, il s'adressait à la patiente avec une grande sollicitude et Linda dut reconnaître qu'il était habile. Mme Skilton, une petite femme nerveuse, lui avoua qu'elle s'était cachée quand l'infirmière chargée de la conduire au service de psychiatrie était venue la chercher.

— Je crains de m'être conduite comme une sotte, docteur, ajouta-t-elle dans un murmure en s'accrochant à la main de Jamie.

Son charme avait opéré mais Linda n'y céderait pas, elle !

La malade promit au psychiatre de ne plus recommencer. Il se tourna alors vers Linda avec un sourire désarmant.

— Mon infirmière ici présente viendra vous prendre dès lundi. N'est-ce pas, mademoiselle Scott ?

Il la fixait avec une pointe de défi, et elle ne put qu'acquiescer.

— Bien sûr, docteur. Quelle heure vous conviendrait, madame Skilton ? ajouta-t-elle en tendant la main à la patiente qui s'y accrocha comme elle s'était accrochée à celle du médecin, quelques instants plus tôt.

Les contacts physiques importaient beaucoup en psychiatrie. Très souvent, les malades n'avaient personne vers qui se tourner pour trouver un peu de réconfort, d'affection. En ce qui concernait Mme Skilton, il convenait impérativement de combler ce besoin pour lui donner une chance de guérison.

— Une visite réussie, je crois, commenta peu après le Dr Grainger en ouvrant la portière de sa voiture à la jeune femme.

Incapable de les accompagner ne serait-ce que jusqu'au perron, Mme Skilton les regardait par la fenêtre et Linda lui adressa un signe.

— Oui, répondit-elle. C'est une personne charmante. Elle a déjà suivi des traitements, je suppose ?

— Plusieurs, mais l'angoisse reprend toujours le dessus. La thérapie comportementale s'est révélée assez efficace. Nous avons réussi à la faire sortir avec un thérapeute. Ensuite elle a régressé, hélas, mais nous n'avons pas dit notre dernier mot, même si nous ne pouvons compter sur aucun soutien de la part de sa famille. Ses filles la méprisent et son mari s'imagine qu'elle se cache parce qu'elle a honte. Il me semble que vous avez une certaine expérience en matière de troubles compulsifs, non ?

— Oui, nous en traitions beaucoup au Baxter. C'est étonnant de voir des gens par ailleurs normaux vérifier des dizaines de fois qu'ils ont bien fermé l'arrivée du gaz ou les fenêtres avant de sortir de chez eux, ou accomplir une série de rituels très complexes avant de s'habiller ou de se coucher. La plupart n'ont personne à qui se confier.

— C'est là que nous intervenons. Ces patients-là — ou ces clients, comme vous voudrez — sont beaucoup plus faciles à soigner que les psychotiques tels les schizophrènes ou les maniaco-dépressifs. Tout au moins, ils peuvent apprendre à vivre avec leur handicap, une fois les symptômes vaincus. L'une des particularités de la psychiatrie est justement d'obtenir des résultats sans pour autant guérir, ajouta-t-il avec une note de tristesse dans la voix.

Linda se demanda s'il y avait parmi ses proches quelqu'un qu'il ne serait pas parvenu à aider.

— Je vous ramène chez vous, enchaîna-t-il avec autorité.

Emergeant de ses pensées, la jeune femme se rappela qu'elle devait trouver un prétexte pour ne pas dîner avec lui. Car elle n'en avait pas la moindre envie...

— Merci, docteur, mais je...

— Vous pouvez m'appeler Jamie quand nous ne sommes pas en service. A moins que ce soit au-dessus de vos forces ? glissa-t-il en lui jetant un regard teinté d'humour.

— Oh, je devrais y arriver, répondit-elle avec une légèreté feinte.

Finalement, il était peut-être plus humain qu'elle ne le pensait, mais il avait le don de la mettre mal à l'aise.

— Nous voici arrivés à bon port.

— Déjà ! s'étonna-t-elle. Vous avez dû prendre un raccourci.

— J'en connais beaucoup dans le coin. Je passais mes vacances ici, quand j'étais enfant. J'avais une tante à Brighton.

— Eh bien, merci encore, doc... Jamie, se reprit-elle en se demandant comment elle allait se rendre à la clinique, lundi matin, puisqu'elle y avait laissé sa voiture.

Il s'imaginait peut-être qu'elle irait à pied ? Tout le monde n'était pas sportif comme lui, qui — elle le savait par Muriel Craig — possédait sa propre piscine et sa salle de gymnastique.

Elle descendit sans attendre qu'il vienne lui ouvrir la portière et s'apprêtait à lui dire qu'elle ne dînerait pas avec lui quand son sourire triste retint son attention. Pourquoi fallait-il qu'il l'observe avec cet air mélancolique ? Il s'agissait sans doute d'un stratagème, car il ne pouvait pas ignorer l'effet qu'il produisait sur les femmes. Pourtant, Linda oublia toute prudence. Au lieu de l'éconduire, elle lui demanda à quelle heure il comptait passer la prendre !

Son sourire s'élargit.

— Vous avez donc choisi de ménager ma sensibilité ? murmura-t-il en plongeant dans le sien un regard irrésistible.

Un regard qu'on aurait qualifié de sensuel, dans un roman d'amour. Et à juste titre... Décidément, cet homme était beaucoup trop attirant à son goût !

— J'ai simplement jugé prudent de ne pas repousser une invitation de mon patron, rectifia-t-elle froidement. 7 heures, d'accord ? Je dois prendre un bain et...

— Disons, 7 h 15. Bon bain, mademoiselle Scott, lança-t-il avant de reprendre place dans sa voiture.

Il fit demi-tour et descendit lentement le chemin qui longeait les petits cottages attenants.

Linda resta sur place un long moment, perdue dans ses pensées. Elle se sentait un peu dépassée par la tournure que prenaient ses relations avec le Dr Grainger et se demandait avec inquiétude comment elle allait pouvoir travailler avec lui. Il appartenait à cette race d'hommes habitués à exercer leur pouvoir où qu'ils soient, amenant les autres à se plier à leur volonté et à épouser leurs opinions. Eh bien, elle ne se laisserait pas faire ! Il l'ignorait encore, mais il avait trouvé un adversaire à sa mesure !

Forte de cette décision, Linda rentra chez elle et comprit avec humeur qu'en acceptant ce dîner dont elle ne voulait pas, elle avait déjà commencé à se plier à la volonté du Dr Grainger...

Il l'emmena à Brighton, dans un petit restaurant attaché à un hôtel du front de mer où il semblait très connu. Un serveur fort courtois les conduisit dans une salle qui laissa Linda sans voix. Il s'agissait d'une sorte d'antre de Neptune aux murs décorés de filets de pêcheurs, d'algues artificielles et d'ancres de marine. Des tables de bois brut occupaient des petites alcôves éclairées de lumières tamisées.

Comme il n'y avait pas grand monde, ils eurent le choix de s'installer où ils voulaient et optèrent pour une table donnant sur la mer.

— Il y a aussi un petit cabaret, lui apprit Jamie, amusé de la voir surprise. Des chanteurs locaux qui s'accompagnent à la guitare. Malheureusement, les touristes l'ont découvert et c'est parfois bondé.

Elle répondit spontanément à son sourire. Après tout, il s'efforçait d'être agréable, alors autant l'y encourager...

Ils commandèrent du melon suivi de saumon grillé à l'oseille et Linda se détendit peu à peu. Elle finit même par oublier qu'ils n'étaient pas seuls. Etrange...

— Merci de m'avoir amenée ici, dit-elle en essayant de ne pas s'attarder sur ces impressions qui la déroutaient.

— J'aime bien cet endroit. Maintenant, parlez-moi de vous.

Linda posa son verre de vin et scruta les yeux gris de Jamie sans succès.

— Il n'y a pas grand-chose à dire, commença-t-elle prudemment. J'ai fait mes études au Guy's et ma spécialité en psychiatrie au Baxter. Je ne regrette pas d'avoir choisi cette voie.

— Pourquoi ?

Linda lui exposa ses motivations, sa vision des choses, ses espoirs et quand on leur apporta leurs sorbets à la fraise, elle s'aperçut qu'elle n'avait pas vu le temps passer. Pour être honnête, elle s'était même plu en sa compagnie. Contrairement à Paul, cet homme parlait sans détours, avec une spontanéité qu'elle trouvait rafraîchissante. Mais elle oublia vite Paul Winterton sous le regard scrutateur dont elle faisait l'objet. Elle n'aurait pas été étonnée que son compagnon sût lire en elle. Les patients des psychiatres leur attribuaient souvent cette faculté. A tort, bien sûr. Ils savaient seulement interpréter leurs pensées, leurs sentiments d'après leur langage corporel et d'après ce qu'ils leur disaient ou taisaient. Linda se demanda soudain ce qui avait pu lui échapper, et se promit de ne pas sous-estimer Jamie Grainger.

Lorsqu'il l'observait avec cette intensité silencieuse, elle se sentait comme nue. Elle termina son sorbet et refusa le café qu'il lui proposait.

— Je vous remercie. J'ai passé une excellente soirée.

— Meilleure que vous ne vous y attendiez.

Linda rougit jusqu'aux oreilles. Elle ne s'était pas trompée : cet homme lisait en elle.

— Peut-être, admit-elle. Je crains seulement d'avoir beaucoup trop parlé de moi.

Elle se tut un instant puis ajouta, avec une légèreté feinte :

— A vous, maintenant. Vous ne m'avez révélé aucun de vos secrets coupables !

Sa plaisanterie ne sembla pas l'amuser, et il resta de marbre.

— Excusez-moi... Il m'arrive de parler sans réfléchir.

— Mes petits secrets sont enfermés depuis des années dans une case de mon cerveau dont j'ai jeté la clé, dit-il négligemment avant de regarder sa montre. Je suppose que vous voulez rentrer tôt ?

— Oui, je préférerais. Je pars en week-end demain matin et je dois me lever de bonne heure.

Inexplicablement, cet aveu chassa le sourire de Jamie qui reprit son air d'amabilité distante et professionnelle.

— Dans ce cas, ne perdons pas de temps, répondit-il en appelant le garçon.

Lorsque celui-ci revint avec l'addition, Linda remarqua un couple, dans le coin opposé, qui cherchait à attirer l'attention de Jamie. La femme finit par se lever et s'avancer vers eux. Grande, mince comme une liane, elle portait une robe émeraude qui offrait avec ses cheveux roux un contraste saisissant.

— Jamie ? Mais oui, c'est bien toi ! Robert affirmait que je me trompais parce que ce n'était pas notre chère Wanda qui t'accompagnait. Mais j'avais raison, bien sûr, minauda-t-elle en posant sur Linda un regard scrutateur.

— Linda Scott, Jenny Meacham. Les Meacham sont de vieux amis.

Mme Meacham lui adressa un sourire glacial.

— Et vous, mademoiselle Scott ? Dans quelle catégorie vous range-t-il ? Jamie, très cher, il faudra que tu amènes Mlle Scott à la soirée que je donne pour l'anniversaire de Robert, à la fin du mois. Cet événement n'est qu'un prétexte, je mourais d'envie d'organiser une petite fête !

— Merci, Jenny. Si le travail le permet, Linda et moi serons heureux de nous joindre à vous.

Rien ne transparaissait derrière son sourire. Qui était donc cette Wanda ? Jenny Meacham sembla s'en souvenir au même moment, car elle se claqua la joue dans un geste théâtral.

— Mon Dieu, je suis désolée, Jamie ! C'est avec Wanda que tu viendras, où avais-je la tête ? A moins que... elle n'est pas malade, j'espère ?

— Elle se portait à merveille la dernière fois que je l'ai vue, répondit-il avec une note de froideur qui n'échappa pas à Linda. A présent, si tu veux bien nous excuser...

— Bien sûr, bien sûr ! Je vous laisse, mes chéris.

Elle se pencha vers Jamie pour l'embrasser sur le front avant de s'envoler vers son mari qui se contenta de faire un signe à son ami.

— Je parie que vous vous demandez où est passé son balai ! lança Jamie, amusé par la stupeur inscrite sur le visage de Linda.

— Oui, je... cela aurait pu m'effleurer, en effet.

Elle se demandait surtout quel prétexte il trouverait pour éviter de l'emmener à la soirée de cette horrible femme. Qui que soit cette Wanda, c'est à elle que revenait ce privilège. Linda savait qu'il était divorcé. En revanche, personne n'avait mentionné l'existence d'une femme dans sa vie. Du moins à sa connaissance car en vérité, elle n'écoutait pas les bruits qui couraient à la clinique et dont certaines se délectaient. Seule la vie privée de ses patients l'intéressait et uniquement dans la mesure où elle affectait leur santé mentale.

Jamie la raccompagna directement à la clinique, où elle avait laissé sa voiture. Durant le trajet qu'ils firent en silence, elle contempla à loisir les lumières de Brighton, les flâneurs, les amoureux qui marchaient main dans la main. Elle aurait tant aimé vivre une histoire d'amour normale, elle aussi ! Mais hélas, ses rêves ne s'étaient jamais réalisés…

Comme ils laissaient la ville derrière eux, elle songea à Paul. Les sentiments qu'elle lui portait n'avaient rien d'amoureux. Elle se comportait un peu à son égard comme avec un petit frère qu'il faut protéger. Elle l'avait connu au Baxter où il était soigné pour une dépression nerveuse. A sa sortie, il s'était immiscé chez elle, l'implorant de l'héberger dans la petite chambre d'amis moyennant un loyer qu'il ne lui avait jamais payé. Il était si vulnérable qu'elle n'avait pas eu le cœur de refuser mais plus le temps passait plus elle le regrettait…

Il devenait dépendant d'elle comme il l'avait été de ses médicaments. Il avait un besoin pathologique qu'on l'aide à assumer le poids de son mal-être.

— Ne vous laissez pas trop impressionner par Jenny, glissa Jamie en ralentissant aux abords du passage à niveau qui marquait la limite de Little Upwell.

— Pardon ? Oh, non. A vrai dire, je l'avais oubliée, répondit Linda en émergeant de ses sombres pensées. J'imagine qu'elle gagne à être connue.

— Certainement, admit-il en coupant le moteur devant la barrière baissée. Elle cache un grand cœur sous sa brusquerie apparente.

— Je n'en doute pas, répliqua-t-elle avec une note d'humour qui le fit sourire.

— J'emmènerai Wanda à cette soirée. Elles s'entendent bien toutes les deux, et puis elle s'amusera alors que vous vous ennuieriez. Comme moi, pour ne rien vous cacher.

Ils durent se taire tant le train qui roulait vers Hasting était bruyant. Quand la barrière se releva enfin, ils reprirent la route de la clinique où ils arrivèrent peu après.

Linda se tourna vers lui pour le remercier mais son sourire mourut sur ses lèvres devant son expression. Il semblait sur le point de… l'embrasser. Mais il se contenta de lui presser gentiment la main.

— Bonne nuit, Linda.

— Bonne nuit, Jamie. Et merci encore, parvint-elle à articuler d'une voix à peu près normale.

— Tout le plaisir était pour moi. Pour moi seul, probablement. Passez un bon week-end…

Une fois rentrée chez elle, Linda se sentit abandonnée, ce qui ne lui ressemblait pas. C'était comme si Jamie lui manquait… ce qui n'avait aucun sens puisqu'il n'avait jamais franchi ne serait-ce que le seuil de sa porte.

Pourtant, cette nuit-là, ses yeux gris hantèrent ses rêves et ses lèvres avides s'emparèrent des siennes avec une telle passion qu'elle se réveilla en sursaut, certaine qu'il était là, allongé près d'elle. Quand elle s'assit pour reprendre ses esprits, son cœur battait à tout rompre. Elle avait vraiment cru qu'il l'embrassait avec ardeur et tendresse à la fois… Quelle drôle d'idée ! Cet homme ne lui plaisait même pas. Il était autoritaire, désagréable et d'humeur bien trop changeante.

Elle frappa vigoureusement ses oreillers et se recoucha en tentant de se rendormir, mais quand les oiseaux commencèrent à gazouiller, aux premières lueurs de l'aube de ce samedi, elle ne dormait toujours pas.

2.

Le lundi suivant, le temps s'était considérablement dégradé mais la grisaille et la fraîcheur convenaient mieux à l'humeur morose de Linda. Paul lui avait téléphoné la veille au soir et tous ses problèmes étaient remontés à la surface dès qu'elle avait entendu le son de sa voix.

Perdue dans ses pensées, elle s'aperçut que Jamie venait de la saluer.

— Oh, bonjour, docteur Grainger ! Excusez-moi... je... j'étais ailleurs.

A cette heure de la matinée, une grande activité régnait dans le service. Ignorant les gens qui se démenaient autour d'eux, Jamie saisit soudain le poignet de Linda.

— Nous sommes lundi matin, mademoiselle Scott. Votre week-end est terminé, il faut vous y résoudre. Vous êtes payée pour vous consacrer aux patients, alors je vous prie de redescendre sur terre et de commencer tout de suite !

Malgré sa stupeur, Linda s'efforça de se mettre à sa place. A ses yeux, elle était encore sous le charme des deux jours idylliques qu'elle venait de passer avec son amant... Eh bien, qu'il pense ce qu'il voulait ! Ce qu'elle faisait en dehors de la clinique ne le concernait pas.

— Je suis désolée, docteur. Vous avez tout à fait raison. A présent... si vous pouviez me lâcher, répliqua-t-elle sèchement.

Sans se soucier de sa froideur, il prit le temps de lui caresser le poignet avec son pouce. Linda retint son souffle, craignant de trahir le trouble que ce geste provoquait en elle. Pourquoi agissait-il ainsi ? Se dégageant d'une secousse, elle continua son chemin, furieuse de sentir son cœur battre à tout rompre. Quel personnage détestable !

Une fois dans son bureau, elle ouvrit son agenda. Aujourd'hui, elle devait aller chez Gwen Skilton, tenter de la faire sortir de chez elle et la persuader d'accepter de se rendre à la clinique où se tenait une consultation réservée aux agoraphobes. Elle essaierait, mais elle doutait de ses capacités à convaincre cette femme de mettre le nez dehors. L'irrésistible Dr Grainger aurait beaucoup plus de chances de réussir dans cette entreprise !

Par ailleurs, elle devait accueillir les nouveaux patients, dispenser aux autres leurs soins quotidiens, notamment l'ergothérapie, la relaxation... A propos de relaxation, elle en aurait eu bien besoin, elle aussi, songea-t-elle en s'attaquant à son travail administratif, celui qu'elle aimait le moins. Pourquoi fallait-il que l'infirmier en chef dépose des montagnes de papiers sur son bureau chaque fois qu'elle passait par là !

Fouillant dans un tiroir à la recherche d'un élastique, elle se mit à la tâche sans parvenir à oublier la remarque désobligeante de Jamie Grainger. Aurait-il pris en faute un autre membre de l'équipe de la même manière ?

— Ah, vous êtes là ! Bonjour, Linda, lança gaiement Muriel Craig qui ne semblait guère victime du syndrome du lundi matin, elle.

Linda la salua avec un certain soulagement.

— Vous semblez d'excellente humeur, remarqua-t-elle en nouant à la va-vite son épaisse chevelure avec l'élastique.

— Vous allez abîmer vos cheveux ! s'écria Muriel. Quel dommage, ils sont si beaux ! Je donnerais n'importe quoi pour être blonde comme vous, ajouta-t-elle en lissant ses courtes mèches grises.

— J'avais envie de les couper mais...

Linda laissa sa phrase en suspens. Paul aimait ses cheveux longs. Il disait qu'ils lui donnaient l'air d'une sirène. Surprenant le regard curieux de l'infirmière, elle se remit au travail.

— Je me demande si je vais trouver le temps de rendre visite à Mme Skilton avant l'heure du déjeuner, remarqua-t-elle en soupirant. N'est-ce pas le Dr Ahmed qui fait les visites, ce matin ?

— Oui. Il n'en a que deux mais s'y consacre longuement, en général. Il écoute ses patients, vous savez ce que c'est.

Linda acquiesça.

— C'est tellement complexe de parvenir à relier les symptômes à l'histoire de chacun... Je crois que je passerai chez Mme Skilton après le déjeuner, décida-t-elle en s'attaquant à une nouvelle pile de notes.

Occupé à recevoir les patients ambulatoires, Jamie resta invisible jusqu'au déjeuner et Linda ne le revit qu'au réfectoire. Elle se raidit quand il s'approcha de la table où elle se retrouvait seule depuis que Muriel l'avait quittée. Elle remarqua tout de suite son plateau presque vide quand il s'installa en face d'elle.

— Vous êtes au régime, docteur ? demanda-t-elle aimablement, dans l'espoir de se détendre.

Suivant son regard, il considéra sa salade et ses quelques pommes de terre.

— Je déjeune toujours légèrement, expliqua-t-il. Je me rattrape le soir.

Avec Wanda..., conclut-elle pour elle-même.

— En tout cas, on mange très bien ici, remarqua-t-elle en s'attaquant à son pudding. C'est réconfortant.

Il plissa les yeux et elle rougit d'avoir laissé échapper ce dernier commentaire.

— Auriez-vous besoin de réconfort ?

— Vous savez très bien ce que je veux dire. Vous vous êtes montré parfaitement désagréable envers moi aujourd'hui, répliqua-t-elle imprudemment.

— Si vous prier de vous concentrer sur votre travail plutôt que sur votre amant vous paraît désagréable, alors soit, je l'ai été.

Linda retint une réplique blessante.

— Paul n'est pas mon amant, docteur, se contenta-t-elle de répondre.

A ce moment-là, un patient s'adressa à Jamie et leur discussion s'arrêta là. Tant mieux, se dit-elle, car il avait raison : il valait bien mieux se consacrer aux malades.

Cet après-midi-là, elle eut toutes les peines du monde à faire sortir Mme Skilton de chez elle. Elle mit un certain temps à la convaincre de l'accompagner ne serait-ce que sur le pas de la porte. Quand la pauvre femme se décida enfin à la rejoindre, Linda s'aperçut que sans les deux rangées de maisons en face d'elles, elles auraient pu voir la mer.

— Il y a longtemps que vous n'avez pas vu la mer ? lui demanda-t-elle doucement, avant de partir.

— Je ne sais pas. Sûrement, oui. Mais quelle importance ? Elle est toujours là, non ?

— Bien sûr, même si vous laissez à d'autres le plaisir de l'admirer. Vous vivez comme une citadine privée de nature alors que vous avez la mer à deux pas de chez vous. Vous voulez bien venir avec moi jusqu'à la grille ? Je veillerai à ce qu'il ne vous arrive rien.

Mme Skilton hésita. Elle semblait peser le pour et le contre en essayant de puiser en elle le courage de faire ce grand pas. Car pour une personne souffrant de cette pathologie, il s'agissait vraiment d'un grand pas. Pour elle, le monde extérieur comportait des dangers invisibles et menaçants alors que sa maison offrait un vrai refuge où elle ne risquait ni de souffrir ni d'avoir peur.

Fermement agrippée à la main de Linda, elle réussit à descendre deux marches du perron. Pas une de plus.

— Nous nous en tiendrons là pour aujourd'hui, mais je vous félicite, l'encouragea gentiment Linda. La prochaine fois, je vous emmènerai peut-être jusqu'à l'allée ?

— Oui, mademoiselle, je pense que j'y arriverai.

Linda en doutait. Il était temps que le psychologue de Summerheath établisse un nouveau protocole pour Mme Skilton. Une série d'épreuves étaient proposées aux phobiques mais s'ils n'acceptaient pas de s'y soumettre de leur plein gré, on n'obtenait aucun résultat avec eux. Elle devrait convaincre Jamie d'admettre Mme Skilton à la clinique. Cela aurait l'avantage de faire comprendre au mari et à la fille de la patiente que sa maladie était réelle. Et grave. Peut-être l'entoureraient-ils enfin de l'attention et de l'affection dont elle manquait tant ? Hélas, convaincre un homme comme le Dr Grainger était loin d'être facile…

Linda décida d'aller voir Mlle Anstey, une autre de ses patientes atteinte du même genre de troubles et vivant dans le quartier. La plupart de ces malades continuaient de travailler, ne serait-ce qu'à mi-temps. Quand les symptômes devenaient trop invalidants, il leur arrivait de perdre leur emploi mais c'était rare, heureusement.

Comme Mlle Anstey n'était pas chez elle, Linda glissa sa carte dans sa boîte aux lettres après y avoir rédigé un message pour l'informer de sa visite et lui rappeler qu'elle pouvait lui téléphoner quand elle le désirait ou bien joindre la clinique.

Elle regagna Summerheath en fin d'après-midi et arrivait tout juste à son bureau quand Jamie déboucha dans le couloir, le visage fermé. Seigneur, qu'avait-elle encore fait ?

— Je vous prie de demander à votre *ami* de vous téléphoner en dehors de vos heures de service, attaqua-t-il d'emblée, la laissant bouche bée. Je ne vois pas ce que vous trouvez à ce… type, mais il veut que vous le rappeliez de toute urgence. Le numéro est sur votre bureau, ajouta-t-il avant de la planter là.

Linda serra les dents. Ce qu'elle lui trouvait ? Eh bien, ce « type » était tout ce que Jamie n'était pas : gentil, attentionné, empressé… un peu trop, même.

Elle entra dans la pièce, jeta son sac dans un coin et se laissa tomber dans son fauteuil. Elle ignorait ce que Paul lui voulait mais elle décida de ne pas l'appeler de la clinique. Moins le personnel connaîtrait sa vie privée, mieux elle se porterait.

Concentrée sur ses rapports et sur la rédaction de ses commentaires personnels, elle sursauta quand le psychiatre réapparut. Il s'était changé. Son costume sombre, sa chemise blanche et sa cravate de soie grise lui allaient à merveille. Wanda avait de la chance…

— Ai-je passé l'examen avec succès, mademoiselle Scott ? demanda-t-il avec un petit sourire amusé.

Sensible à son humour, Linda se détendit. Elle préférait le voir dans ces dispositions.

— Je vous trouve... très bien, commenta-t-elle d'un ton acide.

— Vraiment ? Eh bien, c'est mieux que rien... L'avez-vous rappelé ? s'enquit-il en s'asseyant négligemment sur le coin de son bureau.

Il semblait très affable tout à coup, comme s'ils s'étaient toujours entendus à merveille. Mais elle se méfiait. Il était plus dangereux que jamais quand il se montrait aimable. Il invitait alors aux confidences et l'espace d'un instant, Linda faillit s'ouvrir à lui, lui parler de ses problèmes, de Paul, implorer son aide...

Au lieu de cela, elle lui offrit un sourire mielleux. Les psychiatres étaient très forts pour vous arracher vos petits secrets mais elle n'était pas naïve au point de s'imaginer qu'il s'intéressait à ses soucis à *elle*. N'avait-il pas déjà ceux de ses patients à prendre en charge ?

— Non. Y a-t-il autre chose que vous aimeriez que je fasse avant de rentrer ? rétorqua-t-elle en espérant qu'il saisirait l'allusion.

— Vous avez déjà terminé ?

Il remonta sa manche pour jeter un coup d'œil à sa montre en or et Linda remarqua son bras bronzé, imaginant du même coup son corps entièrement doré par le soleil... Soudain, il se leva en fronçant les sourcils. Qu'avait-il, à présent ?

— Je ne devrais pas travailler si tard. Nos journées sont assez longues comme ça, vous ne trouvez pas ? Bon, vous feriez mieux de rappeler votre ami.

— Pas de la clinique. Il peut bien attendre quelques instants.

Jamie leva un sourcil, comme chaque fois qu'il ne la croyait pas. Elle s'efforça de compter jusqu'à dix pour s'empêcher de lui lancer une réflexion désagréable.

— Heureusement qu'il est tombé sur moi. Il avait l'air plutôt tendu.

— Oui, il l'est souvent, admit-elle.

— Est-ce un ancien patient, Linda ?

Malgré le ton anodin, la question impliquait un reproche car la déontologie voulait que les soignants ne se lient pas personnellement aux patients.

— Non... je veux dire, oui, mais pas l'un des miens. Je n'ai jamais été son infirmière, si c'est ce que vous voulez savoir.

— J'en suis heureux. Cela ne me regarde pas mais... ne le laissez pas envahir votre vie. Il semble très doué pour ça.

C'en était trop. Linda se leva d'un bond. Dans son élan, ses genoux heurtèrent le bureau et elle grimaça.

— On peut en dire autant de vous, docteur Grainger ! Paul n'est pas comme ça. Il est fragile et... et il a besoin de moi.

— Lui, sûrement, mais vous ? Avez-vous besoin de lui, Linda ?

Il se pencha vers elle, l'interrogeant du regard.

Linda faillit lui avouer qu'elle n'avait nul besoin de Paul, qu'il la harcelait et qu'elle ne savait comment s'en débarrasser. Elle aurait tant aimé se confier, s'appuyer sur une épaule solide susceptible d'alléger le fardeau qu'elle traînait ! Mais ce n'était qu'un rêve. Elle devait veiller sur elle-même, sans l'aide de personne.

Malgré ce que son patron croyait avoir vu, Linda et Paul n'étaient pas amants et ne le seraient jamais. Il n'en était pas question, tout au moins pour elle. Mais Paul refusait d'admettre qu'elle ne lui offrirait jamais rien d'autre que son amitié et son aide. Il ne renonçait pas à essayer de la séduire, même s'il savait au fond de lui que c'était peine perdue. Bien qu'il fût beau garçon, elle n'était pas amoureuse de lui et ne pouvait pas concevoir de faire l'amour sans amour.

Sur ce point, il devenait d'ailleurs de plus en plus pressant, ce qui inquiétait Linda et compliquait les choses. Il était tellement fragile qu'il fallait toujours le ménager tout en le tenant à l'écart. Il n'était pas comme Jamie qui n'avait besoin de personne, lui...

Jamie l'observait attentivement. De toute évidence, il pensait qu'elle aimait cet homme, ou l'avait aimé, qu'elle s'en était lassée et n'avait pas le courage de le lui dire parce qu'il était suicidaire. Sur ce dernier point, il avait raison. Si l'on s'y prenait mal avec Paul, Dieu sait de quoi il serait capable.

Linda soupira et chercha son sac.

— Je ferais mieux d'y aller, vous avez raison. Je...

— Linda, regardez-moi.

Elle s'empressa de plonger la tête dans son sac à la recherche de son stylo en or qu'elle craignait toujours d'avoir égaré.

— Linda, insista-t-il plus doucement mais avec la même autorité.

Elle se résigna à lever les yeux.

— Nous ne rendons pas service aux patients en endossant leur souffrance. Laissez-le s'assumer tout seul. Il finira sûrement par y prendre goût.

— Oui, sans doute. Vous avez raison. Vous savez, quand vous m'avez vue avec lui, je lui disais au revoir et... peut-être adieu, du moins le pensais-je à ce moment-là, enchaîna-t-elle, désireuse de dissiper le malentendu. Il prétendait vouloir partir pour « recharger ses batteries ». Personnellement, cela me convenait parfaitement. Il est orphelin. Pour autant que je sache, il est chez sa sœur, à Shoreham. Elle l'a peut-être jeté dehors ?

Quand ses doigts reconnurent la surface lisse de son stylo, elle se sentit soudain rassurée.

— Je ne suis pas de service, demain, reprit-elle. Vous non plus, je crois. Vous allez à un congrès, n'est-ce pas ?

— Oui, pendant deux jours. Souvenez-vous de ce que je viens de vous dire à propos de cet homme, Linda. Laissez-le prendre son envol tout seul. Résoudre ses problèmes sans vous. Il a besoin de se trouver sans l'aide de quiconque. L'orgueil masculin est une fleur fragile, vous savez. Et qui sait ? Peut-être vous couvrira-t-il de roses en revenant, avant de vous conduire à l'église pour légitimer votre union. Cela vaut la peine d'attendre, non ?

Sur ce, il quitta la pièce sans lui laisser le temps de lui répondre. Comme il se trompait ! Elle prit la feuille où était noté le numéro de Paul, et reconnut tout de suite l'indicatif de Shoreham. Au moins, il était chez sa sœur, constata-t-elle, soulagée.

Le soleil perçait de temps à autre entre les nuages mais Linda ne s'en souciait pas. Jamie Grainger occupait toutes ses pensées. Son regard parfois si doux, son sourire irrésistible, ses mots tendres l'émouvaient plus que de raison. Une boule se forma dans sa gorge. Furieuse contre elle-même, elle se hâta vers sa voiture. Elle n'allait tout de même pas s'apitoyer sur son sort ! Se laisser ainsi submerger par ses émotions n'était pas digne d'une infirmière en psychiatrie. Elle était censée savoir les dominer. Les dompter. Qu'ils aillent au diable, Paul Winterton et Jamie Grainger !

Dès qu'elle fut chez elle, elle téléphona à Shoreham, mais personne ne répondit. Légèrement mal à l'aise, elle raccrocha. Paul avait dû sortir s'acheter des cigarettes, il n'y avait pas de quoi s'alarmer. Il s'était remis à fumer après avoir juré ses grands dieux qu'il ne recommencerait jamais. Quant à sa sœur, elle devait dîner dehors. Rien d'anormal à cela...

Elle rappela plusieurs fois sans succès et finit par joindre Paul juste après 22 heures.

— Je te manque, n'est-ce pas ? lança-t-il aussitôt d'un ton jovial.

Linda remercia le ciel qu'il ne lui soit rien arrivé.

— Possible, admit-elle prudemment. Paul ? Tu es toujours là ?

— Oui, je suppose. Pourquoi n'avoues-tu pas que je te manque ? J'ai affreusement besoin de toi, Lindy.

Son ton enjôleur l'exaspérait et elle se demanda pourquoi elle avait accepté d'être son amie. Elle était trop gentille, voilà tout !

— A vrai dire, je n'aurais pas eu beaucoup de temps à te consacrer et je suis sûre que c'est la même chose pour toi, répliqua-t-elle légèrement.

— Peut-être... Tu sais, Janice aimerait que tu viennes pour le week-end. Elle voudrait te connaître. Elle m'a dit : « Paul, présente-moi ce parangon de vertu dont tu me parles sans arrêt. Je te dirai si elle est digne d'être ta femme. » C'est tout Janice, ça ! Elle va toujours droit au but.

Linda frissonna.

— Paul, j'espère qu'elle sait que nous sommes seulement de bons amis et qu'il ne saurait être question de mariage entre nous. Tu ne lui as rien laissé entendre d'autre, j'espère ?

— Pourquoi l'aurais-je déçue, ma chérie ? Elle pense à mon avenir et elle me voit marié, bien sûr. Je ne veux pas lui faire de la peine. Je sais que tu ne m'aimes pas, mais Janice ne comprendrait pas.

— Ecoute, Paul, cela me ferait très plaisir de rencontrer ta sœur, mais tu dois lui dire la vérité.

— Oui, mais...

— Elle mérite que tu sois honnête avec elle. Ce ne serait pas juste de la laisser faire des projets pour un mariage qui n'aura jamais lieu.

Linda n'était pas sûre que ce soit une bonne idée d'accepter de rencontrer la sœur de Paul, mais un refus risquait de les blesser tous les deux. Et puis Janice savait peut-être mieux s'y prendre avec lui ? Les proches représentaient toujours une mine d'informations. Oui, elle l'aiderait sans doute à comprendre son frère.

— D'accord, s'inclina-t-il en bougonnant. Je lui dirai.

La sonnette retentit à ce moment-là.

— Ne quitte pas, on sonne. Je reviens tout de suite.

— C'est sûrement un ami de la clinique. Ce type qui m'a répondu, peut-être ? Mon coup de fil n'a pas eu l'air de lui faire plaisir.

— Paul, c'était le psychiatre, le chef de service de la clinique ! Nous ne sommes pas censés recevoir des appels personnels, tu comprends ? Ne quitte pas.

Elle courut ouvrir et se retrouva face à celui dont ils parlaient, justement.

— Je ne vous tire pas de votre bain, j'espère ?

Il souriait et Linda s'empourpra.

— Non, pas vraiment... Entrez.

Il hésita car elle semblait mal à l'aise.

— Vous êtes sûre ?

— Oui. J'étais au téléphone, docteur, dit-elle en élevant la voix dans l'espoir que Paul entendrait bien le mot « docteur ».

Mais quand elle reprit l'appareil, il avait raccroché. Elle se tourna alors vers son visiteur.

— C'était... c'était Paul. Il...

Sans savoir comment, elle se retrouva dans les bras de Jamie, qui la serra tout contre lui. Alors, avec un soulagement infini, Linda posa la tête contre sa poitrine. C'était tout ce qu'elle désirait. Une épaule solide pour apaiser le tumulte qui l'agitait.

3.

Au bout d'un moment, elle se libéra, honteuse de s'être ainsi laissée aller. Qu'allait-il penser d'elle ?

— Je suis désolée... je... Il arrive parfois que Paul...

Elle laissa la phrase en suspens, certaine qu'il comprendrait.

— Ne prenez pas les choses trop à cœur, Linda. Je vous le répète : laissez-le un peu se débrouiller tout seul. Il s'en trouvera mieux.

— Oui, mais...

— C'est le premier pas qui est le plus difficile. Voulez-vous que je lui parle ? Non, cela ne l'aiderait pas...

Il sembla chasser Paul de ses pensées et sourit à Linda.

— Je me suis demandé, à propos de ce congrès...

— « La psychiatrie au XXe siècle » ? J'aimerais beaucoup y assister. Ce doit être passionnant. Voulez-vous une tasse de café ? lui proposa-t-elle en s'apercevant à quel point elle appréciait cette visite surprise.

— Avec plaisir, merci. Linda, j'ai un service à vous demander...

— Vraiment ? Eh bien, si je peux vous aider en quoi que ce soit… Venez, ajouta-t-elle en lui faisant signe de la suivre.

La salle de séjour, encombrée des meubles qu'elle avait hérités de sa grand-mère avec le cottage, lui sembla plus exiguë que jamais. Il s'en dégageait heureusement une atmosphère dans laquelle les visiteurs se sentaient tout de suite à l'aise.

Elle s'éclipsa dans la cuisine sans proposer à Jamie de l'accompagner car la table et le réfrigérateur y occupaient l'essentiel de l'espace. Après avoir mis l'eau à chauffer, elle posa deux tasses sur un plateau puis regagna le salon où… elle se figea sur place. Jamie s'était endormi dans le fauteuil, la tête sur son coussin préféré, le dernier qu'avait brodé sa grand-mère !

Dans l'abandon du sommeil, le psychiatre semblait étrangement vulnérable. Emue, Linda l'observa avec l'impression d'être une intruse. Etrangement, l'antagonisme qui les séparait s'était évaporé. Pour la première fois elle vit en lui le médecin attentif aux autres, exigeant avec lui-même et avec ses semblables, un homme parfois distant mais discret, notamment en ce qui concernait sa relation avec Wanda. Au moins celle-ci n'alimentait-elle pas les ragots, à la clinique !

Il avait suspendu sa veste sur le dossier, desserré sa cravate et ouvert son col, comme s'il avait été chez lui. Prise d'un accès de tendresse, Linda se reprocha sa sottise et retourna dans la cuisine où elle prépara une assiette de biscuits que sa mère lui avait confectionnés, le week-end précédent. Sa chère maman !

Lorsqu'elle revint avec le café fumant, Jamie s'était réveillé. Il se redressa dès qu'il la vit. Troublée par son regard, elle détourna les yeux et s'installa en face de lui.

— Ma mère me gâte toujours quand je rentre à la maison, expliqua-t-elle en désignant les biscuits.

— Voilà donc où vous passez vos week-ends ! la taquina-t-il.

Ils se restaurèrent tout en bavardant de choses et d'autres. Linda le trouvait de plus en plus agréable, comparé à Paul qui se montrait toujours un peu maussade, parfois même menaçant. Avec Jamie, elle n'était pas obligée d'éviter les sujets délicats et puis ils se découvrirent plusieurs centres d'intérêt communs, notamment le théâtre.

— Avez-vous vu Richard III ? lui demanda-t-il après avoir appris que la mère de la jeune femme habitait près de Stratford sur Avon.

— Oui. J'ai été très impressionnée bien qu'il me semble que le roi Richard n'ait pas été aussi noir que Shakespeare l'a dépeint.

— Non, en effet. Shakespeare réécrivait l'histoire pour plaire aux Tudor, et prenait quelques libertés avec la vérité. Je crois néanmoins que Richard a bien assassiné le prince Edouard de ses propres mains, ajouta-t-il en regardant fixement sa bouche.

Comme hypnotisée, elle oublia Richard, Edouard et tout le reste...

— Vos lèvres appellent les baisers, dit-il tranquillement, comme s'il parlait du temps qu'il faisait. Nous ferions peut-être mieux de revenir à Shakespeare, quoique...

— Euh... Je... une autre tasse de café ? bredouilla-t-elle.

— Non, merci. Je vais rentrer, c'est plus sage... Oh, à propos du congrès...

« Vos lèvres appellent les baisers », se répétait Linda, en y passant sa langue sans s'en rendre compte, inconsciemment provocatrice.

Jamie se leva en gémissant.

— Oui, Shakespeare était décidément un sujet plus prudent, dit-il en franchissant la distance qui les séparait.

Tout en ayant conscience de commettre une folie mais incapable de s'en empêcher, Linda lui tendit sa bouche avec une vague pensée pour Wanda. Ils échangèrent un baiser bref mais intense et quand il s'écarta, elle avait l'impression de flotter sur un nuage. Elle l'observa en s'efforçant d'oublier tout le reste, l'autre femme, Paul...

Mais la réalité reprit vite le dessus.

— Excusez-moi, Linda... je n'avais pas le droit.

— Non, en effet, admit-elle en secouant la tête pour reprendre ses esprits.

— La vie serait trop simple si nous pouvions toujours avoir ce que nous voulons, n'est-ce pas ? Je ferais mieux de partir, décidément.

Il enfila sa veste sous le regard triste de Linda.

— Mais... vous vouliez me demander quelque chose, lui rappela-t-elle quand il prit sa sacoche. A propos du congrès, je crois.

— Ah, oui, soupira-t-il. J'aurais besoin que le texte de ma communication soit dactylographié de toute urgence. Muriel Craig m'a dit que vous tapiez souvent vos rapports.

— C'est exact.

Voilà donc pourquoi il était venu la voir. Parce qu'il avait besoin d'une dactylo...

— N'en parlons plus, se reprit-il en haussant les épaules.

Il rajusta sa cravate, et Linda ne put s'empêcher de le contempler. Quels que soient les sentiments qu'il lui inspirait par ailleurs, elle avait apprécié son baiser et voulait plus. Beaucoup plus, même si l'intensité de ses réactions lui faisait un peu honte.

— Vous avez pris la peine d'apporter votre travail jusqu'ici. Donnez-le-moi. Je vais chercher ma machine. Elle est en haut.

Elle se demanda soudain s'il ne l'avait pas embrassée pour l'amadouer et obtenir qu'elle lui rende ce service... Non, elle s'égarait. Jamie avait lui aussi aimé ce baiser. Elle l'avait vu dans ses yeux, senti à la façon dont il frémissait.

Elle s'installa dans la cuisine où elle avait l'habitude de travailler.

— Je suis devenue tellement paresseuse que même mes lettres, je ne les écris plus à la main ! lança-t-elle gaiement pour tenter de détendre l'atmosphère. Il faut dire que mon écriture laisse quelque peu à désirer.

— Ecoutez, Linda, ce n'est pas la peine. J'arriverai à me relire, ne vous embêtez pas.

— Cela ne m'embête pas du tout, je vous assure.

Elle devait par tous les moyens lui cacher l'effet dévastateur que son baiser avait produit sur elle. Devant son empressement à lui rendre service, il lui tendit son rapport et elle se mit au travail. Mais elle n'était pas concentrée. Elle fit des fautes de frappe et dut recommencer.

— Excusez-moi... je dois être fatiguée.

— Je ne vais pas rester là à vous regarder, décida-t-il en allant s'asseoir dans le salon.

Il avait donc deviné qu'il la troublait. Tant pis ! Elle se remit au travail en lui jetant un coup d'œil de temps en temps. Il y avait une femme dans sa vie, une certaine Wanda. Elle ne devait pas l'oublier, et lui non plus d'ailleurs !

Le rapport n'était pas long. Linda le termina rapidement et proposa à Jamie de le relire. Pendant qu'il s'y employait, elle l'observa à la dérobée. Inutile de se voiler la face : elle le désirait. De tout son être...

— Votre ami Paul ne doit pas passer, ce soir ? Je ne voudrais pas qu'il me trouve ici et se fasse de fausses idées sur les raisons de ma présence chez vous.

Sa remarque la ramena brutalement à la réalité.

— Quelles idées voulez-vous qu'il se fasse ?

— Vous savez très bien ce que je veux dire, répliqua-t-il sèchement. Bien, merci pour le rapport, Linda. Je vous suis très reconnaissant.

Il le rangea soigneusement dans sa sacoche, puis reprit :

— Je serai de retour mardi, probablement dans l'après-midi. J'ai des consultations à l'hôpital, le matin, je rentrerai directement ensuite. Le Dr Ahmed me remplacera.

Sur ce, il se dirigea vers la porte et sortit sans qu'elle ait pu le raccompagner.

Après son départ, Linda se laissa retomber sur sa chaise. Pourquoi l'affectait-il autant ? Elle s'était conduite comme une idiote, s'imaginant qu'elle comptait pour lui alors qu'il n'était venu que parce qu'il avait besoin d'elle. Se promettant de ne plus tomber dans le panneau à l'avenir, elle monta se coucher, le cœur gros.

Le mardi matin, jour de la thérapie de groupe des obsessionnels compulsifs, Mme Salisbury avait confectionné un gâteau pour célébrer son anniversaire. Linda en accepta une deuxième part en félicitant la patiente pour ses talents de cuisinière.

Ravie de ce compliment auquel s'ajoutèrent ceux des autres, Mme Salisbury avait l'air aux anges. Linda aimait particulièrement s'occuper de ce type de malades, des gens ordinaires qui montraient à ceux qui ne l'auraient pas encore compris qu'être suivi par un psychiatre ne signifiait pas forcément que l'on était fou. N'importe qui pouvait se voir atteint d'un symptôme analogue. Le groupe comptait des femmes de milieux divers : mères de familles, chefs d'entreprise, enseignantes à la retraite. Il s'agissait de leur dernière réunion et le gâteau leur permettait de fêter en même temps leur départ de Summerheath.

C'est dans cette joyeuse atmosphère que Paul choisit de faire irruption. Quand Linda l'aperçut sur le seuil de la pièce, tout sourires, elle en resta bouche bée.

— Désolé, je ne voudrais pas interrompre quoi que ce soit mais...

— Viens, Paul, l'interrompit-elle en l'entraînant dehors. Excusez-moi, mesdames, je reviens tout de suite.

Elle referma la porte et se tourna vers le jeune homme.

— Je suis en pleine consultation, tu n'aurais pas dû venir ainsi sans prévenir.

— Cela ressemblait plutôt à une fête ! Je n'ai vu personne pour me renseigner au préalable.

Il avait raison. La réceptionniste s'était elle-même jointe à elles pour l'événement. Linda lui expliqua rapidement de quoi il s'agissait.

— Désolé, mais j'étais tellement impatient de te voir ! Au fait, tu n'embrasses pas ton petit Paul que tu n'as pas vu depuis si longtemps ?

— S'il s'agit de retrouvailles, je vous suggère d'attendre que Mlle Scott ait terminé son service, intervint soudain une voix peu amène.

Seigneur ! songea Linda en ferma brièvement les yeux. Il choisissait bien son moment, lui aussi !

Elle s'empressa de faire les présentations en espérant que Jamie se souvenait que Paul était un ex-patient.

— Docteur Grainger, Paul Winterton, mon locataire.

— Ah, oui. Comment allez-vous, monsieur Winterton ? Comment trouvez-vous Shoreham ?

— Très joli... je veux dire... je vais très bien, merci.

Décontenancé, Paul serra la main que Jamie lui tendait.

— Et je ne suis pas exactement son locataire, voyez-vous. Linda et moi sommes...

— Les relations que vous entretenez avec mon infirmière ne m'intéressent pas, rétorqua le psychiatre tandis que Linda fulminait en silence.

Quoi qu'elle dise, il ne la croirait pas, de toute façon.

— Bien sûr que non, docteur, répondit Paul avec un air de soumission inhabituel. Je sors à peine d'une grave dépression alors il ne faut pas m'en vouloir, ajouta-t-il avec un petit sourire d'excuse. J'ai été soigné au Baxter et Linda m'a vraiment... beaucoup aidé. Elle...

— Je suis enchanté de l'apprendre mais le devoir m'appelle, monsieur Winterton.

Sur ce, il s'éloigna sans un regard pour Linda.

— Et voilà ! s'exclama-t-elle. A cause de toi, je suis encore redescendue d'un cran dans son estime !

— Ce n'est pas ma faute ! Si tu ne veux plus de moi, tu n'as qu'à le dire carrément. Me présenter comme ton locataire ! Il sait très bien que nous nous aimons, non ?

Paul criait presque à présent et Jamie, qui n'était pas bien loin, avait dû l'entendre, tout comme Muriel Craig qui venait d'apparaître dans le couloir et les dévisageait avec curiosité. Elle se dirigeait vers eux et Linda s'en réjouit. Elle se chargerait de Paul pendant qu'elle rejoignait ses patientes. Muriel avait le don d'amadouer les plus récalcitrants.

— Tout va bien, Linda ?

Puis elle se tourna vers Paul et s'adressa à lui avec un large sourire.

— Bonjour ! Je ne crois pas vous avoir déjà vu ici ?

— J'ai été soigné au Baxter. Linda travaillait là-bas et...

— Oui, je sais. Venez, vous allez me raconter tout ça autour d'une tasse de thé, d'accord ? Les patientes de Mlle Scott doivent s'impatienter !

Gentiment mais fermement, Muriel entraîna Paul vers la cafétéria et Linda poussa un soupir de soulagement avant de rejoindre le groupe. Aux regards des femmes, elle comprit qu'elles avaient entendu l'éclat de Paul. Eh bien, tant pis ! Elles devaient bien imaginer que les médecins et les infirmières avaient eu aussi leurs problèmes personnels.

— Nous vous attendions, mademoiselle Scott, car nous avons une petite surprise pour vous, annonça Mme Salisbury en lui tendant un petit paquet enrubanné.

Elles se réunirent autour d'elle et Linda déballa un très joli collier fantaisie avec des boucles d'oreilles assorties.

— Mon Dieu, c'est ravissant ! Il ne fallait pas voyons... Je suis nouvelle ici et...

— Nouvelle, mais efficace et tellement gentille !

Cette remarque suscita l'approbation générale et de joyeuses embrassades s'ensuivirent.

Un peu plus tard, Jamie convoquait Linda dans son bureau. Il semblait de meilleure humeur mais légèrement mal à l'aise.

— Je ne voudrais pas jouer les trouble-fête, mais je me dois de vous rappeler les règles, mademoiselle Scott, commença-t-il. Vous savez que vous ne devez pas accepter de cadeaux des patients.

— Oui, je sais. On pourrait nous accuser de profiter de l'ascendant que nous confère notre position sur des personnes vulnérables pour les influencer.

Décidément, il fallait toujours qu'il la prenne en faute ! Il avait hélas raison, cette fois.

— Je suis désolée, Jamie. A propos de Paul aussi. Je ne m'attendais vraiment pas à ce qu'il fasse irruption ici.

— Asseyez-vous, je vous en prie.

Elle s'installa en face de lui.

— Vous me faites penser à une écolière prise en faute. Détendez-vous, que diable ! C'était une simple mise au point, pas de quoi fouetter un chat.

Il la contemplait maintenant avec un petit sourire amusé. Troublée, elle détourna les yeux.

— Que me conseillez-vous de faire ? De rendre le cadeau ? Cela risque de les blesser.

— Oui, bien sûr. Gardez-le. De toute façon, elles vont quitter la clinique. Pour le moment, tout au moins. L'une d'entre elles risque cependant une rechute. Elle n'a pas progressé autant que les autres.

— Je vois de qui vous voulez parlez.

Il s'agissait de l'enseignante en retraite. Sa manie consistait à se laver les mains des dizaines de fois dès qu'elle sortait des toilettes. Elle nettoyait ensuite vigoureusement le lavabo de crainte d'y avoir laissé des germes mortels transmissibles aux autres. Il ne s'agissait pas d'un trouble exceptionnel et Linda ne doutait pas que la pauvre femme s'en sortirait, mais il lui faudrait un peu plus de temps.

— Je voulais justement évoquer le problème des examens de contrôle des patients. J'aimerais me charger du suivi de certains d'entre eux. Qu'en pensez-vous ?

— Eh bien, si vous le désirez, bien sûr.

Ils discutèrent un bon moment des diverses possibilités envisageables. Au moins, ils trouvaient sans peine des terrains d'entente quand ils s'en tenaient aux sujets professionnels. Il était plus de 18 heures quand elle sortit de son bureau, le sourire aux lèvres. Elle ne tarda pas à se rembrunir quand une haute silhouette se leva dans la salle d'attente. Paul !

Son changement d'expression n'échappa pas au jeune homme qui la scruta en fronçant les sourcils. Ses yeux étaient aussi sombres et insondables que ceux de Jamie étaient limpides.

— Désolé. Aurais-je interrompu une réunion ? jeta-t-il en riant mais sans la moindre trace d'humour.

Jamie apparut derrière Linda.

— Nullement. Mlle Scott et moi avons terminé. Si nous allions boire un café, tous les trois ?

— Non, merci, répliqua Paul. Linda et moi sommes pressés de rentrer. Nous ne nous sommes pas vus depuis plusieurs jours. Vous savez ce que c'est...

— A demain, docteur Grainger, enchaîna Linda en espérant qu'il ferait la part du vrai et du faux.

Les psychiatres étaient doués pour repérer les mythomanes, après tout.

— A demain, dit-il. Soyez ponctuelle. Les vendredis sont toujours des journées chargées.

Sur ce, il s'éloigna.

Linda soupira. Elle devait à tout prix se débarrasser de Paul. Il s'appuyait sur elle depuis trop longtemps et s'arrogeait des droits qu'il n'avait pas, se comportant comme s'ils étaient amants. Elle se promit d'expliquer à Jamie qu'il n'y avait rien entre eux. L'existence de Wanda lui revint alors à la mémoire. Que Jamie la croie ou non liée à Paul, il est déjà pris de son côté, alors quelle importance ?

Paul étant venu en voiture, une vieille décapotable de sport, elle le suivit jusqu'au cottage dans la sienne. Elle avait eu tort de lui céder « en attendant qu'il se remette complètement ». Il devait maintenant voler de ses propres ailes et plus tôt elle l'éloignerait de sa vie, mieux cela vaudrait. Peut-être profiterait-elle de ce week-end chez sa sœur pour lui mettre les points sur les i.

Le lendemain, elle se rendit à Summerheath de très bonne heure. Paul lui avait fait une scène, la veille au soir. Vexé qu'elle n'ait pas apprécié son intrusion à la clinique, il l'avait presque accusée d'être amoureuse de Jamie Grainger. Hors d'elle, elle s'était mise en colère et il s'était finalement radouci avant de s'excuser pour sa conduite. Il lui avait semblé si malheureux qu'elle avait décidé d'attendre le week-end pour lui demander de partir. Tout dépendrait aussi des relations que Paul entretenait avec sa sœur…

Elle consulta son agenda. Ce matin, elle devait aller chercher Mme Skilton et l'emmener à la consultation. Son service se terminait après le déjeuner.

Elle se leva. Sa fenêtre donnait sur les vastes jardins qui entouraient la clinique et sur le parking où une longue Jaguar achevait de se garer.

D'un mouvement vif, elle recula, espérant que Jamie ne l'avait pas vue derrière la vitre. Quand il apparut sur le seuil de son bureau, quelques instants plus tard, il semblait d'excellente humeur. L'œuvre de Wanda, peut-être ?

— Bonjour, Linda. Vous êtes bien matinale ! Dites-moi, je ne crois pas vous avoir remerciée comme il se doit pour avoir tapé mon rapport pour le congrès.

La prenant par surprise, il se pencha vers elle et déposa un baiser sur son front.

— Tout va bien avec votre petit ami ?

— Oui, merci… Je… Paul n'est pas mon petit ami !

— Excusez-moi, mais tout semble prouver le contraire. Pourquoi s'accorde-t-il ces… privautés, s'il n'est qu'un locataire ?

— C'est ce qu'il est, un locataire. Et un *ami*, répondit-elle en se plongeant dans son travail, exaspérée de le voir s'ingérer ainsi dans sa vie.

De toute façon, quoi qu'elle dise, il était déterminé à ne pas la croire.

Son travail de bureau achevé, elle s'apprêtait à partir chez Mme Skilton lorsque Jamie décida de l'y accompagner. Pendant le trajet, Linda ferma les yeux et somnola. Elle avait à peine fermé l'œil durant la nuit. Paul n'avait cessé de déambuler dans sa chambre. Il était ensuite descendu se faire du café. Ce matin, elle avait trouvé sa tasse sale sur la table et la cuisine en désordre.

Emergeant de sa torpeur, elle laissa échapper un soupir.

— Excusez-moi, je n'ai pas beaucoup dormi la nuit dernière.

Devinant les conclusions qu'il risquait de tirer de cet aveu, elle rougit jusqu'aux oreilles.

— Moi non plus, se contenta-t-il de répondre, la laissant perplexe.

Elle n'eut pas le loisir de s'interroger sur les raisons de son insomnie, car ils étaient arrivés chez leur patiente.

Ils déployèrent tous leurs efforts de persuasion pour la convaincre de se laisser conduire à la clinique. Mais rien n'y fit. Comme Jamie le craignait, elle avait régressé. A deux reprises, elle sembla sur le point de leur dire quelque chose mais chaque fois, elle se ravisa. Linda lui promit de revenir le lundi suivant.

Sur le chemin du retour, elle songea que Mme Skilton serait beaucoup plus à l'aise si elle était toujours suivie par la même personne, en tête à tête. Mais ce n'était pas à elle, la dernière arrivée, se révolutionner le protocole établi.

Elle regrettait de ne pas avoir davantage de temps à consacrer à ce genre de patient, notamment le week-end. Tant qu'elle devrait s'occuper de Paul, elle manquerait de disponibilité pour les autres.

— Comment va-t-il ? lui demanda soudain Jamie, comme s'il suivait ses pensées.

Ils approchaient de la clinique.

— Vous voulez parler de Paul, je suppose ? Je crois qu'il va bien. Il était encore au lit quand je suis partie, avoua-t-elle sans réfléchir.

— Il ne travaille pas ?

— Il est écrivain. Mais il ne reste pas couché toute la journée, si c'est ce que vous pensez. Il a d'ailleurs décidé de séjourner chez sa sœur pendant quelque temps pour changer de décor et trouver l'inspiration qui lui manque.

La consultation en agoraphobie leur prit tout leur temps. Il était plus de 13 heures quand Linda trouva enfin un moment pour descendre chercher un sandwich. Jamie était au snack, lui aussi, mais elle l'évita. Elle n'avait aucune envie de reprendre la conversation sur Paul.

Il la suivit hélas vers son bureau dès qu'elle remonta et reprit aussitôt son sujet favori.

— Puis-je entrer, Linda ? A moins que vous m'en vouliez encore d'avoir critiqué votre amoureux ?

Sans se soucier de son avis, il lui emboîta le pas et s'installa à côté d'elle, achevant de la troubler.

— Je ne vous en veux pas, docteur. De toute façon, vous vous êtes fait votre opinion et vous n'en démordrez pas, quoi que je dise, alors...

— Vous faites erreur ! J'aimerais au contraire que vous puissiez me détromper.

Elle perçut de l'ironie dans ses propos. Refusant de céder, elle entreprit de déguster son sandwich comme s'il n'était pas là. Mais son regard sur elle la brûlait. Elle prit soudain conscience qu'il faisait beau et chaud et qu'elle aurait pu mettre une robe plus légère. Craignant que les décolletés ne soient pas de mise à la clinique, elle avait opté pour un ensemble en coton beige composé d'une jupe et d'une tunique longue. Pour la première fois, elle se trouva terne dans cette couleur et regretta de ne jamais s'exposer au soleil.

Mais dès l'instant où elle était convenable, Jamie ne se souciait pas de la façon dont elle s'habillait, se consola-t-elle.

— Vous passez le week-end chez vous, Linda ? reprit-il. Ce doit être agréable de se promener le long de l'Avon par ce beau temps.

Elle secoua la tête et une mèche de ses longs cheveux blonds retenus par un serre-tête effleura le bras de Jamie.

— Non, je... pas cette fois.

— Cela veut-il dire que vous êtes libre, demain ?

— Eh bien...

— Parfait. C'est le temps idéal pour un pique-nique. Qu'en pensez-vous ?

— Oui, ce serait très agréable mais... je ne peux pas, refusa-t-elle à regret.

— Linda, vous m'avez bien dit que Paul n'était que votre locataire ? Même s'il est aussi un ami, il n'a pas le droit de vous empêcher de sortir, n'est-ce pas ?

— Non, bien sûr que non, répondit-elle après un silence. Mais je lui ai promis de l'accompagner chez sa sœur, à Shoreham.

— Ah, je vois... Dommage.

— Oui, dommage...

— Je voulais vous présenter quelqu'un, mais ce sera pour une autre fois. Je n'ai plus qu'à vous souhaiter un bon week-end ! lança-t-il légèrement avant de s'en aller.

Il ne semblait pas déçu, en tout cas, constata-t-elle amèrement en s'interrogeant sur la personne qu'il voulait lui présenter. Wanda, peut-être ?

Le lundi matin, personne ne répondit quand Linda se présenta chez Mme Skilton. Sachant qu'elle ne pouvait être sortie, elle en conclut qu'elle s'était terrée quelque part, tremblant de peur et d'angoisse. Mais comment la déloger ? Elle sonna plusieurs fois, sans succès. Elle eut alors l'idée de l'appeler à travers le battant de la boîte aux lettres insérée dans la porte. Au bout d'un long moment, elle perçut un murmure, tout proche :

— Mademoiselle Scott ? Je craignais que ce soient ces colporteurs qui ne cessent de nous harceler. Ils passent presque tous les jours, vous savez.

— Oui, je comprends. Madame, je ne voudrais pas vous importuner mais j'ai très soif. Auriez-vous l'amabilité de m'offrir une tasse de thé ?

La porte s'ouvrit instantanément.

— Bien sûr, mademoiselle Scott, bien sûr. Entrez vite ! Je vais faire chauffer de l'eau.

Une fois à l'intérieur, Linda fut saisie par la chaleur suffocante. Toutes les fenêtres étaient fermées. Elle suivit Mme Skilton dans la cuisine.

— Il fait très chaud ici, vous ne trouvez pas ? Je pourrais peut-être ouvrir ?

La patiente fit volte-face, une expression d'horreur sur le visage.

— Oh, non ! Ne faites pas ça ! Je... j'adore la chaleur. Voyez-vous, je suis extrêmement frileuse. Oui, vraiment, et... Asseyez-vous là, d'accord ? Je prépare le thé. Mon mari est sorti.

— Vraiment ?

Linda ôta sa veste en pinçant le nez à cause d'une odeur prononcée d'urine de chat.

— Oui, il avait rendez-vous au General Hospital, pour une consultation.

— Quel dommage que vous n'ayez pu l'accompagner, dit Linda, se demandant si ce dont il souffrait avait une quelconque influence sur l'état de sa femme.

— C'est très regrettable, en effet, oui. Mettez-vous à l'aise, mademoiselle Scott.

— Je crains de l'avoir déjà fait ! Avez-vous des animaux ? Il me semble avoir aperçu un chat dans le jardin.

— Oui, j'en ai trois : Timmo, Suki et Jason. Trois petits diables qui adorent leur confort. Ne bougez pas, je reviens !

Elle s'absenta quelques instants pour aller chercher une énorme chatte café au lait.

— Je vous présente Suki ! Suki, dis bonjour à la dame.

Linda caressa l'animal qui l'ignora superbement.

— Ils m'ont beaucoup manqué quand j'ai été hospitalisée. Mais à présent je vais mieux puisque je suis traitée chez moi, n'est-ce pas ? Mon cas n'est pas si grave.

— Non, mais vous devriez vous rendre aux consultations que le Dr Grainger vous a réservées à la clinique. Ces entretiens sont indispensables à votre guérison.

— Je sais, je sais… C'est à cause de mon mari. Il ne comprend pas toujours. Peut-être que si j'étais hospitalisée quelques jours il prendrait conscience de la gravité de mon état… Et ma fille, c'est pareil ! Elle est mariée, maintenant. Mais elle ne croit pas que je suis malade alors que je le suis, n'est-ce pas, mademoiselle Scott ?

— Il s'agit d'une maladie, bien sûr. Mais nous devrions en venir à bout sans vous hospitaliser de nouveau. Je vais demander à l'assistante sociale d'avoir un entretien avec votre mari. Il pense peut-être qu'en vous battant, vous pourriez vaincre vos symptômes. Beaucoup de gens s'imaginent qu'il suffit de « prendre sur soi » pour se débarrasser de ses phobies. Ce n'est pas si simple, hélas.

— Comme vous voudrez, mademoiselle Scott, mais je suis sûre qu'en me voyant hospitalisée, ils comprendraient tout de suite. Enfin..., ajouta-t-elle en soupirant.

Mme Skilton avait déjà été hospitalisée. Une certaine amélioration s'en était résultée mais les symptômes avaient réapparu, plus gravement cette fois. Ses proches ne l'aidaient pas, certes, mais puisqu'on ne pouvait changer son environnement, il fallait lui apprendre à surmonter le problème.

Elles burent leur thé en compagnie de Suki qui accepta finalement les caresses de Linda.

— Me permettriez-vous d'emmener votre chatte à la clinique ? demanda soudain la jeune femme. Certains patients qui ont cessé de communiquer avec leurs semblables acceptent de renouer avec les animaux.

— Oh, je... je ne sais pas. J'y réfléchirai. Suki n'aime pas sortir de chez elle. Elle est comme moi ! Vous revenez, demain ? lança-t-elle soudain, comme Linda se levait pour prendre congé.

— J'essaierai.

Il n'était pas dans ses attributions de suivre Mme Skilton de si près mais elle avait envie de l'aider. Toujours surchargée de travail, l'équipe soignante n'y verrait pas d'inconvénient. Seul Jamie Grainger risquait de s'y opposer.

Lorsque Linda regagna la clinique, l'infirmière Craig lui apprit qu'il venait d'être appelé pour une urgence.

— Une urgence personnelle, ajouta-t-elle en baissant la voix sur un ton de confidence. Wanda l'a appelé. Vous avez déjà entendu parler d'elle, n'est-ce pas ?

Linda s'empressa d'acquiescer et de mettre un terme à leur conversation.

— J'ai un patient qui m'attend, prétexta-t-elle. Prévenez-moi si le Dr Grainger revient, d'accord ?

4.

Linda passa l'après-midi à s'interroger sur Wanda. Jamie devait l'aimer éperdument pour se précipiter vers elle dès qu'elle téléphonait. A moins qu'elle ne soit une ancienne patiente réclamant ses conseils et sa tendresse ? Hum, peu probable…

Elle devait bien se rendre à l'évidence : elle était jalouse de cette femme. Et tout cela à cause du baiser qu'ils avaient échangé ! Un baiser bref mais intense, qui la hantait jour et nuit.

Jamie ne revint qu'en fin d'après-midi. Décidant de ne pas lui soumettre le cas de Mme Skilton alors qu'il avait des problèmes avec sa maîtresse, elle avait tenté sans succès de prendre contact avec le responsable de l'équipe volante qui la suivait.

— Encore là ? lança-t-il en entrouvrant la porte du bureau où Linda travaillait toujours.

— Eh oui ! répondit-elle sans lever le nez de ses notes pour ne pas trahir le plaisir qu'elle éprouvait à entendre sa voix.

Il posa sa sacoche en bâillant.

— Voulez-vous boire quelque chose ? demanda-t-elle.

Un silence lui répondit. Surprise, elle leva enfin les yeux et s'aperçut qu'il la contemplait avec un petit sourire amusé.

— Je boirais bien une tasse de thé, dit-il en s'asseyant en face d'elle. Je suis fatigué.

— La journée a été rude ? s'enquit-elle d'un ton faussement léger.

— Oui. Je suis passé voir une vieille amie avant de faire mes visites à domicile. L'une de mes patientes souffrait d'une crise d'angoisse sévère. Son généraliste proposait l'hospitalisation mais j'essaie toujours d'éviter d'en arriver là, dans la mesure du possible.

Il ne semblait pas disposé à évoquer sa vie privée. Pourquoi l'aurait-il fait, d'ailleurs ? Elle n'était qu'une infirmière travaillant avec lui, songea-t-elle en allant préparer le thé.

A son retour, Jamie écrivait, installé à son bureau. Il l'accueillit avec un sourire tout professionnel qui la contraria. A quoi d'autre s'attendait-elle, que diable ?

— Quoi de neuf aujourd'hui, mademoiselle Scott ?

— J'ai vu une nouvelle patiente, Mlle Anstey. Vous l'aviez rencontrée dans un foyer, il y a deux semaines. Elle mène une vie apparemment normale malgré ses obsessions.

— Oui, « apparemment » comme vous dites. Elle travaille à plein temps dans une banque, elle sort, rencontre des gens, des amis. C'est l'un d'entre eux qui a prévenu son médecin. Elle fait partie de ces personnes qui sourient toujours et dissimulent très bien un état maniaco-dépressif latent. Ce sont les plus difficiles à atteindre. Ils mettent un point d'honneur à résoudre leurs problèmes seuls, jusqu'au jour où...

— Ils finissent à Beachy Head.

Il haussa les sourcils.

— Décidément, c'est une obsession chez vous ! Je vous l'ai déjà dit, les gens de la région vont rarement là-bas pour mettre fin à leurs jours en se jetant dans le vide. Lavinia Anstey n'en est pas là, j'en suis sûr. Elle continuera à rire et à plaisanter malgré sa détresse tout en restant incomprise des siens. Ils ne soupçonneront même pas qu'elle est malade.

Ils discutèrent longuement du cas de Mlle Anstey sans voir le temps passer puis, soudain, Jamie regarda sa montre.

— Mon Dieu, j'avais promis d'être rentré à 6 heures, dit-il en se levant.

Bien sûr, Linda aurait bien aimé savoir à qui il avait fait cette promesse, mais il n'était pas question de l'interroger à ce sujet.

— Oh, j'allais oublier..., dit-elle en se souvenant soudain de Mme Skilton. Non, cela peut attendre.

— S'il s'agit d'un patient, cela ne peut pas attendre, mademoiselle Scott.

— C'est-à-dire que... je ne voudrais pas vous retarder. D'autant plus que vous avez eu une journée... difficile. Un problème avec votre amie, m'a-t-on dit.

Le sentant se raidir, elle regretta son indiscrétion.

— Ce n'est pas parce que je consacre du temps à une amie que je néglige mes patients, rétorqua-t-il froidement.

— Bien sûr que non mais...

— Mais j'ai quitté la clinique pour aller voir Wanda, et vous brûlez de savoir pourquoi, n'est-ce pas ?

Linda en resta sans voix.

— C'est Wanda que je voulais vous présenter ce week-end, continua-t-il. A propos, avez-vous passé un bon séjour à Shoreham ? Vous deviez y rencontrer la famille de votre petit ami, je crois.

— Je vous ai déjà dit que Paul n'était pas mon petit ami. C'est un ami, tout court...

— Comme Wanda, peut-être ? jeta-t-il en saisissant sa sacoche avant de quitter la pièce.

Cette allusion au week-end rappela à Linda ce moment éprouvant et elle se demandait avec angoisse si Paul n'allait pas écourter son séjour et rentrer plus tôt que prévu au cottage.

Dès son arrivée, Janice lui avait sauté au cou, l'accueillant et la présentant à son mari comme leur future belle-sœur ! Avec tact et diplomatie, Linda leur avait expliqué qu'il n'y avait rien entre elle et Paul, qu'ils n'étaient ni amoureux ni fiancés et encore moins sur le point de se marier. Paul avait mal réagi et Janice avait aussitôt pris sa défense. Exaspérée, Linda avait perdu son calme et elle était partie le samedi soir en claquant la porte...

A son grand soulagement, le cottage était vide quand elle rentra et elle se prit à souhaiter que Paul ne revienne jamais. Hélas, c'était peu probable. Le connaissant, il s'imaginerait qu'il était pardonné et reprendrait ses habitudes. A moins qu'il n'invoque le prétexte du manuscrit du roman que Linda tapait pour lui.

Le vendredi matin, il n'avait toujours pas donné signe de vie et elle commença à espérer passer un week-end paisible. Elle se sentait à la fois coupable de se réjouir de l'absence de Paul et d'excellente humeur. Du coup, elle choisit de faire exception à la règle et de mettre sa plus jolie robe d'été pour aller travailler. Imprimée de rose pastel, elle était fluide, sans manches et largement décolletée sans pour autant dévoiler la naissance de ses seins.

Peu lui importait qu'elle plaise ou non au Dr Grainger ! songea-t-elle avec une pointe de défi. De toute façon, il semblait très préoccupé ces derniers temps. Il ne la remarquerait probablement pas.

Selon Muriel Craig, il était soucieux parce que Wanda n'allait pas bien. Linda s'efforçait de ne pas y penser mais les questions l'assaillaient sans relâche. Jamie avait laissé entendre qu'elle n'était peut-être qu'une amie, comme Paul pour elle mais elle n'y croyait pas beaucoup. Et si elle était... son ex-femme ?

Tout à cette dernière théorie, elle monta dans sa voiture, baissa les vitres et s'engagea sur l'allée qui longeait les six petits cottages mitoyens. Brusquement, une silhouette surgit de derrière une haie et Linda écrasa la pédale de frein.

— Dieu merci, vous vous êtes arrêtée ! s'écria une très jeune fille enceinte. Maman habite au numéro 1. Elle m'a dit que vous étiez infirmière. Pouvez-vous m'aider ? Elle est tombée et je n'arrive pas à la relever, dans mon état...

— Bien sûr, il n'en est pas question. Montez, je vais me garer dans l'allée de derrière.

— Merci ! lança l'inconnue en s'installant près d'elle. J'ai peur qu'elle se soit cassé quelque chose. Elle est toute pâle !

— Je ne crois pas vous avoir déjà vue, remarqua Linda en contournant les cottages sans perdre une minute. Et je ne connais pas votre mère. Comment sait-elle que je suis infirmière ?

— Les gens parlent, surtout le vieux monsieur du numéro 2. Une vraie pipelette, celui-là ! Il est au courant de tout.

L'instant d'après, Linda la suivait dans la maison et découvrait une femme assise au pied de l'escalier, la tête entre les mains. Le visage de celle-ci s'éclaira dès qu'elle vit Linda.

— Dieu merci, ma fille a pu vous attraper avant que vous ne partiez pour la clinique. J'ai un mal de tête épouvantable... auriez-vous un calmant ?

— Je ne peux rien vous donner sans savoir de quoi vous souffrez.

Après un bref examen de Mme Honeysett, Linda diagnostiqua une entorse de la cheville sans fracture apparente. Toutefois, elle s'était cogné le crâne dans sa chute et un examen plus approfondi s'imposait.

— J'appelle une ambulance qui vous emmènera à l'hôpital. Je pourrais vous transporter dans ma voiture mais vous serez plus à l'aise allongée.

Linda ne laissa sa voisine qu'après s'être assurée qu'elle était prise en charge au General Hospital. Elle l'accompagna même jusqu'à sa chambre où sa fille décida de rester. Elle n'avait pas pris le temps de téléphoner à la clinique pour prévenir de son retard. Jamie serait furieux... et Mme Skilton devait l'attendre. De plus, il faisait plus chaud que jamais, aujourd'hui !

En prenant le chemin de la sortie, Linda repoussa ses cheveux en arrière. Elle aurait dû les relever en chignon. Si seulement elle pouvait se détendre dans un endroit frais ou bien plonger dans une piscine... celle de Jamie, par exemple ? Seigneur ! Elle courut vers la cabine téléphonique.

Sans lui demander son avis, la réceptionniste lui passa directement le médecin.

— Vous rendez-vous compte que Mme Skilton vous attendait ! J'ai failli la persuader de se rendre à la consultation. Si vous aviez été là, j'y serais parvenu !

— Je suis désolée, docteur, mais il y avait une urgence et…

— Une urgence ! Cet imbécile de Winterton, je présume ? Quand cesserez-vous d'être à sa botte ? aboya-t-il.

— Il ne s'agit pas de Paul, répondit Linda en contenant tant bien que mal sa colère. L'une de mes voisines a eu un accident. J'ai dû la conduire à l'hôpital. Je voulais vous appeler plus tôt mais j'ai naïvement cru que vous comprendriez.

Un silence lui répondit.

— Avons-nous une chance de vous voir à la clinique aujourd'hui ? demanda-t-il froidement au bout d'un moment, sans prendre la peine de s'excuser.

Quel homme impossible, décidément ! Qu'aurait-il fait, à sa place ?

— J'arrive. Il est trop tard pour le groupe d'agoraphobes mais je peux assurer la relaxation.

— Inutile, j'ai pris mes dispositions. Muriel Craig vous remplace.

— Très bien, répondit-elle, la gorge serrée.

— Où êtes-vous ? s'enquit-il d'un ton légèrement radouci.

— Dans le hall de l'hôpital. Je…

— Ne bougez pas, la coupa-t-il. Je serai là dans vingt minutes.

Et il raccrocha sans laisser à Linda le temps de refuser.

Pourquoi venait-il ? Pour vérifier qu'elle ne lui avait pas menti ? Les larmes aux yeux, elle se dirigea vers le coin salon pour attendre son patron. Il était vraiment imprévisible et insupportable ! Elle prit du thé pour se réconforter et s'installa à une table.

Dès qu'il eut franchi la porte de l'hôpital, il la chercha du regard en fronçant les sourcils, l'air renfrogné. Eh bien, qu'il la cherche ! se dit-elle en détournant les yeux délibérément, comme si elle ne l'avait pas vu. Entre Paul qui lui gâchait la vie et les accès de colère de Jamie Grainger, elle en avait assez.

— Ah, vous êtes là ! lança-t-il soudain.

Elle se tourna vers lui avec un air dédaigneux et une lueur amusée éclaira le visage du psychiatre.

— Vous êtes en colère, Linda ?

— Pourquoi le serais-je ?

— Allons, calmez-vous et servez-moi plutôt une tasse de thé, dit-il en attrapant un gobelet et un paquet de chips sur le bar.

Elle s'exécuta en soupirant.

— Vous mangez des chips ? Ce n'est pas très bon pour la santé, docteur.

— Exact. Elles ne sont pas pour moi mais pour une amie, dit-il en mettant le paquet dans sa poche. Vous en voulez peut-être ?

— Non, merci. Je préfère les salades.

— Ne me dites pas que vous êtes au régime ! Vous n'en avez vraiment pas besoin, décréta-t-il en posant sur elle un regard appréciateur. Je vous trouve... presque trop mince. Oh, excusez-moi, j'aperçois une connaissance.

Il se leva et se dirigea vers une infirmière, une ravissante jeune femme dotée d'une somptueuse chevelure d'un roux flamboyant. Voilà pourquoi il l'avait rejointe ici : pour s'entretenir avec cette délicieuse créature ! Un pincement de jalousie prit Linda au dépourvu. Car il s'agissait bien de cela. En cet instant, elle aurait donné n'importe quoi pour être à la place de cette inconnue qui suscitait l'intérêt aimable et les sourires de Jamie.

Il lui inspirait des sentiments déconcertants. Sa jalousie n'avait pas lieu d'être puisque non seulement elle n'était pas amoureuse de lui mais elle le trouvait exaspérant, suffisant, et...

Cette jeune femme était vraiment jolie ! Linda acheva son thé en ruminant et sursauta quand Jamie se retourna brusquement pour la rejoindre.

— Je vais régler la note. Attendez-moi sur le parking.

Quand il émergea sous le soleil de plomb, Linda remarqua sa démarche chaloupée, sa peau bronzée, son élégance naturelle. Il portait une chemisette et un pantalon en lin beige qui mettaient en valeur son corps athlétique et terriblement... sexy. Troublée, elle s'apprêtait à ouvrir sa portière quand il posa une main sur son bras nu. Elle sursauta.

— Je ne mords pas, Linda ! lança-t-il en riant. Laissez votre voiture ici, nous prenons la mienne.

Elle secoua vigoureusement la tête.

— Pas question. Je ne laisse pas Esméralda ici. Il n'y a même pas d'ombre !

Jamie jeta un œil à la Mini.

— Esméralda ? C'est le nom que j'avais donné à ma première moto. Amusant, non ? Bon, nous n'en aurons pas pour longtemps. Ne vous inquiétez pas pour elle, elle ne va pas fondre.

Sur ce, il lui prit le bras et elle n'eut d'autre choix que de le suivre jusqu'à la Jaguar sans oser lui demander où il l'emmenait.

Au lieu de prendre le chemin de la clinique, Jamie s'engagea sur une petite route de campagne et s'arrêta peu après dans une allée bordée d'arbres. Linda imagina qu'ils allaient rendre visite à un patient fortuné vivant dans une maison de rêve, exactement le genre de demeure où elle aurait aimé habiter, isolée de la route et des regards par un vaste jardin que dominait un magnifique magnolia.

— Pourquoi ne m'avez-vous pas dit que nous faisions une visite à domicile, docteur ?

— Parce que ce n'est pas le cas. Nous nous accordons une petite récréation : vous êtes chez moi, Linda, dit-il en poussant la grille.

Elle ouvrit de grands yeux ronds.

— Eh bien... vous ne vous refusez rien !

Elle s'empourpra de honte. Quelle réflexion idiote...

— J'adore ce magnolia, ajouta-t-elle, comme pour se rattraper.

Maintenant qu'elle en connaissait le propriétaire, elle examina la maison avec un intérêt nouveau. De style géorgien, elle était partiellement tapissée de vigne vierge et lui sembla trop grande pour un homme seul. Peut-être la partageait-il avec Wanda ?

Elle se demanda s'il avait une gouvernante mais Jamie sortit un trousseau de clés et lui ouvrit la porte.

Une fraîcheur saisissante régnait dans le vestibule dallé de marbre. Linda frissonna.

— C'est la différence de température avec l'extérieur. Suivez-moi.

Il la conduisit sur une agréable terrasse qui courait sur toute la longueur de la maison. Derrière elle, Jamie posa les mains sur ses épaules et elle eut immédiatement envie de se laisser aller contre lui. Prise d'une bouffée de chaleur plus intense que tout ce qu'elle pouvait imaginer, elle s'efforça de ne rien laisser paraître de son trouble mais il ne fut pas dupe.

— Il fait trop chaud maintenant, n'est-ce pas ? murmura-t-il. Venez...

Ils traversèrent la terrasse et se retrouvèrent devant l'eau miroitante de la fameuse piscine dont Muriel Craig lui avait parlé. Linda mourait d'envie de faire un plongeon.

— J'aurais aimé vous proposer de vous baigner mais je doute que les maillots de Wanda vous aillent.

Elle le remercia en souriant pour cacher la peine que lui causait cette révélation. Wanda vivait donc avec lui ! Elle devait s'y attendre, après tout, mais elle s'était prise à rêver de... de quoi, au juste ?

— Je ne sais pas si elle est là. Je fais un saut là-haut. Elle s'est peut-être allongée. Faites comme chez vous, dit-il avant de s'éclipser.

Le cœur lourd, Linda s'approcha du bassin. Deux chaises longues se trouvaient au bord de l'eau. Sur l'une d'elles étaient posées une paire de lunettes de soleil et un chapeau de paille rose à large bord. Elle essaya de se représenter leur propriétaire qu'elle imaginait grande, mince et belle. Proche de la trentaine, cultivée... une riche divorcée, peut-être. En tout cas, une femme expérimentée et sophistiquée, décida-t-elle en se souvenant de celle qui les avait abordés au restaurant. Le genre de personne que Linda n'avait pas l'habitude de fréquenter.

— C'est bien ce que je pensais, elle s'est allongée. Elle nous rejoint tout de suite, lança Jamie en descendant les quelques marches de pierre.

Eh bien, elle saurait bientôt si la réalité correspondait à son idée.

— Vous me semblez pensive, Linda. Auriez-vous un souci ? s'enquit-il avec une pointe d'amusement.

— Je me disais que vous étiez bien cruel de me montrer votre piscine sachant que je n'ai pas de maillot ! mentit-elle en essayant de rire.

Il plissa ses yeux clairs avec une attention accrue.

Non, vous ne lirez pas en moi ! se promit-elle. Son attention fut alors attirée par une voix rauque provenant de la terrasse. Elle se retourna lentement, certaine de se retrouver face à une réplique de Lauren Bacall.

La stupeur la laissa bouche bée. La femme qui descendait lentement les marches avait au moins cinquante ans et ses cheveux tiraient nettement sur le gris.

— Wanda Hemsley, Linda Scott. Je crois vous avoir déjà parlé de Mme Hemsley, Linda.

Elle crut déceler une pointe d'ironie dans son intonation.

— Jamie m'a tellement vanté les mérites de sa nouvelle infirmière que j'ai tenu à vous connaître, lança Wanda avec un grand sourire.

— Très heureuse, parvint à articuler Linda.

Jamie vint à son secours.

— Quelque chose me dit que Linda s'attendait à voir une très jeune femme aux cheveux roux...

A son vif amusement, elle rougit jusqu'aux oreilles.

— Je ne suis ni rousse ni jeune, quoique... Allons, venez vous asseoir près de la piscine et appelez-moi Wanda, comme tout le monde. Mes tenues de bain seront trop grandes pour vous mais vous pouvez toujours en essayer une.

Le jeune femme s'empressa de refuser. Elle n'avait aucune envie de monter dans la chambre que Wanda partageait avec Jamie. Non, c'était au-dessus de ses forces.

— Je préfère m'asseoir à l'ombre, merci.

— Vous avez raison, avec votre peau de blonde... Vos cheveux sont magnifiques, tu ne trouves pas, Jamie ?

— J'ai un faible pour les blondes, je le reconnais, avoua-t-il en effleurant les boucles de Wanda.

Ils se sourirent, les yeux dans les yeux, et Linda se sentit de trop. Elle n'avait plus qu'une envie : rentrer au plus vite. Ces deux-là s'aimaient malgré leur différence d'âge, c'était clair, et qu'ils ne fussent pas mariés ne changeait rien aux sentiments qui les unissaient. Elle aurait vraiment voulu se sentir heureuse pour eux, mais c'était au-dessus de ses forces.

Jamie alla chercher des boissons fraîches dans la maison et Linda se retrouva seule avec Wanda.

— Il est adorable, n'est-ce pas ? lança-t-elle en se débarrassant de son caftan, révélant des formes généreuses moulées dans un maillot une pièce noir.

Elle chaussa ses lunettes de soleil et se coiffa du chapeau rose.

— Alors, mademoiselle Scott. Parlez-moi de vous. Jamie dit que...

— Oh, appelez-moi Linda, je vous en prie !

Se demandant ce qu'elle allait bien pouvoir lui raconter, elle fut soulagée d'entendre Wanda reprendre la parole. Dès qu'elle fut lancée, plus rien ne l'arrêta. Linda se contentait d'approuver ou de sourire de temps à autre, sans interrompre son monologue. Elle lui rappelait certaines de ses patientes en quête d'amour et elle ne put s'empêcher de la trouver sympathique, presque attendrissante. Wanda acheva en déclarant qu'elle rêvait de devenir actrice jadis, mais qu'un mariage malheureux avait mis fin à ses espoirs.

— La seule bonne chose qui en ait résulté, c'est ma fille, Chrissie, dit-elle avec un sourire triste. C'était une enfant adorable, du moins je le pensais mais...

Linda n'en sut pas davantage car Jamie réapparut avec un plateau chargé d'orangeade et de biscuits. Il remplit les verres et s'assit près de Wanda.

— Je parlais de Chrissie, reprit soudain Wanda.

Jamie faillit s'étrangler avec sa boisson dont quelques gouttes tombèrent sur sa chemisette. Il se redressa avec humeur.

— Que disais-tu exactement ? demanda-t-il d'une voix douce.

— Rien de précis, je...

— C'est préférable, ma chère Wanda. De toute façon, Linda et moi devons repartir d'ici peu. Nous ne pouvons faire l'école buissonnière toute la matinée !

Il lança à la jeune femme un regard entendu qu'elle interpréta comme une mise en garde. Contre quoi ? Avait-il peur qu'elle ne s'immisce trop dans sa vie ? Elle n'en avait pas l'intention et, de toute façon, c'est lui qui avait tenu à l'amener chez lui ! Saisissant toutefois le message, elle termina son orangeade et se leva, aussitôt imitée par ses hôtes.

Wanda capta alors l'attention de Jamie et hocha la tête en signe d'assentiment, ce qui embarrassa visiblement son compagnon.

— Allez, filez tous les deux. Tu rentreras tard, Jamie ?

— Non, je ne crois pas, répondit-il, toute son assurance retrouvée. Je rapporte le plateau dans la cuisine et nous nous sauvons.

— Jamie ne veut pas que je parle de Chrissie, mais j'en ai besoin ! s'empressa d'expliquer Wanda à Linda dès qu'elles furent seules. Vous comprenez, elle est morte... alors que nous aurions pu l'éviter ! Mais... au lieu de cela, Jamie et moi l'avons laissée mourir !

Sa voix se brisa et Linda prit ses mains dans les siennes.

— Je suis sûre qu'il n'y avait rien à faire, sinon le Dr Grainger l'aurait sauvée, la réconforta Linda en supposant que la jeune fille s'était suicidée et que Jamie n'avait pu l'en empêcher.

— Oui, vous devez avoir raison, mais nous l'aimions tellement tous les deux ! C'était d'ailleurs impossible de ne pas aimer Chrissie. Elle ressemblait à votre petit ami, d'après Jamie, lui confia-t-elle, au grand étonnement de Linda.

Ce dernier apparut sur la terrasse et Wanda eut tout juste le temps d'arracher à Linda la promesse de revenir la voir.

— Je veux bien, mais à condition que le Dr Grainger soit d'accord.

Sur ce, elle courut vers lui.

— Excusez-moi, je n'arrivais pas à... à...

— A vous en défaire ? Je sais.

Ils adressèrent un signe à Wanda qui leur répondit avant de s'installer dans sa chaise longue en baissant son chapeau sur ses yeux.

— Elle me semble très seule, commenta Linda comme ils arrivaient à la voiture.

— Vous êtes très perspicace, infirmière Scott ! Elle a besoin de parler, en effet. Habituée comme vous l'êtes à écouter l'expression de la souffrance mentale, vous êtes la personne idéale pour elle. Et la seule infirmière de la clinique à qui je pourrais confier cette mission. Je sais que vous ne la perturberez pas.

— Merci.

Elle se sentait à la fois flattée par cette marque de confiance et déçue qu'il ne l'ait invitée chez lui qu'en raison de ses compétences professionnelles.

— Et Mme Skilton ? demanda-t-elle pour changer de sujet. Vous disiez qu'elle était prête à venir à la clinique ?

— Mm ? Euh... pas exactement. J'étais tellement énervé que je l'ai plus ou moins poussée jusqu'à ma voiture, elle et cet énorme chat qu'elle tenait dans ses bras. Elle n'a même pas eu le temps d'avoir peur ! Il est parfois très bénéfique de secouer un peu ce genre de patients, conclut-il avec un petit sourire.

— Pourquoi étiez-vous énervé ? s'étonna-t-elle, incapable d'imaginer qu'il puisse perdre son sang-froid avec ses malades.

Il semblait sur le point de s'expliquer quand il se ravisa.

— J'avais dû me lever du pied gauche, éluda-t-il, la laissant sur sa faim.

— Que s'est-il passé, ensuite ? Mme Skilton s'est-elle précipitée chez elle pour se mettre à l'abri ?

— Non. Elle s'est mise à trembler, pétrifiée sur place. Le chat a alors voulu se dégager et j'ai réussi à les ramener à l'intérieur sans problème.

— Je me demande si nous réussirons un jour à l'attirer à la clinique. En se servant des chats, peut-être. Je lui ai laissé entendre que les patients seraient heureux de les voir.

— Oui, elle m'a dit que vous vouliez introduire les animaux dans la clinique !

Il lui sourit avec chaleur et l'espace d'un instant, Linda sentit son cœur battre de bonheur. Elle redoutait de gâcher cette entente fragile mais un sujet la préoccupait.

— A propos de Wanda... elle m'a demandé de revenir la voir et j'ai accepté à condition que vous soyez d'accord. Elle tient à me parler de Chrissie, je crois...

— Elle m'en parle souvent aussi et je crains de redouter plus qu'elle l'évocation de ces souvenirs douloureux.

Il se rangea soudain le long de la route et se tourna vers Linda. Un sourire triste flottait sur ses lèvres.

— Elle pense que vous auriez pu sauver Chrissie. S'est-elle... suicidée ?

Diverses émotions se peignirent sur le visage de Jamie et Linda regretta d'avoir avancé cette hypothèse.

— Non, elle ne s'est pas suicidée, répondit-il d'un ton glacial. Chrissie adorait la vie qui le lui rendait bien. Elle est morte accidentellement mais Wanda refuse de l'admettre. Elle est convaincue que nous aurions pu l'en empêcher. C'est faux. Chrissie brûlait la vie par les deux bouts. Elle aimait le risque et serait morte jeune de toute façon.

Il se tut et son regard se perdit sur la route devant eux. Ses doigts se crispèrent sur le volant et Linda faillit les envelopper dans les siens pour le réconforter, l'aider à chasser les fantômes qui assombrissaient son visage. Mais en vertu de quoi aurait-elle agi ainsi ?

Elle se permit tout juste d'effleurer sa main, et il lui sourit.

— On vous parle facilement, Linda. Vous invitez à la confidence, c'est ce qui me plaît en vous.

Elle s'efforça d'apprécier cet aveu qu'elle devait considérer comme un compliment.

— Sauf quand vous faites votre mauvaise tête ! crut-il bon d'ajouter.

— Ce n'est pas vrai, je...

Elle s'interrompit sous l'intensité du regard de Jamie et détourna les yeux, le cœur battant. Au bout d'un silence, il remit le moteur en route et démarra.

S'adossant confortablement dans son siège, Linda ferma les yeux. Sa vie lui pesait tout à coup, et elle sentait une migraine s'annoncer. Elle n'avait pas résolu son problème avec Paul et voilà qu'elle désirait ardemment un homme qui n'était pas libre...

5.

— Madame Ellershaw ? Je suis Linda Scott, l'infirmière. Entrez, je vous en prie. Le Dr Grainger va vous recevoir.

Linda serra la main de Betty Ellershaw, une femme nerveuse, aux mains moites.

— Voulez-vous une tasse de thé ? proposa-t-elle pour la mettre à l'aise.

— Oh, je ne m'attendais pas à ça ! s'exclama la patiente en pénétrant dans la salle de consultation.

La trouvant trop « médicale », Linda y avait apporté certains changements depuis son arrivée. Des rideaux en chintz aux couleurs vives assortis au tissu du divan et des fauteuils frémissaient sous la brise qui entrait par la fenêtre ouverte. Plusieurs chaises confortables étaient disposées autour du bureau et Linda proposa à la patiente de s'installer où elle le désirait.

— Les cabinets de psychiatres ne sont pas forcément des lieux sombres et austères pourvus d'un divan noir où l'on est tenu de s'allonger. Il se peut d'ailleurs que ce soit le Dr Grainger lui-même qui y prenne place ! Il affectionne aussi le fauteuil près de la fenêtre. C'est un adepte du grand air.

— Mon mari aussi aime — ou plutôt aimait — ça, répondit Mme Ellershaw. Il dormait toujours la fenêtre ouverte, qu'il pleuve, qu'il neige ou qu'il vente. J'avais beau me plaindre, il n'en faisait qu'à sa tête. Mais maintenant, il est parti. Oui, il est parti et je suis toujours là, ajouta-t-elle comme pour elle-même.

Linda l'écoutait attentivement en se gardant de l'interrompre. Elle devrait noter tous ses propos dans son dossier, au cas où elle omettrait de les mentionner à son thérapeute, consciemment ou non. Tout avait de l'importance, en psychiatrie.

— C'est tellement injuste qu'il soit mort alors que je suis encore en vie ! explosa soudain Mme Ellershaw au moment où Jamie arrivait.

Il lui sourit et lui tendit une main à laquelle elle s'agrippa telle une naufragée. Ne voulant pas troubler par sa présence ce premier contact visiblement réussi, Linda allait s'éclipser discrètement quand Jamie la rappela :

— Ne partez pas, mademoiselle Scott.

Etonnée, elle proposa d'apporter du thé.

— Demandez à un étudiant de s'en charger et revenez tout de suite, s'il vous plaît.

Linda s'exécuta mais elle tomba sur un patient puis sur la surveillante qui voulait son avis sur un malade, ce qui la retarda.

— Ah, enfin ! lança Jamie à son retour.

Mme Ellershaw lui apprit qu'elle venait de parler au psychiatre de la manie de son mari de dormir la fenêtre ouverte et elle continua dans un flot de paroles ininterrompues. Jamie l'écoutait sans intervenir, se contentant de hocher la tête de temps à autre.

Pour une raison qui leur échappait, Mme Ellershaw se tenait pour responsable de la mort de son conjoint, tout comme Wanda s'accusait de celle de sa fille, songea Linda. Elle était curieuse de voir comment Jamie aborderait le problème mais à sa grande surprise, il ne le mentionna pas malgré les références fréquentes de la patiente. Il changea même carrément de sujet, lui posant les questions usuelles des premiers entretiens sur son enfance, sa famille, ses souvenirs les plus lointains.

Contrairement à d'autres, Mme Ellershaw était très diserte et il était l'heure de déjeuner quand Jamie mit fin à l'entretien. A son plus vif plaisir, il lui proposa de se joindre à eux à la cafétéria. Linda accompagna ensuite la patiente chez elle et à son retour, elle apprit que Anne Redmond, la dernière venue dans l'équipe, n'avait pas cru bon de se charger de la séance de relaxation à sa place.

— Je ne pensais pas que c'était si important, avoua-t-elle.

— Les patientes se sentent plus détendues quand elles rentrent chez elles, plus fortes pour affronter le monde. Muriel n'était pas libre pour me remplacer ?

— Oh, je crois qu'elle a eu un problème avec un jeune homme. Il rôdait dans le service depuis un moment et il refusait de sortir. Elle a fini par le prendre par la main et l'emmener dans la salle d'attente. Il me semble qu'ils y sont encore.

— Bon, je vais voir si elle a besoin d'aide. Pouvez-vous demander aux patientes si elles veulent toujours leur séance ?

— Bien sûr, mademoiselle Scott.

Linda s'étonna de trouver la porte de la salle d'attente fermée. Elle frappa et se sentit soulagée quand Muriel Craig lui ouvrit sans pour autant la laisser entrer, faisant barrage de son corps dans l'entrebâillement :

— Oh, c'est vous, mademoiselle Redmond ! lança-t-elle haut et fort, à la stupeur de Linda. Mlle Scott n'est toujours pas arrivée ? Eh bien, M. Winterton devra revenir une autre fois. Elle est très occupée, je sais.

Sur ce, Muriel referma énergiquement après avoir jeté à Linda un regard entendu.

Saisissant le message, celle-ci s'éloigna sans mot dire en remerciant Muriel en silence. Paul recommençait à exiger qu'elle se consacre à lui alors qu'elle lui avait clairement demandé de ne plus la déranger sur son lieu de travail. Et c'était l'infirmière Craig qui héritait de son fardeau… Décemment, elle ne pouvait s'en décharger sur elle ! Faisant demi-tour, elle entra sans frapper dans la salle d'attente.

Assis près de Muriel, Paul lisait son manuscrit à voix haute.

— Bonjour, Paul ! Il paraît que tu voulais me voir ?

Elle adressa à l'infirmière un sourire reconnaissant et celle-ci laissa échapper un petit soupir de soulagement.

— Si vous voulez bien commencer la relaxation, Muriel. Je vous rejoins dans une minute.

— J'étais en train de lui lire le chapitre où le détective confronte le meurtrier, tout au moins celui qu'il prend pour lui ! se plaignit Paul dès qu'ils furent seuls. Elle était captivée.

— Je la comprends, reconnut Linda, car il avait écrit un assez bon policier. Mais tu l'empêches de travailler. Nous nous verrons ce soir, au dîner, d'accord ? ajouta-t-elle en ouvrant la porte en grand pour lui signifier qu'il était temps qu'il parte.

— Je suis de trop apparemment, remarqua-t-il avec un sourire.

— Tu sais très bien que nous sommes toutes très prises à la clinique. Si mon patron te trouve ici, je vais avoir des ennuis.

— Cela m'étonnerait. Je crois que tu lui plais. Qui ne t'aimerait pas, d'ailleurs, mon petit canard ? la taquina-t-il avant de franchir la porte, posant au passage un baiser sur sa joue.

Partagée entre l'amusement et la colère, Linda ne bougea pas. Toujours égal à lui-même malgré cet épouvantable week-end passé chez sa sœur, Paul usait de son charme comme si, certain de son pouvoir, il demeurait imperméable au reste. Il avait le don de la désarmer mais elle devait impérativement rester sur ses gardes. Si seulement il trouvait un éditeur, elle serait peut-être débarrassée de lui ?

Inconsciemment, elle avait posé une main sur la joue où il l'avait embrassée et c'est dans cette posture que Jamie la surprit. Elle laissa vivement retomber sa main.

— Vous êtes très occupée, je vois, jeta-t-il sèchement.

— Je suis toujours occupée, docteur, répondit-elle d'un ton calme.

Qu'avait-il exactement surpris de la scène ? Et qu'allait-il encore s'imaginer ? Décidément, il semblait être né pour la prendre en défaut !

— Tant mieux, parce que je vous donnerais quelque chose à faire si vous vous trouviez désœuvrée.

Linda entreprit de compter mentalement pour ne pas exploser de colère.

— Dix ! lança-t-elle triomphalement en prenant le chemin de son bureau, la tête haute.

Elle croyait avoir surmonté la situation quand elle l'entendit derrière elle.

— Personnellement, je serais allé jusqu'à vingt, au minimum, dit-il en s'installant dans un fauteuil. J'étais venu vous demander si Winterton était rentré. Je connais la réponse, maintenant.

Linda soupira.

— Il est arrivé dans la nuit de dimanche dans un état… lamentable. Nous nous sommes un peu… disputés quand j'ai refusé qu'il s'installe dans le salon avant d'avoir pris un bain.

— Tiens, tiens… Petite femme, grand caractère ?

— C'est un peu facile de se moquer de ma taille ! Quand je suis en colère je l'oublie complètement, figurez-vous. Et je vous assure que je l'ai secoué !

— Peine perdue, Linda. Les gens comme lui n'écoutent jamais qu'eux-mêmes.

Elle se demanda s'il pensait à Chrissie…

— Et Wanda ? Pourrais-je aller la voir ou non ? enchaîna-t-elle par association d'idée.

— Wanda ? répéta-t-il, surpris. Eh bien ! Oui, pourquoi pas ?

— Cela n'a pas l'air de vous enthousiasmer.

— Qu'est-ce qui vous fait dire ça ?

— Vous craignez que je ne m'immisce dans votre vie privée et…

— Je ne crains rien du tout, croyez-moi ! la coupa-t-il avec dédain. Pour qui vous prenez-vous ?

Se rendant compte qu'il était blessant, il se radoucit instantanément.

— Excusez-moi, Linda. Wanda donne justement une petite fête, vendredi. Aimeriez-vous vous joindre à nous ?

Elle aurait sans doute apprécié cette invitation si elle n'avait eu l'impression qu'il la conviait pour se faire pardonner. Poussée par un désir de vengeance un peu puéril, elle rétorqua :

— Pourrai-je amener Paul ? Il adore les fêtes.

— Eh bien ! Si vous y tenez, acquiesça Jamie à contrecœur. Pour être franc, il ne sera pas le bienvenu mais Wanda se chargera certainement de lui. Nous ferons un barbecue, si le temps le permet ou bien un simple buffet. Jenny Meacham sera là aussi. Vous vous souvenez d'elle ? Nous l'avons rencontrée à Brighton.

Si elle s'en souvenait ! L'idée de cette soirée lui souriait beaucoup moins tout à coup, mais elle ne sut comment faire marche arrière.

— Bien sûr. Je serai ravie de la revoir, susurra-t-elle avec un grand sourire. Merci pour cette invitation, Jamie.

— Vous ne m'en voulez plus ?

— Ecoutez, ce n'est pas moi qui suis sans cesse en train de vous prendre en faute, de vous critiquer, de vous juger !

— Quoi ? C'est l'image que vous avez de moi ? s'étonna-t-il.

— Vous ne vous rendez pas compte de...

« De l'effet que vous produisez sur moi », faillit-elle ajouter imprudemment, ce qu'il aurait pu mal interpréter en pensant à un effet de tout autre nature. Elle s'empourpra violemment mais il ne s'en avisa pas, heureusement. Il semblait pensif.

— Je crois comprendre ce que Wanda voulait dire quand elle a parlé d'une certaine alchimie entre nous. Elle prétendait même percevoir les étincelles...

— Ce n'est pas de l'alchimie mais de l'électricité, rectifia-t-elle, troublée par la perspicacité de Wanda.

— Pensez-vous qu'un orage pourrait éclater si je vous embrassais de nouveau, Linda ? murmura-t-il soudain.

Nous devrions songer à faire cette expérience prochainement, je suis très curieux d'en connaître le résultat. Bon, revenons aux choses sérieuses. Comment avez-vous trouvé Mme Ellershaw, ce matin ?

— Mme... Ellershaw ? Eh bien, balbutia-t-elle en s'efforçant de surmonter son émoi. Je pense qu'elle souffre d'une grande solitude. Son sentiment de culpabilité me paraît injustifié. D'après moi, elle a surtout besoin d'apprendre à le vaincre pour pouvoir faire son deuil. Une psychothérapie me paraît suffisante.

— C'est exactement mon avis.

L'infirmière Redmond surgit à ce moment-là et bien qu'elle s'adressât à Linda, ses yeux restaient fixés sur Jamie.

— Avez-vous besoin de moi, mademoiselle Scott ? Mme Craig s'occupe de la relaxation et je n'ai plus rien à faire.

— Je vous suggère de la rejoindre, mademoiselle, dit Jamie en souriant. Cela vous permettrait de vous familiariser avec cette technique.

— Bien sûr, docteur, répondit la jeune femme, subjuguée par le beau Dr Grainger. A tout à l'heure.

Il lui aurait demandé d'aller se jeter à l'eau qu'elle l'aurait fait sans discuter ! songea Linda avec humeur.

— Une conquête de plus au palmarès du séduisant Dr Grainger ! s'entendit-elle commenter d'un ton léger qu'il ne sembla pas apprécier.

— Je ne cherche pas à collectionner les conquêtes. Je n'y peux rien si les femmes sont sensibles à mon charme.

— Mais vous les charmez, alors que vous me réservez vos réflexions blessantes !

— Ce n'est ni le lieu ni le moment de régler nos comptes. Nous sommes censés nous occuper de nos patients. Je reconnais que…

— Oui ?

— Quand je vous vois assise là, jolie comme un cœur, j'ai beaucoup de mal à me concentrer sur la psychiatrie, murmura-t-il. Revenons à Mme Ellershaw. Vous me disiez que…

Linda eut bien des difficultés à retrouver ses esprits. Il la trouvait jolie… Le compliment la touchait plus qu'elle ne l'aurait voulu.

— Oui… je pensais qu'une psychothérapie suffirait peut-être à…

— Oui, les antidépresseurs ne s'imposent pas pour le moment. Bien. Nous commencerons par trois séances par semaine. Cela vous semble un bon rythme ?

Linda réfléchit en songeant combien elle aimait travailler avec lui et combien elle appréciait qu'il sollicite son avis. Au moins, il ne considérait pas les infirmières comme de simples exécutantes. Avec lui, elles avaient vraiment l'impression d'appartenir à l'équipe, de participer pleinement aux traitements.

Au plan professionnel, ils s'entendaient à merveille. Au plan personnel, en revanche…

— Alors ?

Linda sursauta en s'apercevant qu'elle s'était attardée à le contempler sans s'en rendre compte.

— Oui… Il me semble.

Une lueur amusée pétillait dans les yeux clairs du psychiatre et il vint à la jeune femme l'envie saugrenue de s'y noyer. Leur limpidité évoquait la mer en hiver, une mer parcourue de dangereux courants sous-marins qui l'aspiraient inexorablement. Il n'aurait nul besoin de l'attirer dans les profondeurs mouvantes où des vagues de plaisir viendraient les envelopper. Elle s'y laisserait couler sans la moindre résistance…

Mais elle s'égarait. Jamie n'était pas pour elle. Wanda avait besoin de lui.

« Et toi, n'as-tu pas besoin de lui bien davantage ? » lui souffla une petite voix.

Déconcertée par le tour que prenaient ses pensées, Linda voulut lui demander des nouvelles de Gwen Skilton mais les mots moururent sur ses lèvres quand elle surprit l'expression de Jamie. Il semblait sur le point de parler lui aussi… Une sorte de charme les enveloppait. L'air vibrait, le silence bruissait. Ne sachant comment rompre cet envoûtement, Linda appela de ses vœux une intervention extérieure. La sonnerie du téléphone, l'arrivée d'un patient…

Finalement, Jamie baissa les yeux, rassembla ses papiers et sortit sans un mot, la laissant avec l'impression que son avenir tout entier venait de franchir la porte avec lui.

6.

A en juger par le nombre de voitures garées dans l'allée et le bruit provenant de la fête, il ne s'agissait pas d'une petite soirée toute simple comme Jamie l'avait prétendu. Linda fut tentée de faire demi-tour et de rentrer. Il ne se rendrait sûrement pas compte de son absence, avec tout ce monde.

Elle posait la main sur la clé pour remettre le contact quand elle s'arrêta. D'où lui venait cette lâcheté soudaine ? Etait-ce l'idée de voir Wanda et Jamie ensemble qui l'effrayait ? Sans doute, mais il y avait tous les autres invités, et elle trouverait bien à se distraire.

Prenant son courage à deux mains, elle sortit de la voiture et se dirigea vers la grille latérale, regrettant presque que Paul ait refusé de l'accompagner. C'était un comble !

La première personne sur laquelle elle tomba fut Anne Redmond, au bras d'un homme qu'elle ne connaissait pas. Elle ignorait que Jamie l'avait invitée…

— Bonjour, mademoiselle Scott ! Je ne pensais pas vous voir ici ! Je ne comptais pas venir, mais le chef a insisté. Je vous présente mon petit ami, Peter… Dr Peter Sayers. Il prend ses fonctions à Summerheath la semaine prochaine.

Linda murmura quelques paroles de politesse avant de s'éclipser à la recherche de Jamie. Il se trouvait près du barbecue d'où s'échappait un fumet alléchant et se retourna à son approche, comme s'il l'avait sentie arriver. Un grand tablier blanc protégeait ses vêtements.

— Je suis heureux que vous soyez venue, Linda, dit-il en lui prenant la main. Qu'avez-vous fait de votre amoureux ? ajouta-t-il, une lueur taquine dans les yeux.

— Si c'est de Paul que vous parlez, il a préféré rester travailler à son livre. Il aimerait le terminer et il s'y emploie d'arrache-pied.

— Je n'en doute pas. Avez-vous vu Wanda ?

— Non, je viens d'arriver.

— Seulement ?

— Oui... Paul a insisté pour que je finisse de taper son dernier chapitre avant de partir. J'ai tout juste eu le temps de me changer.

— Eh bien ! Cela ne se voit pas. Votre robe vous sied à ravir.

Le compliment lui alla droit au cœur. C'était sa dernière acquisition : une robe de soie noire dont la fluidité soulignait ses formes sans les mouler. Elle la portait avec un collier de grosses perles blanches, ses cheveux blonds négligemment retenus par une simple épingle chinoise. D'élégantes sandales noires à hauts talons complétaient cette toilette.

— Je suis presque aussi grande que vous, avez-vous remarqué ? plaisanta-t-elle pour cacher son trouble.

Au lieu de sourire, il la regarda avec une intensité brûlante et l'espace d'un instant, elle crut qu'il allait la toucher. « Non, Jamie, nous ne sommes pas seuls », faillit-elle murmurer.

— Je n'aime pas vous voir perdre votre temps avec ce vaurien, Linda. Vous méritez mieux.

— Paul n'est pas un vaurien.

Et qu'importe votre opinion puisque vous vivez avec une autre ! faillit-elle crier.

— Que fera-t-il quand il aura fini son fameux best-seller ? continua-t-il en s'essuyant les mains. Robert ! Tu peux me relayer, s'il te plaît ?

Sur ce, il prit le bras de Linda et l'entraîna vers un petit groupe qui entourait Wanda.

— Venez, je vais vous présenter. Alors ? ajouta-t-il comme elle gardait le silence.

— Alors quoi ? J'ignorais que les projets de Paul vous intéressaient. Je suppose qu'il partira dès qu'il n'aura plus besoin de moi.

Et c'était vrai. Ces derniers jours, elle avait remarqué qu'il se détachait imperceptiblement d'elle. Tant mieux... Qu'il trouve quelqu'un d'autre à harceler et la laisse en paix !

— C'est toujours triste, la fin d'une belle histoire d'amour, glissa-t-il comme ils arrivaient près du groupe d'où fusait le rire de Wanda.

— Wanda me paraît en pleine forme, ce soir, remarqua Linda. Je...

— Ne changez pas de sujet, la coupa-t-il sèchement. Nous parlions de Paul, pas de Wanda !

— Ecoutez, ce qui se passe entre Paul et moi ne vous regarde pas.

— Non, vous avez raison, admit-il soudain. Si vous aimez ce type, après tout...

— Mais je ne l'aime pas ! Comment dois-je vous le dire, à la fin ? C'est un ami que j'héberge temporairement et quand il partira...

— Vous voudriez me faire croire que vous partagez votre maison avec un homme jeune et séduisant, mais pas votre lit ?

La pression de sa main sur son bras s'était renforcée. Elle tenta de se libérer et il la lâcha avec une telle brusquerie qu'elle perdit l'équilibre et faillit se retrouver contre lui. Ils commençaient à attirer l'attention alors elle fit un signe à Wanda pour mettre un terme à cet échange houleux.

— Linda ! Soyez la bienvenue ! Venez donc nous rejoindre...

Linda lui obéit avec reconnaissance. Que Jamie aille au diable ! De quel droit s'ingérait-il dans sa vie privée alors qu'il protégeait jalousement la sienne ?

Wanda la présenta à ses amis parmi lesquels Jenny Meacham.

— Je ne m'attendais pas à vous voir ici, mademoiselle Scott, lui jeta cette dernière en la détaillant avec insolence.

— Linda est infirmière. Elle travaille avec Jamie, expliqua Wanda.

Le visage de Jenny s'éclaira soudain.

— Oh, je comprends mieux ! Je trouvais bizarre que Jamie dîne à Brighton avec une jolie jeune femme alors que Wanda se languissait toute seule à la maison. Mais si vous faites partie de son équipe, alors...

Affreusement gênée, Linda ne sut que répondre mais Wanda vint à son secours en l'attirant à l'écart.

— Ne faites pas attention à Jenny, murmura-t-elle. Elle n'est pas heureuse avec Robert et ne supporte pas que quiconque le soit. C'est la vie..., ajouta-t-elle avec un petit soupir triste.

Suivant la direction de son regard, Linda découvrit que Jamie était entouré de femmes qui se disputaient son attention. Il semblait avoir totalement oublié la pauvre Wanda.

— La récolte promet d'être bonne, cette année, remarqua-t-elle en entraînant Linda vers le verger situé à l'arrière du jardin. Meilleure que l'an passé, en tout cas. Que de pommes à ramasser, n'est-ce pas ?

— Je viendrai vous aider, si vous voulez.

— Avec grand plaisir ! Jamie n'aura qu'à nous prévenir dès qu'elles seront mûres.

— Vous... vous n'habitez pas ici ?

— Bien sûr que non ! s'étonna Wanda. Je pensais que vous saviez... pour Jamie et moi.

Non, elle ne savait pas et elle ne voulait rien savoir sur Jamie et elle !

— Je vais voir s'il a besoin d'aide. La déformation professionnelle, sans doute ! tenta-t-elle de plaisanter.

Wanda l'observa attentivement.

— Je crois que votre compagnie lui fera plaisir de toute façon, affirma-t-elle d'un air énigmatique. Il vous aime beaucoup.

— Il apprécie *toute* son équipe, corrigea Linda. Une bonne entente est indispensable à notre réussite. Je ne suis d'ailleurs pas la seule qu'il ait invitée.

— Si vous voulez parler de cette fille, la nouvelle, je crains qu'elle se soit plus ou moins invitée ! En revanche, Muriel Craig vient toujours à nos petites soirées mais c'était son anniversaire aujourd'hui et son mari l'a emmenée dîner.

Linda était au courant, en effet.

— Quant aux autres, ce sont des amis à moi pour la plupart. Jamie les appelle « les petits du show-biz ».

Des acteurs de seconds rôles, des doublures, ce genre de personnes. Je suis montée sur les planches, il y a des années. Je n'ai jamais été très bonne, hélas, avoua-t-elle en soupirant. J'étais soulagée que Chrissie n'ait pas hérité de ce virus mais…

— Wanda, si vous voulez me parler d'elle, Jamie est d'accord pour que je vienne vous voir. Il y a des douleurs qu'il ne faut pas garder pour soi et je suis sûre que Chrissie n'aimerait pas vous savoir malheureuse.

— Cela n'a jamais été son souci, répondit-elle, à la grande surprise de Linda. Chrissie était tellement sereine, tellement belle… Rien ne l'atteignait. Rien ni personne. Elle ne paraissait pas son âge. A trente ans on la prenait encore pour une adolescente. Son visage n'avait pas une seule ride, son sourire était toujours radieux…

Le portrait que Wanda ébauchait était celui d'un individu doté d'une « personnalité hystérique », ainsi que la qualifiaient les psychiatres. Paul entrait lui aussi dans cette catégorie. Il s'agissait d'une névrose plutôt que d'une maladie mentale et il n'y avait pas d'autres traitements que la psychanalyse pour en venir à bout. Encore fallait-il que les malades acceptent de s'y soumettre…

— Je comprends, Wanda. N'hésitez surtout pas à m'appeler si vous avez besoin de parler.

Elles échangeaient un regard de compréhension quand Jamie, qui descendait les marches de la terrasse dans leur direction, les appela. Wanda lui tendit les bras mais Linda se détourna, le cœur en miettes. Pour la première fois, elle comprit combien Jamie Grainger comptait pour elle.

Incapable de réprimer ses larmes, elle tenta de fuir le regard acéré du médecin qui la scrutait avec attention.

Rien ne lui échappait ! Avec lui elle se sentait infiniment vulnérable, comme nue...

— Y a-t-il d'autres personnes de la clinique ici ? demanda-t-elle en s'efforçant de dominer son dépit.

— Non, à part Mlle Redmond. Elle m'a tellement répété qu'elle adorait les barbecues que je me suis senti obligé de l'inviter !

Il achevait à peine ces mots qu'un groupe de femmes l'accapara, dont Anne Redmond, justement. Le Dr Sayers n'était plus avec elle et elle souriait au psychiatre d'un air aguicheur. Avec une pointe d'envie, Linda constata qu'elle était presque aussi grande que lui, et se sentit très vite exclue de leur conversation.

Posant doucement une main sur son bras, Wanda l'entraîna vers le barbecue où Robert Meacham s'affairait. Contrairement à sa femme, il était extrêmement agréable, et un peu théâtral dans ses gestes.

— C'est un acteur, expliqua Wanda. N'est-ce pas, Robert ? Mon acteur préféré, d'ailleurs.

Il lui sourit, mais une certaine tristesse se lisait dans ses yeux.

— Je ne fais guère l'acteur depuis quelque temps, hélas. J'ai même dû accepter un travail de bureau, confia-t-il en tendant à Linda un plat de saucisses et de tomates grillées. Vous trouverez des pommes de terre là-bas, avec du beurre et des sauces gorgées de calories !

Linda s'éloigna en jetant un coup d'œil en direction de Jamie. Il était seul avec Anne Redmond à présent, un peu à l'écart, et appréciait visiblement sa compagnie.

Et alors, quel mal y a-t-il à prendre du bon temps ? se gourmanda-t-elle en se mêlant aux autres, décidant de s'amuser elle aussi.

Ignorant ses efforts pour l'oublier, Jamie ne tarda pas à la rejoindre.

— Ça va, Linda ?

Elle hocha la tête.

— Ce poulet est délicieux, dit-elle en avalant sa bouchée.

Il suivit des yeux le mouvement de sa langue sur ses lèvres.

— Voulez-vous voir ma salle de gymnastique ? Je vous promets de ne pas profiter de la situation, ajouta-t-il devant son hésitation.

Refusant de paraître lâche, elle accepta et le suivit jusqu'à une dépendance située à l'arrière de la maison.

— Wanda appelle cet endroit la « salle de massages », lui apprit-il en ouvrant la porte. Ce n'est rien de tel, bien sûr.

— Ah bon ! Vous n'avez pas une masseuse suédoise chargée de vous détendre après vos dures journées ?

— Hélas, non. Et ce n'est pas faute d'avoir cherché !

— C'est impressionnant ! s'exclama-t-elle en découvrant un équipement complet : deux bicyclettes, des haltères, des appareils de toute sorte, un sauna.

— Tout cela est à votre disposition, il vous suffit de demander.

Sans s'en rendre compte, elle recula d'un pas. L'endroit lui semblait soudain trop étroit. Elle était beaucoup trop près de lui, beaucoup trop... Elle aurait dû sortir, s'enfuir sur-le-champ. Au lieu de cela, elle ne bougea pas quand il s'approcha d'elle en la fixant avec intensité. Ni même quand il enroula un bras autour de sa taille pour l'attirer contre lui. Encore moins quand il se pencha pour murmurer contre sa bouche :

— Linda... oh, Linda...

Son prénom ne lui avait jamais semblé aussi beau que porté par la caresse de son souffle brûlant. Il s'empara de ses lèvres sans qu'elle offrît la moindre résistance et l'embrassa avec une telle passion qu'elle eut l'impression de s'envoler vers le septième ciel. Elle en perdit le souffle. Son cœur battait à se rompre. Un désir ardent s'emparait d'elle.

— Non, je vous en prie... Jamie, nous ne pouvons pas... Je...

Un nouveau baiser lui imposa le silence, puis il chuchota son prénom, encore et encore, tout en s'aventurant à l'embrasser dans le cou, à mordiller le lobe d'une oreille. Linda gémit sous cette douce torture, se mit à haleter quand sa langue prit le relais. Elle n'entendait plus que son souffle tremblant. Quand il reprit ses lèvres, elle se sentait prête à toutes les folies. Rien ne l'avait préparée à éprouver des sensations aussi divines dans les bras de Jamie Grainger.

Tout à coup, elle songea à Wanda, à la peine insupportable qu'elle éprouverait si elle les surprenait. Elle tenta de se dégager mais il resserra son étreinte. Il voulait la garder contre lui et dans le regard qu'il posa sur elle, elle lut une expression qui ressemblait à... de l'amour.

« N'oublie pas Wanda... », lui rappela la petite voix de la sagesse.

— Jamie, arrêtez, je vous en prie... Si quelqu'un venait... Imaginez qu'Anne Redmond nous surprenne.

Il soupira en s'écartant à regret mais garda ses mains dans les siennes.

— Oui, tout l'hôpital serait au courant, vous rendez-vous compte ? la taquina-t-il.

— Je ne plaisante pas ! Vous n'avez aucun... aucun scrupule, aucun respect pour les sentiments des autres !

ajouta-t-elle en se souvenant qu'il lui avait reproché d'avoir embrassé Paul en public. A l'avenir, je vous suggère de réserver vos baisers à vos conquêtes !

Il la considéra avec un mélange de stupeur et d'amusement.

— Vous avez absolument raison, Linda. Je m'y appliquerai désormais, soyez-en sûre.

Retenant un sanglot, elle tourna les talons et courut vers la sortie, et faillit renverser l'une des bicyclettes dans son élan. Celle de Wanda, peut-être ? Pauvre femme. Comment Jamie pouvait-il agir de la sorte envers elle ?

Et comment avait-elle pu, elle, répondre ainsi à son baiser ?

7.

— Il faut que je touche un nombre incalculable de choses, docteur, avouait péniblement Mlle Brent.

Linda l'encouragea d'un sourire et la patiente continua.

— Je m'y emploie en général une dizaine de fois. Ensuite, je les compte. Il peut s'agir d'un dessin sur le rideau, de débris entre les pavés... n'importe quoi. Et puis je recommence encore et encore de crainte d'avoir oublié un détail.

Son regard était devenu fixe. Perdue dans son univers obsessionnel, Mlle Brent semblait avoir oublié les gens qui l'entouraient, Jamie, Linda, un groupe d'élèves infirmières, l'assistante sociale et le psychologue. Leur présence ne l'empêchait pas de décrire ses symptômes. Pour certains patients, s'exprimer devant plusieurs personnes avait un effet thérapeutique. De plus, la diversité des points de vue des uns et des autres était souvent bénéfique et utile.

Seul Jamie l'interrogeait. Linda aurait aimé en faire autant mais c'était à lui de mener la séance. Dans son costume sombre, il était particulièrement séduisant et elle sentit son cœur se serrer. Il n'était pas pour elle, elle ne devait pas l'oublier.

— Depuis quand ces compulsions vous posent-elles des problèmes, mademoiselle Brent ? s'enquit-il.

« Depuis quand m'aimez-vous ? » aurait-il pu demander à Linda. Car elle l'aimait, elle n'en doutait plus. Elle l'aimait sans espoir de retour, et elle souffrait.

— Depuis que... que mon ami m'a quittée, murmura Mlle Brent.

— Pensez-vous que ces symptômes disparaîtraient s'il revenait ?

Le visage sans âge de la patiente s'éclaira et elle hocha la tête. Elle se trompait. Le retour de cet homme n'aurait pas cet effet miracle et si c'était le cas, d'autres troubles remplaceraient ceux dont elle souffrait actuellement. Seul un traitement approprié pourrait en venir à bout.

Peu après l'entretien, Linda rédigeait le compte rendu dans son bureau quand Jamie fit irruption dans la pièce.

— Vous m'avez fait peur ! s'écria-t-elle en sursautant.

— Vraiment ? Voilà qui est révélateur, Linda. Depuis quand avez-vous peur de moi ?

— N'essayez pas de m'analyser ! Ce n'est pas parce que je vous ai demandé de... de garder vos baisers pour Wanda que vous me faites peur.

Une semaine s'était écoulée depuis la soirée du barbecue. Très pris par leur travail, ils avaient à peine eu le temps de se parler. Elle l'avait surpris une ou deux fois en train de l'observer mais elle s'était appliquée à l'éviter dans la mesure du possible. Lui-même n'avait pas cherché à l'approcher et c'était tant mieux...

— Alors selon vous, Wanda a l'exclusivité de mes baisers ?

Il eut un petit rire.

— Intéressant…, ajouta-t-il.

Un médecin l'appela à cet instant et il repartit en riant de plus belle. Qu'est-ce que cela signifiait ? se demanda Linda, perplexe.

Elle ne revit Jamie qu'en fin d'après-midi, à l'heure de la séance de relaxation. Elle avait réussi à persuader Mlle Anstey d'y assister.

— Je n'en ai pas vraiment besoin, vous savez ! se défendit néanmoins cette dernière. Je fais cela chez moi et cela me suffit. Enfin, puisque vous y tenez… Mais ce n'est pas comme si j'étais malade, n'est-ce pas ?

— Bien sûr que non. La plupart de nos…

Elle faillit dire « patients », ce qui aurait contredit sa dernière affirmation.

— Des gens qui viennent ici, se reprit-elle, souffrent simplement de symptômes qui leur compliquent la vie. Nous les aidons à s'en débarrasser. Cela dit, nous ne vous imposons rien. Nous nous contentons de vous conseiller une marche à suivre.

Les participants étendirent leurs tapis de sol. Mlle Anstey tira le sien le plus loin possible des autres, remarqua Linda en signalant à sa collègue de commencer. Aujourd'hui, l'infirmière faisait son premier essai. Une cassette diffusait une musique douce sur laquelle Anne Redmond devait évoquer des paysages paisibles, la mer, des rivages de sable, des couchers de soleil…

Linda se joignit aux patients et s'allongea près de Mlle Anstey.

— Je déteste m'installer près de personnes que je ne connais pas, lui confia cette dernière en chuchotant.

Peu après, Anne commençait.

— Mesdames, je vous invite à fermer les yeux. Imaginez qu'un homme grand, brun et séduisant frappe à votre porte et vous propose un rendez-vous...

Linda s'assit en sursautant. Ce n'était pas du tout ce qu'elle était censée dire !

A ce moment-là, Jamie Grainger fit irruption dans la pièce et un éclat de rire général l'accueillit.

Il ne manquait plus que lui ! pesta Linda en se levant. Depuis quand interrompait-il les séances ?

— Asseyez-vous ou plutôt allongez-vous, mademoiselle Scott, je vous en prie. J'ai décidé de me relaxer avec vous aujourd'hui.

Sur ce, il prit un tapis et le disposa près d'elle.

— Vous permettez ?

Lavinia Anstey se déplaça avec empressement afin qu'il puisse s'installer près de Linda. Comment Anne Redmond avait-elle deviné l'arrivée de Jamie ? se demandait Linda avec humeur.

— Si vous voulez que nous nous détendions, je vous propose de lire le passage dont nous étions convenues, lui suggéra-t-elle sèchement comme Anne se réjouissait du tour qu'elle venait de lui jouer.

Jamie rit lui aussi, au grand agacement de Linda qui s'écarta de lui au maximum avant de fermer résolument les yeux. Comment se décontracter dans une atmosphère pareille ? Ce n'était pas grave pour elle mais pour les patients, cela pouvait l'être. Ces séances influençaient le traitement des phobiques de façon décisive.

La jeune infirmière entama enfin la séance et Linda revint très vite sur son jugement. Anne lisait bien, d'une voix légèrement voilée, très douce. Elle se laissa bercer et parvint même à oublier la présence de Jamie.

— Vous vous sentez bien, mademoiselle Scott ? s'enquit-il avec amusement, à la fin de la séance.

« Je me serais sentie mieux si j'avais été allongée *contre* vous et non juste *près* de vous », répondit à sa place une petite voix canaille...

Seigneur, elle s'égarait !

— Linda ? Vous m'entendez ?

— Oui... très bien. Vous ne m'aviez pas dit que vous veniez, aujourd'hui.

— Comment l'aurais-je pu ? Vous passez votre temps à m'éviter. Je me trompe ?

Elle aurait bien aimé se dérober mais il lui bloquait le passage. Les patientes étaient sorties et il ne restait plus qu'Anne Redmond, occupée avec le lecteur de cassettes. Elle ne risquait pas de les entendre, tout au moins Linda l'espérait-elle.

— J'étais occupée, c'est tout. Voulez-vous que je passe chez Mme Skilton, demain ?

— Quelle promptitude à changer de sujet ! Oui, je veux bien, répondit-il en reprenant son ton professionnel. Comment va-t-elle ?

Ils s'engagèrent dans le couloir en évoquant le cas de l'agoraphobe.

— Je la trouve un peu mieux mais je pense qu'elle a besoin d'un traitement de fond. En tout cas, elle progresse depuis que nous avons réussi à persuader son mari de se montrer plus compréhensif, de l'encourager au lieu de la critiquer sans cesse.

Jamie approuva et ils convinrent d'engager une infirmière-thérapeute à plein temps afin de soulager Linda et d'assurer un meilleur suivi des patients.

Au moment d'entrer dans son bureau, Linda s'arrêta et Jamie se heurta à elle. Comme il posait une main sur son bras pour l'aider à garder l'équilibre, il s'aperçut qu'elle tremblait.

— Mon Dieu, Linda, ma présence vous trouble-t-elle à ce point ? murmura-t-il.

— Mais non ! C'est simplement... je ne m'attendais pas à... enfin... je ne vois pas de quoi vous voulez parler !

Seigneur, elle s'enferrait ! Pire : elle se ridiculisait. A son regard rieur, elle comprit qu'il se moquait d'elle.

— J'ai des rapports à taper, si vous voulez bien m'excuser...

Sur ce, elle se rua dans la pièce. Le téléphone sonna au même moment et un malheureux hasard voulut que ce fût Paul. Elle s'efforça tant bien que mal d'écourter la conversation, mais Jamie l'avait suivie.

— Bon, je dois te laisser, maintenant. A tout à l'heure, Paul, et bon courage pour ta relecture !

— Au moins, il est arrivé au bout de son livre, c'est déjà quelque chose, commenta le psychiatre dès qu'elle eut raccroché.

— Oui. Il n'a pas que des défauts, vous savez. Il est parfois très pénible, je le reconnais, mais il a été malade et...

— Non, Linda. Paul n'a pas été malade, c'est dans son caractère. Un peu comme Chrissie, j'en ai peur.

Elle savait qu'il avait raison mais elle refusait obstinément de l'admettre devant lui.

— S'il a été admis au Baxter, c'est qu'il était malade. Sa petite amie s'est tuée et il a sombré dans la dépression.

— Tout à fait normal, dans de telles circonstances. Je n'appartiens pas à cette école de pensée selon laquelle les dépressions réactionnelles traduisent une anomalie psychique. N'est-ce pas logique de souffrir après la mort d'un être cher ?

Elle dut admettre qu'il avait raison mais le débat s'arrêta là car il la considérait à présent avec une expression grave, chargée d'intensité.

— Oh, Linda..., commença-t-il, heureusement interrompu par l'arrivée de Muriel Craig venue leur dire au revoir.

Linda profita de cette intrusion pour prendre ses notes et s'éclipser à son tour. Elle les taperait chez elle car il était hors de question qu'elle reste une minute de plus près de Jamie Grainger, même si elle en mourait d'envie. Il n'était pas libre et c'était injuste pour Wanda. Elle ne devait jamais l'oublier.

— Linda ! Surprise de me voir, pas vrai ?

Reconnaissant immédiatement cette voix familière, Linda s'arrêta sur les marches de la clinique, le temps que Tim Coleman, un ancien collègue, la rejoigne.

— Plutôt, oui ! admit-elle avec un grand sourire. Tu travailles toujours au Baxter ?

— Oui, acquiesça-t-il en frottant son menton râpeux. Excuse mon apparence négligée, je me suis endormi et je n'ai pas eu le temps de me raser ce matin. Il ne faudrait pas que je tombe sur le grand chef. Il est là ?

— Je ne sais pas. En général, je ne travaille pas le samedi mais nous ne pouvons exiger que nos patients ne soient pas malades le week-end ! Jamie... le Dr Grainger tient à ce que la clinique reste aussi opérationnelle le week-end que pendant la semaine.

— Jamie ? Tu l'appelles par son prénom ? Pourtant, il m'a paru plutôt glacial lors de notre rencontre.

Linda ne fit aucun commentaire et il la suivit jusqu'à son bureau où elle l'invita à s'asseoir.

— J'ai l'impression d'avoir quitté Baxter depuis des lustres, remarqua-t-elle avec un sourire avant de se perdre dans ses pensées.

— Coucou ! Je suis toujours là, chantonna Tim en agitant la main.

— Oh, excuse-moi, je... je suis un peu préoccupée ces temps-ci. Tu sais que Paul Winterton s'est installé chez moi, je suppose.

Tim était l'infirmier chargé de suivre Paul, au Baxter. Il le connaissait sans doute mieux que personne.

— Oui. Il me l'a dit lui-même il n'y a pas longtemps, un jour où il passait à l'hôpital saluer d'anciens amis. Je lui ai conseillé de ne pas abuser de ta gentillesse mais il s'est contenté de sourire avec cet air innocent qui le caractérise.

— Le fait est que je ne suis pas arrivée à me débarrasser de lui. Heureusement, il est parvenu à la fin de son livre et...

— Penses-tu ! Paul n'a jamais terminé quoi que ce soit.

— Mais si ! C'est moi qui dactylographie son roman. J'espère d'ailleurs qu'il s'en ira dès qu'il l'aura donné à son éditeur.

— Mmm... je souhaite que tu aies raison, répondit Tim, dubitatif. Mais parlons plutôt de toi, enchaîna-t-il en se penchant vers elle, accoudé au bureau. Si quelque chose te tente, ce week-end, je suis ton homme ! Que dirais-tu d'un petit tour à Bluebell Railway ?

— J'adore les visites historiques, Tim, mais je dois emmener des patientes à Arundel Castle à la fin du mois. Cela me suffira pour l'instant.

Elle s'efforça de sourire mais il ne sembla guère convaincu par sa gaieté. Tim et elle étaient restés bons amis après une tentative de flirt échouée. Ils avaient pris l'habitude de sortir ensemble en toute amitié et Linda regrettait de l'avoir perdu de vue depuis quelque temps. Elle avait tant besoin de se confier à quelqu'un !

— En revanche, si tu m'invitais à dîner, un de ces soirs…

— Super ! Ce soir ?

Il semblait si heureux qu'elle n'eut pas le cœur de lui avouer qu'elle avait prévu de passer une soirée tranquille.

— D'accord, ce soir. Il y a bien longtemps que je ne suis pas sortie avec un beau jeune homme ! ajouta-t-elle en riant.

En effet, Tim était plutôt séduisant avec ses cheveux blonds décolorés par le soleil, ses grands yeux bleus et sa façon directe et franche de regarder les gens.

— Tu veux dire que tu t'ennuies ?

— Oh, tu sais ce que c'est, le travail, toujours le travail !

— Il ne faut jamais négliger ses loisirs, très chère, et encore moins ses relations avec le sexe opposé. Paul est sans doute trop égoïste pour songer à te distraire… à moins qu'il y ait une histoire d'amour entre vous ?

— Non, pas du tout ! Il se comporte avec les femmes comme s'il était irrésistible. Bien entendu, il ne comprend pas que je n'aie pas encore succombé à son charme !

Sur ce point, il n'était pas le seul, ajouta-t-elle mentalement en pensant à Jamie.

— Je n'éprouve rien d'autre que de l'amitié pour lui, et encore… depuis quelque temps, même cette amitié me pèse. Il s'est incrusté chez moi peu à peu. Il a d'abord obtenu mon adresse par quelqu'un du Baxter, ensuite il s'est invité à dîner, une fois, deux fois… tellement heureux de me voir, de pouvoir passer la nuit chez moi où il était si bien, où il reprenait goût à la vie... Il a insisté pour que j'accepte de lui louer la chambre d'amis et aujourd'hui, il est toujours là.

— Tu dois le mettre dehors, Linda. Veux-tu que je m'en charge ?

— Non, je crois sincèrement qu'il partira dès que son livre sera fini.

— Mais s'il revient ? Promets-moi de me prévenir si cela se produit.

Elle hocha la tête en souriant, heureuse de compter au moins un véritable ami dans sa vie.

— Tu sais, je pourrais aussi me réfugier chez ma mère mais pour moi, c'était un défi à relever que de m'installer ici.

L'autre défi s'appelait Jamie Grainger, mais celui-là lui paraissait insurmontable. Elle devrait à tout prix mettre les choses au clair d'ici peu.

— Encore dans tes pensées, Linda ?

— Oh, excuse-moi... je pensais à Jamie...

— Jamie, hum ? répéta-t-il en l'observant avec une drôle d'expression. Il doit nous faire visiter la clinique lundi, à mon groupe et à moi, mais j'ai voulu te voir d'abord. Et je ne le regrette pas, ajouta-t-il avec un regard appuyé qu'elle feignit d'ignorer.

— Il ne m'en a pas parlé.

Normal, ils s'ignoraient depuis plusieurs jours maintenant, mais elle ne pouvait le confier à Tim sans prendre le risque qu'il se pose des questions...

— Bon, je passe te prendre vers 19 heures, d'accord ?

— D'accord. Veux-tu que nous déjeunions ensemble, en attendant ? Tiens, voici la clé de chez moi. Tu n'as qu'à nous préparer un petit en-cas, il y a tout ce qu'il faut dans le réfrigérateur.

— Excellente idée ! Mais… je ne tiens pas à tomber sur Paul.

— Il est parti chez sa sœur pour quelques jours.

— Oh, dans ce cas…

Il prit la clé qu'elle lui tendait, l'embrassa sur le front et quitta la pièce.

L'instant d'après, l'infirmière Whitehead faisait son entrée pour prendre les notes de Linda sur l'agoraphobie. Si elle l'avait vue donner sa clé à Tim, elle en tirerait des conclusions erronées, certes, mais qui se répandraient dans le service comme une traînée de poudre. Il ne manquait plus que ça !

Avec un soupir, elle se mit au travail afin de prévoir le planning des week-ends. Elle voulait notamment organiser des rendez-vous avec d'anciens patients sortis d'affaire afin qu'ils prouvent aux malades que l'on pouvait vaincre ses symptômes et mener une vie normale. Elle avait ainsi plusieurs idées sur les moyens de les aider mais elle devait d'abord en référer à Jamie.

Ils ne pouvaient continuer à s'ignorer sous peine de nuire au bon fonctionnement du service, et elle se promit de lui parler dès le lundi suivant.

8.

— Les patientes adoreraient avoir un salon de coiffure à leur disposition, à la clinique. Les hommes aussi d'ailleurs et…

— Eh bien, Linda ! Vous voilà pleine de projets ! Dites-moi, où comptez-vous trouver les fonds pour les mettre en œuvre ?

Exaspérée, Linda sc leva. Depuis le début de la matinée, il s'acharnait à mettre toutes ses idées en pièces.

— Désolée si je vous semble trop attachée au bien-être de mes patients. N'avez-vous pas dit que vous teniez à ce que vos infirmières soient très impliquées dans leur travail ?

— Asseyez-vous et ne vous énervez pas.

— Comment ne pas m'énerver alors que vous… vous…

— Je quoi… ? répéta-t-il dans un souffle en se penchant vers elle.

Un petit sourire flottait sur ses lèvres et l'espace d'un instant, Linda eut envie de l'embrasser. Ni plus ni moins. Elle refoula aussitôt ce désir fou, se rappelant l'existence de Wanda.

— Docteur Grainger… ?

Il se redressa et tenta de prendre un air sérieux.

— Oui, mademoiselle Scott ?

Elle ne put s'empêcher de sourire.

— Voilà qui est mieux. Vous savez ce qu'on dit : « Sourire tient les psys à distance ».

Elle plongea le nez dans ses notes. S'il continuait comme ça, elle ne parviendrait jamais à lui exposer ses griefs.

— J'essaierai de m'en souvenir. Pour en revenir à mon idée de salon de coiffure...

Il soupira en passant une main dans ses cheveux.

— Vous avez de la suite dans les idées. Bon, je verrai ce que je peux faire. Notre administrateur est du genre économe, mais sait-on jamais ? D'autre part, je reçois un groupe du Baxter, cet après-midi. Vous connaissez au moins l'un des infirmiers, je crois ?

Il l'observait d'un air apparemment désinvolte mais elle le soupçonnait d'être très attentif à sa réponse. Il n'allait pas se comporter comme Paul, tout de même !

— Vous voulez parler de Tim Coleman, j'imagine. Nous avons déjeuné ensemble, samedi, lui apprit-elle à dessein.

— Déjeuné *et* dîné.

— En effet, admit-elle, surprise. Comment le savez-vous ? Vous étiez dans le même restaurant ?

— Non. C'est Wanda qui vous a aperçue. Il paraît qu'il est très séduisant. Elle a cru qu'il s'agissait de Paul.

— Vraiment... ? Oui, je me souviens de ce groupe exubérant à l'autre bout de la salle...

Comment n'aurait-elle pas repéré la crinière flamboyante de Jenny Meacham ? Wanda devait se trouver parmi eux.

— Exubérant ? Connaissant les Meacham, cela ne m'étonne pas mais l'important, c'est que Wanda s'amuse.

— Je me suis beaucoup amusée moi aussi, glissa-t-elle.

Pourquoi mentait-elle ? Il s'en moquait de toute façon.

— Autant qu'au déjeuner ?

Il se leva et se mit à arpenter la pièce. Il y avait beaucoup plus d'espace que dans le bureau de Linda, mais elle avait malgré tout l'impression d'étouffer. Jamie dégageait une énergie presque palpable.

— Nous avons déjeuné au cottage, dit-elle comme il s'arrêtait pour regarder par la fenêtre.

En contemplant sa large carrure, ses cheveux qui ondulaient sur sa nuque, Linda fut prise d'une inexplicable envie de pleurer.

— C'est un ex ? Pourquoi « ex », d'ailleurs ? Votre petit ami, peut-être ?

— Tim ? Pas du tout. Nous nous sommes connus au Baxter. Une idylle aurait pu naître entre nous mais... nous sommes devenus amis, rien de plus.

Pensive, Linda songea qu'elle n'éprouvait pas plus d'attirance pour Tim que pour Paul bien qu'ils fussent très séduisants tous les deux. Elle s'était même demandé si elle était normale jusqu'à ce que Jamie entre en scène. Dès lors, elle n'avait plus conçu le moindre doute sur ses réactions de femme.

— Les choses changeront peut-être lorsque vous serez débarrassée de Winterton... Ecoutez, je ne voudrais pas me répéter, mais je vous ai déjà priée de ne pas étaler votre vie privée à la clinique. Si vous devez donner votre clé aux uns et aux autres, faites-le au moins quand vous n'êtes pas de service !

— Comment osez-vous insinuer que je me conduis d'une manière inconvenante ! C'était samedi. Tim est simplement allé préparer notre déjeuner. Vous... c'est ridicule !

— *Vous* êtes ridicule, c'est bien ce que vous vouliez me dire, n'est-ce pas ?

Exactement ! eut-elle envie de crier. Mais il était son patron. Même s'il se montrait odieux, elle ne pouvait se permettre de franchir certaines limites.

— Vous travaillez beaucoup, Linda, même le samedi, je le reconnais, enchaîna-t-il en se tournant vers la fenêtre. Notre budget ne nous permet hélas pas d'engager quelqu'un d'autre pour le moment. Vous n'aurez qu'à ajouter ces journées à vos vacances.

— J'ai justement prévu de partir une semaine en août, si cela vous convient.

— Oui, nous nous débrouillerons.

Certes. Ils s'étaient bien « débrouillés » sans elle jusqu'ici, songea-t-elle avec une pointe d'amertume. Elle ne risquait pas de lui manquer, en tout cas.

— Cela vous fera du bien de partir, ajouta-t-il.

— J'avais prévu d'aller à Rome avec une amie mais elle vient de perdre sa mère. Ce sera pour une autre fois. D'autre part, j'ai ici un article que j'aimerais vous montrer. Il s'agit de l'histoire d'un agoraphobe qui m'a fait penser à Gwen Skilton. Tenez...

Elle lui tendit la revue à la page concernée et il s'approcha d'elle pour y jeter un coup d'œil. Linda se troubla aussitôt. Il lui suffisait de l'effleurer pour la mettre dans tous ses états. Quelle idiote elle faisait !

— Oui, je l'ai lu, dit-il. Intéressant.

Il posa une main sur son bras.

— Linda ? Vous me semblez nerveuse...

— Moi ?

— Qui d'autre ?

— J'ai dû prendre... un café de trop.

— Oui, ce doit être ça : le café...

Un sourire illumina soudain son visage et il lui ébouriffa les cheveux avant de laisser glisser une mèche entre ses doigts.

— Ils sont beaux, commenta-t-il. Vous devez faire des jalouses dans le service.

— Je pensais les couper, murmura-t-elle, regrettant immédiatement de lui confier une chose dont il se moquait éperdument.

— Pas trop, Linda, ce serait dommage..., dit-il dans un souffle, l'observant avec intensité.

Comme envoûtée, elle crut qu'il allait l'embrasser mais il se reprit brusquement et s'écarta, saisissant le magazine pour se donner une contenance. Mal à l'aise, elle fouilla dans son sac à la recherche de son stylo en or, s'attirant de nouveau l'attention de Jamie.

— C'est un Parker, et j'y tiens beaucoup. Il appartenait à mon père, expliqua-t-elle. Il est mort il y a plusieurs années. Il... il buvait.

Sur ce, elle se dirigea résolument vers la porte, se promettant d'éviter à l'avenir ce genre d'entrevue avec lui. Comment ne pas être au supplice en présence de cet homme qu'elle aimait alors qu'il appartenait à une autre ?

— Linda...

Elle s'arrêta dans l'entrebâillement, se tourna vers lui et le regarda froidement. Seigneur ! Pourquoi lui avoir avoué que son père était alcoolique ? Elle n'avait aucune envie d'entendre ses paroles de pitié. La plus à plaindre, dans tout cela, c'était sa mère...

— Je ne savais pas, dit-il simplement. Mais nous n'en parlerons plus. Asseyez-vous et revenons à cet article.

Avez-vous l'intention d'en rédiger un ? N'auriez-vous pas aidé Winterton à écrire son roman, par hasard ?

Décidément, Paul était une idée fixe chez lui ! Une étincelle de colère brilla dans ses yeux.

— Vous êtes vraiment…

— Oh ! l'interrompit soudain une voix familière. Excusez-moi… aurais-je surpris une querelle ?

Vêtue d'un caftan coloré, Wanda se tenait dans l'encadrement, pétillante de gaieté.

— Non, ce n'est rien, répondit Jamie. Entre, Wanda.

Il lui tendit une chaise d'une main distraite. Les voir ensemble était plus qu'elle n'en pouvait supporter. Linda s'éclipsa, prétextant que ses occupations l'appelaient. Des larmes perlaient au coin de ses yeux et elle espéra qu'elles étaient passées inaperçues.

Au moment où elle refermait la porte, elle entendit Wanda dire :

— Jamie ! Comment as-tu pu faire une chose pareille ? Je t'avais dit que…

Linda n'en sut pas davantage. De toute façon, cela ne la concernait pas.

Ce fut elle qui fut chargée de faire visiter la clinique au personnel du Baxter. Indifférent à l'intérêt qu'il suscitait auprès de l'une de ses collègues féminines, Tim ne la quitta pas d'une semelle. Elle profita d'une pause-café dans l'après-midi pour le lui faire remarquer.

— Tim, commença-t-elle fermement, tu devrais faire preuve d'un peu plus d'esprit d'équipe. Tu n'as pas adressé la parole à Pam de toute la journée.

Il haussa les épaules.

— Elle, je la vois tous les jours alors que toi, hélas… J'ai beaucoup apprécié notre dîner en tête à tête, l'autre soir.

Pour sa part, elle aurait mille fois préféré passer cette soirée avec Jamie. Involontairement, elle se rembrunit et Tim posa sa main sur la sienne.

Fidèle à lui-même, le Dr Grainger choisit ce moment-là pour faire son apparition.

— Désolé de n'avoir pu me libérer plus tôt pour me joindre à vous, lança-t-il avec un large sourire. Mademoiselle Scott s'est sans doute chargée de vous distraire, glissa-t-il en jetant un regard appuyé sur leurs mains jointes.

Linda se retint de retirer la sienne. Pas question de lui donner ce plaisir !

Il s'assit avec eux et s'entretint avec Tim. De quel droit Jamie se permettait-il de telles insinuations sur sa vie personnelle ? Ne s'autorisait-il pas une attitude équivoque à son égard alors qu'il vivait avec une autre femme ? Il était mal placé pour jouer les censeurs.

Tim lui tapota soudain le dos de la main et elle revint au présent, l'air gênée.

— Je crois qu'elle ne nous écoutait pas, n'est-ce pas, Linda ? remarqua Jamie avec un petit rire.

— Eh bien, c'est vrai… J'étais ailleurs.

— Le Dr Grainger me disait que tu es une professionnelle hors pair et que Baxter a beaucoup perdu en te laissant venir à Summerheath.

Plusieurs infirmières de la table voisine applaudirent à ce commentaire et Linda sentit ses joues s'enflammer.

— Merci, murmura-t-elle d'une toute petite voix en évitant le regard du psychiatre.

Ils achevèrent la visite par une séance de relaxation avec les patients. Cette fois, Linda s'installa le plus loin possible de Jamie, qui félicita Anne Redmond pour ses compétences. Le sourire que celle-ci lui offrit en dit long sur les sentiments qu'il lui inspirait…

Essayant de se persuader qu'elle n'était pas jalouse, Linda prit congé de Tim qui lui fit promettre de l'appeler au moindre problème avec Paul.

Elle regagnait son bureau quand Mme Ellershaw la héla pour lui dire combien elle appréciait les séances de relaxation et plus encore, la compagnie des autres.

— Oui, le Dr Grainger m'a dit combien vous étiez seule.

— Oh, vraiment ? Il vous a parlé de moi ?

— Nous parlons de tous nos patients, madame Ellershaw. Deux avis valent toujours mieux qu'un.

— Oui, sans doute… Je voyageais beaucoup avec mon mari. Nous n'avions ni famille ni amis mais nous nous suffisions à nous-mêmes. Maintenant, je n'ai plus personne.

Linda devina aisément qu'elle espérait un geste de sa part, une invitation à la voir en dehors de la clinique, à devenir amies. Hors, nouer des liens avec des patients en cure n'était ni professionnel ni toléré. En aucun cas les soignants ne devaient profiter de la faiblesse des malades ou les empêcher de conquérir leur autonomie par rapport à eux. Elle avait eu tort de permettre à Paul de transgresser cette loi, elle le savait, même s'il était venu la harceler *après* son traitement. D'ailleurs, elle en payait le prix.

Elle se contenta de sourire à Mme Ellershaw et lui suggéra d'essayer de trouver un travail, ne serait-ce que dans une œuvre quelconque, arguant qu'elle se ferait des amis sans difficultés. La patiente n'insista pas. Elle la remercia de ses conseils et partit.

Le léger effluve d'une eau de toilette aux notes poivrées lui signala soudain la présence toute proche de Jamie. Adossé au mur du fond de la salle d'entretiens, il était resté discret jusque-là.

Troublée, comme chaque fois qu'elle se retrouvait en sa compagnie, Linda s'éclaircit la voix.

— Pauvre Mme Ellershaw... J'aurais peut-être pu l'inviter à prendre le thé, au moins une fois... ?

— Ce que vous avez vécu avec Paul Winterton ne vous a donc pas servi de leçon ? Vous ne gagnerez jamais rien en vous impliquant avec des gens souffrant de troubles de la personnalité. Mme Ellershaw n'est pas malade. Elle a seulement besoin d'un peu de soutien le temps de surmonter...

— Justement ! Si nous ne la soutenons pas, qui le fera ?

Hors d'ellc, elle prit le chemin de son bureau mais il lui emboîta le pas et referma la porte derrière lui.

— Vous n'avez pas de chance, Linda Scott. Je suis encore plus têtu que vous, déclara-t-il de cette voix chaude qui avait le pouvoir de la faire craquer.

Puis il lui sourit, et elle faillit choir dans son fauteuil.

— Néanmoins, je vous comprends. Mais cela doit rester entre nous.

— Je... merci. Je ne m'attendais pas à ce que vous l'admettiez.

— Linda, les psychiatres sont habitués à contrôler leurs émotions...

Il s'interrompit, comme s'il en avait trop dit. Soudain, elle lui trouva l'air vulnérable.

— Je comprends et...

— Cette couleur vous va très bien, la coupa-t-il en désignant sa robe pour lui signifier que la discussion était close. C'est un… marron ?

— Non, je… dirais qu'il s'agit d'un… bordeaux. Entre nous, je ne suis pas sûre que cette teinte soit l'idéale pour une blonde.

Seigneur ! Voilà maintenant qu'ils parlaient chiffons… !

— Je ferais mieux de m'en tenir aux tons pastel, ajouta-t-elle néanmoins.

— Je déteste les tons pastel. Je les trouve fades et peu seyants. Et puis les tons vifs ont un effet bénéfique sur les patients… sans parler des psychiatres !

— Je… j'ai du travail. Si vous voulez bien me laisser à présent, bredouilla-t-elle.

— A condition que vous acceptiez de dîner avec moi un de ces soirs.

Un silence tomba.

— C'est très gentil à vous, mais…

— Ah, oui, c'est vrai, j'oubliais Winterton. Sans parler de Tim Coleman. Vous êtes très prise, décidément…

— Ne l'êtes-vous pas, vous, avec Wanda ?

— Wanda ? Qu'est-ce que Wanda vient faire là-dedans ?

Il l'examina en plissant les yeux avant d'ajouter :

— Quelle relation imaginez-vous que j'ai avec elle ?

— N'est-ce pas évident ? Je ne suis pas aveugle, docteur Grainger, répondit-elle en ouvrant résolument un dossier pour fuir son regard.

Pourquoi donc lui avait-il posé cette question idiote ? se demanda-t-elle dès qu'elle fut seule.

*
**

— Voici un nouveau patient, annonça-t-elle quelques jours plus tard à Anne Redmond. Troubles obsessionnels compulsifs. Comme cela arrive fréquemment dans ce genre de cas, il a honte de ses symptômes et s'évertue à les cacher. Il se lave les mains des dizaines de fois dans la même journée. Récemment, il a développé une nouvelle manie : il est persuadé que les fenêtres restent ouvertes même après avoir vérifié plusieurs fois leur système de fermeture. Il vit dans l'angoisse que des voleurs s'introduisent chez lui. Si vous voulez bien lui ouvrir un dossier, le Dr Grainger aimerait le voir au plus vite…

— Bien sûr. Je m'en occupe tout de suite parce que… si cela ne vous dérange pas, j'aimerais partir un peu plus tôt, ce soir. Je suis invitée à dîner et je ne voudrais pas le faire attendre, ajouta-t-elle avec des airs de conspiratrice. Vous savez comment sont les hommes.

— Eh bien, d'accord. Bonne soirée !

Peu après, Muriel Craig faisait irruption dans le bureau de Linda.

— Vous avez autorisé Anne à partir plus tôt ?

— Oui, pourquoi ?

— Pour rien, je voulais vérifier. Elle vient de se sauver, ajouta Muriel d'un air réprobateur.

— Elle avait un rendez-vous… Si elle n'a pas terminé son travail, je m'en chargerai, Muriel. Personne ne m'attend, moi, alors que vous avez un mari et deux fils à la maison.

— Merci, Linda. Quant au rendez-vous d'Anne… Je l'ai vue monter dans la voiture de Jamie. Pauvre Wanda ! Bon, je vous laisse. Ne vous attardez pas trop.

Le cœur serré, Linda regarda longuement la porte après l'avoir refermée. Muriel ne semblait pas apprécier les choix de Jamie… Etrange.

9.

— Entrez, Linda ! Faites comme chez vous, lança Wanda en invitant la jeune femme à s'asseoir dans le vaste salon de Jamie.

Elle rassembla son ouvrage de couture, découvrant un chat noir qui prit aussitôt la fuite.

— Aurais-je dérangé Sa Majesté Fluffy ! Tant mieux... je vais prendre sa place, elle est toute chaude.

Wanda semblait d'excellente humeur. Etait-ce l'orage qui précédait la tempête ? se demanda Linda en pensant qu'elle ne pouvait ignorer l'infidélité de Jamie. Comme elle compatissait !

— Vous avez l'air en pleine forme, avança-t-elle.

— Oui, je suis ravie de retourner chez moi la semaine prochaine. Jamie me manquera, bien sûr, mais Fluffy et moi avons besoin de retrouver notre foyer. Alors, comment ça va entre vous ? Je veux dire, *Jamie* et vous, précisa-t-elle en riant. La dernière fois, j'ai cru remarquer des étincelles.

— Eh bien... nous ne sommes pas toujours d'accord.

— Vous vous ressemblez trop, tout le problème est là. Vous êtes aussi obstinés l'un que l'autre. Je me trompe ?

Je plaisante, bien sûr. Et ce jeune homme dont Jamie me parle tout le temps... comment s'appelle-t-il, déjà ?

— Paul ?

— Oui, c'est ça.

— Il se trouve que nous vivons ensemble... enfin, il n'y a rien entre nous ! précisa Linda devant la mine stupéfaite de son hôtesse. Jamie est persuadé du contraire mais j'ai beau le lui expliquer, il ne me croit pas.

— Il s'agit tout de même d'une situation inhabituelle, reconnaissez-le. De plus, si ce Paul est normal, il est logique de penser que vous êtes amants. Vivant sous le même toit...

Wanda l'observait avec une grande attention mais Linda n'avait pas envie de s'étendre sur sa vie privée.

— Et vous, Wanda ? Vous vivez seule ?

Sans se formaliser du changement de sujet, elle lui décrivit ses occupations, évoquant ses nombreux amis sans se faire prier.

— Oui, je suis vraiment heureuse de rentrer chez moi. Et puis, entre nous, Jamie est un amour mais... à petites doses.

Ne sachant trop comment interpréter cette dernière remarque, Linda changea de nouveau de sujet :

— Si je peux vous être utile, pour votre déménagement ?

— C'est gentil à vous mais Jamie a déjà tout organisé. Vous le connaissez...

Oui. Dans l'après-midi, ils avaient eu un nouveau différend à propos de sa façon de s'investir auprès des patients. Il s'était montré intraitable.

Elle soupira involontairement et Wanda sourit d'un air entendu.

— Prenez du café, Linda. Je voulais vous parler de ma fille mais Jamie pense que…

— Oublions Jamie, voulez-vous ? Si vous éprouvez le besoin de parler, je serais très heureuse de vous écouter.

— Vous ne comprenez pas. Je crois que c'est encore plus difficile pour lui d'aborder le sujet. Ils étaient… très amoureux.

Linda s'attendait à tout sauf à un tel aveu. Elle déglutit avec peine tandis que Wanda se levait pour fouiller dans un tiroir.

— Il m'a fallu beaucoup de temps pour trouver le courage de regarder ses photos, lui confia-t-elle en lui tendant un cliché dans un petit cadre en argent. Parfois, j'ai l'impression qu'elle va franchir cette porte… c'est idiot, non ?

Linda découvrit une jeune fille d'environ dix-huit ans, jolie mais sans rapport avec les canons actuels. Très ronde, souriante, elle semblait regarder le photographe sans le voir.

Wanda lui reprit la photo et la rangea nerveusement là où elle l'avait prise.

— Elle était ravissante, Wanda. Vous avez sûrement une photo plus récente ?

— Elle est récente. Chrissie avait vingt-neuf ans quand cette photo a été prise. L'année suivante, elle est morte. Elle était partie nager avec des gens qu'elle connaissait à peine et… elle s'est noyée. Tous ivres morts, ils n'ont pas été capables de la sauver. Je me demande si elle voulait l'être, d'ailleurs.

— Elle semblait pourtant si heureuse de vivre, sur cette photo.

— Oh, elle l'était, à sa manière. Elle ne s'est jamais souciée de quiconque, à part d'elle-même. Je me suis toujours demandé comment ils avaient pu rester aussi longtemps mariés, Jamie et elle. Les psychiatres sont sans doute plus compréhensifs que la plupart des gens.

— Mariés... ! Chrissie était son ex-femme ?

— Oui, je pensais que vous le saviez.

— Je savais qu'il était divorcé mais je n'avais pas fait le lien.

— Attendez... si je comprends bien, vous ignoriez que j'étais la belle-mère de Jamie ?

Linda se sentit rougir jusqu'aux oreilles.

— Eh bien en vérité je... je vous prenais pour sa petite amie, avoua-t-elle dans un filet de voix.

— Doux Jésus ! s'écria Wanda en se laissant tomber contre le dossier du divan, prise d'un fou rire qui lui fit venir les larmes aux yeux.

Linda aurait aimé disparaître sous terre ou Dieu sait où, tout comme le chat qui revenait justement après s'être volatilisé. Quand Jamie saurait... elle n'osait même pas y penser !

— Ah, te voilà, mon chéri ! lança Wanda en prenant l'animal qui se blottit sur ses genoux.

Elle contempla Linda, du rire plein les yeux, et cette fois la jeune femme se joignit à sa gaieté.

Lorsqu'elle prit congé, un peu plus tard, elle n'en revenait toujours pas.

Jamie était libre... Cela changeait tout !

Songeant à Anne Redmond, Linda en conçut quelques doutes. Tout de même, il aurait pu lui dire que Wanda était sa belle-mère. Comme il avait dû se moquer d'elle !

Quand elle arriva au cottage, elle était d'une humeur massacrante. Si seulement Paul avait la bonne idée d'être sorti ! Hélas, non, il l'attendait.

Il l'accueillit avec un grand sourire.

— Déjà de retour, Lindy ? Tant mieux ! J'ai deux nouveaux chapitres à taper. Oui, j'ai procédé à certains remaniements. Ils auraient besoin de…

— Cela tombe mal. Je dois travailler, cet après-midi. De toute façon, le moment est mal choisi, Paul. J'ai eu une matinée épouvantable…

— Désolé, se contenta-t-il de répondre, se remettant au travail sans insister.

Une fois de plus, elle se laissa émouvoir.

— Excuse-moi. Je te préparerai un bon dîner, d'accord ?

Sans attendre sa réponse, elle récupéra le magazine qu'elle était passée chercher puis regagna sa voiture en essayant de se détendre. Comme elle comprenait ses patients qui n'arrivaient pas à se décontracter, tout à coup !

Quand elle se gara devant la clinique, Jamie était sur le parking. Ne se sentant pas encore capable de l'affronter, elle pressa le pas. Mais elle l'entendit la suivre et se retourna brusquement, le forçant à s'arrêter.

Désarmée par son sourire, elle resta immobile, sans pouvoir prononcer une seule parole.

— Eh bien, Linda ? Vous semblez sur le point de me dévorer tout cru, dites-moi !

— Non, je ne mange pas de psychiatre le jeudi. Les autres jours, en revanche…

— Je sais ce que vous ressentez, avoua-t-il avec un doux sourire. Wanda m'a téléphoné. Elle ne m'a pas épargné, croyez-moi !

— Comment avez-vous pu me laisser dans une telle méprise ? Tenez, c'est l'article dont je vous ai parlé.

Il prit le magazine et un courant électrique passa entre eux quand leurs doigts s'effleurèrent.

— Je vous emmène dîner, ce soir. Et ne discutez pas, l'interrompit-il comme elle ouvrait la bouche pour protester. C'est un ordre de votre chef !

— Je termine mon service à 17 heures, docteur, susurra-t-elle. Passé cette heure, je ne suis plus « sous vos ordres ».

— Je pense que vous avez besoin de vous changer les idées. Un peu de conversation, du bon vin, de la musique, et...

— Et quoi ? Ma réponse est non, docteur Grainger ! Je suis fatiguée, j'ai promis à Paul de lui consacrer ma soirée et j'ai envie de hurler. Vous ne voudriez pas que je vous embarrasse en passant mes nerfs sur vous devant tous les clients du restaurant ?

Elle le défia du regard.

— Eh bien... non. Alors c'est moi qui viendrai dîner chez vous, décréta-t-il. Une petite soirée à trois, qu'en dites-vous ?

— Quelle merveilleuse idée ! Je n'y avais pas pensé, s'écria-t-elle, certaine qu'il plaisantait.

Elle décida néanmoins de le prendre à son propre piège, histoire de lui apprendre à vivre.

— Nous nous mettons à table à 19 heures, lança-t-elle. Soyez ponctuel !

Riant sous cape, il s'inclina brièvement et partit vers la clinique.

Comme par magie, la perspective de ce dîner effaça la mauvaise humeur de Linda. Un dîner qui se révéla être un tête-à-tête avec Jamie car quand elle rentra chez elle,

elle trouva une note de Paul lui annonçant qu'il passait la soirée dehors et que son manuscrit était dans sa chambre, si toutefois elle avait le temps de le taper...

Il ne manquait pas d'air, celui-là !

Quand la sonnette retentit, à 19 heures précises, Linda dévala l'escalier, les joues rosies par son long bain chaud. Sur le seuil, Jamie souriait, très élégant dans un costume clair. Il lui offrit un bouquet de roses qu'elle prit, les mains tremblantes.

— Elles sont magnifiques, Jamie... Vous n'auriez pas dû. Je... j'adore les fleurs.

Il fronça les sourcils comme il la suivait dans le salon.

— Où est ce cher Paul ? Se serait-il sauvé par dépit ?

— Je crois bien que vous avez raison. Il n'a pas pour autant oublié de me laisser une pile de feuilles à taper !

— Oui, ils n'oublient jamais l'essentiel, c'est-à-dire eux-mêmes...

Une ombre traversa son regard et prise d'une impulsion, Linda posa une main sur son bras.

— Je suis désolée, Jamie... pour Chrissie. J'imagine que...

— Non, vous ne pouvez pas imaginer, l'interrompit-il. Mais je vais vous parler d'elle, puisque vous semblez y tenir. Chrissie était charmante, douce, affectueuse. En même temps, elle pouvait être cruelle, dure, indifférente. J'avais l'impression de vivre avec une jolie poupée... à la tête vide. Elle était caractérielle, comme ce Winterton, d'après ce que j'ai vu. C'est pourquoi je vous mets en garde, Linda. Débarrassez-vous de lui avant qu'il ne ruine votre vie. Il en est capable, et il le fera.

— Je sais, avoua-t-elle dans un souffle, se rendant compte avec émoi qu'il lui avait pris la main. Mais il sait qu'il n'a pas d'avenir possible avec moi. J'ai été très claire là-dessus. Je pense qu'il a une petite amie quelque part. Pauvre fille... Bon, assez parlé de lui, maintenant ! Asseyez-vous, je reviens tout de suite.

Elle ne vit pas qu'il la suivait dans la cuisine. Une fois à la porte, elle se retourna brusquement et il la heurta. Aussitôt, il la retint dans ses bras et... ce fut comme si le temps s'arrêtait. Le souffle court, elle se dégagea sans grande conviction.

— Merci, je... je ne vous avais pas vu.

Il s'assit sur le dossier d'une chaise et la regarda s'activer. Ne sachant comment se dérober à ce regard qui la brûlait, elle finit par lui proposer de servir le vin. Au bout de quelques gorgées, elle se sentit plus détendue.

Ce premier verre leur servit d'apéritif. Lorsqu'ils s'installèrent à la petite table que Linda avait dressée, elle regretta soudain qu'elle soit de taille aussi réduite. Leurs visages étaient tout proches l'un de l'autre. Trop proches...

Ils parlèrent de choses et d'autres puis Jamie la complimenta sur son dîner, simple mais délicieux. Salade composée, grillades et purée de légumes. La conversation s'orienta alors sur le personnel de l'hôpital et Linda ne put s'empêcher d'évoquer Anne Redmond tout en surveillant attentivement la réaction de Jamie.

Il se borna à sourire :

— Jolie fille...

— Oui, et bonne infirmière. Les patients l'aiment bien. Elle se distingue particulièrement durant les séances de relaxation...

— Je ne suis pas venu ici pour entendre chanter les louanges de cette fille, l'interrompit-il en se penchant vers elle pour lui embrasser le bout du nez.

Elle recula vivement.

— Je vais chercher du pain.

— Vous avez décidément l'art de changer de sujet au bon moment, Linda. Qu'est-ce qui vous tracasse ?

— Vous n'allez pas m'analyser...

— Et pourquoi pas ? Ce serait normal, pour un psychiatre.

— Vous feriez mieux de vous pencher sur votre propre cas, docteur, répliqua-t-elle, enhardie par son deuxième verre de vin. Vous passez votre temps à essayer de me prendre en défaut, à critiquer ma vie privée, ma relation avec Paul. Vous me laissez croire que Wanda et vous êtes amants. Et pour clore le tout, vous sortez avec Anne Redmond alors que vous me sermonnez sur la nécessité de ne pas mélanger vie professionnelle et vie privée ! Vous m'interdisez de voir mes patients en dehors de la clinique mais vous êtes tranquillement assis là à...

Elle s'interrompit, à bout de souffle, tandis qu'il l'observait avec un intérêt accru.

— Oui, Linda ?

— Assis là à... à... me tourmenter !

— Je vous tourmente ? J'en suis désolé. Ce n'était pas mon intention. Je crois que c'est moi que je tourmente surtout.

Soudain, il se leva et elle se retrouva dans ses bras, serrée contre lui. Ils restèrent longuement enlacés et Linda oublia le reste du monde, rêvant de passer sa vie ainsi, contre son cœur...

La sonnerie stridente du téléphone déchira soudain le silence, rompant le charme de l'instant. Linda alla répondre, en partie soulagée car il s'en était fallu de peu qu'elle lui avoue son amour. Comment supporter ensuite de le voir tous les jours à la clinique, sachant que ses sentiments étaient sans espoir de retour ?

Car rien, dans l'attitude de Jamie, n'indiquait qu'il l'aimait aussi.

Quelqu'un avait composé un faux numéro. Linda raccrocha et sortit un instant dans le petit jardin de derrière. Les étourneaux tournoyaient en piaillant dans la douceur du soir. Elle contempla leur vol à travers ses larmes.

— Linda ?

Elle s'essuya prestement les yeux.

— Oh, Linda... Mon Dieu, c'est moi qui vous fais pleurer ? murmura-t-il en refermant de nouveau ses bras autour d'elle.

Et pour la deuxième fois de la soirée, elle oublia tout ce qui les séparait, cette femme qu'il avait aimée, qu'il aimait peut-être encore, les autres, leurs divergences de vues... Elle respira son odeur en fermant les yeux. Contre lui, elle était au paradis.

Il l'entraîna à l'intérieur sans la lâcher et s'assit avec elle sur le divan, baisant ses joues mouillées, ses lèvres, le creux de son oreille, son cou. Eperdue, elle se demanda s'il ne l'aimait pas lui aussi... Elle ne parvenait pas à y croire. Elle craignait tellement de se tromper. Peut-être la désirait-il seulement ? Cette question amena une ombre sur son visage qu'il remarqua aussitôt.

— Linda ? Que se passe-t-il ?

— Rien, je... je pensais...

— A Paul ?

— Mais non ! Quelle idée... Je pensais à quel point...

« Je vous aime » aurait-elle dû lui avouer. Mais c'était trop tôt, alors elle dit simplement :

— A quel point je... me sens bien avec vous.

Il se raidit et elle s'écarta de lui.

— Que diriez-vous d'un café ?

— Ce n'est pas d'un café dont j'ai envie, Linda, vous le savez très bien.

Elle non plus n'avait aucune envie d'un café, bien sûr. Son corps frémissait de désir mais sa raison la mettait en garde. Faire l'amour avec Jamie risquait de lui briser le cœur encore plus douloureusement, s'il ne l'aimait pas.

— Dites oui, murmura-t-il, comme s'il suivait son dilemme.

Il reprit ses lèvres avec passion tandis que sa main s'aventurait sur ses seins. Linda gémit en se cambrant contre lui. Il s'enhardit, glissant ses doigts dans l'échancrure de sa robe. Elle sentit la brûlure de sa bouche sur sa poitrine tendue avide de baisers mais tout à coup, il se redressa.

— Je suis désolé, je...

— Désolé ?

Pourquoi la rejetait-il maintenant qu'elle s'offrait à lui ? Quelle déconvenue... Elle ne lui plaisait pas assez, voilà tout. Il ne voyait en elle qu'une femme susceptible d'assouvir ses désirs mais elle n'avait pas le sex-appeal d'Anne Redmond ou de Chrissie, alors elle ne l'intéressait pas.

Honteuse de s'être exposée à une telle humiliation, elle se força à le regarder pour tenter de lire dans ses yeux la confirmation de ce qu'elle redoutait. Elle n'y vit qu'une expression indéchiffrable.

— C'est à cause de Chrissie ? osa-t-elle demander.

— Linda... pardonnez-moi, mais Chrissie...

Non ! Elle ne voulait pas l'entendre dire qu'il l'aimait toujours, qu'il ne parvenait pas à la remplacer. Même Anne Redmond n'était qu'une passade pour lui. Il n'y avait plus de place pour l'amour dans le cœur de Jamie Grainger.

— Je comprends, le coupa-t-elle sèchement.

Pourquoi fallait-il qu'elle soit tombée amoureuse du seul homme qui ne serait jamais pour elle ?

— Je ferais mieux de partir, maintenant.

Il semblait malheureux lui aussi, mais pas autant qu'elle, non.

— Oui, vous devriez. Paul risque de rentrer.

— C'est vrai, je l'avais oublié celui-là !

— Ne le critiquez pas trop, il est comme vous ! Incapable de sortir de lui-même pour s'ouvrir aux autres. Bonne nuit, Jamie.

Surpris par cette sortie, il la regarda longuement sans mot dire. Comme elle avait envie de se jeter dans ses bras, de lui crier que s'il ne pouvait oublier Chrissie, elle l'aimerait assez pour deux ! Avec elle, il connaîtrait le goût du véritable amour, de la passion sans limites, de la tendresse la plus douce. Mais aucun de ses mots ne franchit la barrière de ses lèvres et il finit par s'en aller sans se retourner.

Après son départ, Linda retourna dans le jardinet et contempla longuement le ciel nocturne. Sans Jamie, sa vie était vide, son avenir s'annonçait terne. Elle comprenait maintenant pourquoi les déprimés décrivaient toujours leurs humeurs dans des dégradés de gris se déclinant jusqu'au noir…

10.

— C'est encore plus impressionnant que je le croyais, mademoiselle Scott, commenta Lavinia Anstey devant le château d'Arundel.

Il faisait beau et chaud, ce jour-là. Une légère brise rendait la chaleur agréablement supportable tandis que Linda et ses patients poursuivaient leur ascension. Ils avaient commencé par une promenade à Arun Valley et dans les pittoresques villages de l'ouest du pays.

Lorsqu'ils pénétrèrent dans le grand hall victorien du château, Linda regretta que les restaurations successives dont il avait fait l'objet n'aient pas respecté le style médiéval d'origine. Cette évocation du passé accentua sa mélancolie et elle se prit à regretter une fois de plus l'absence de Jamie.

A ce moment précis, l'objet de ses pensées se matérialisa, contre toute attente. Elle se crut d'abord victime d'une hallucination causée par le soleil mais c'était bien lui qui parlait à ses patients, à l'entrée de la pièce.

— Que faites-vous ici ? s'étonna-t-elle.

— Quel charmant accueil ! répondit-il en riant.

Depuis leur dîner chez elle, il s'appliquait à l'éviter, alors pourquoi les rejoignait-il maintenant ? L'amour des vieilles pierres, sans doute…

La visite se poursuivit dans la galerie de peintures où se trouvaient les portraits des ducs et des duchesses de Norfolk. Elle s'acheva par l'armurerie avant la dernière étape, dans la boutique des souvenirs. Linda compta machinalement ses patients et les laissa faire leurs emplettes. Depuis l'arrivée de Jamie, elle était tendue et quand elle sentait sur elle la caresse de son regard, elle avait envie de pleurer...

Remarquant soudain le visage triste de Mlle Anstey, elle chassa ses propres soucis et se dirigea vers elle.

— Cette visite ne vous a pas plu ? lui demanda-t-elle.

— Si, elle m'a plu mais... j'ai du mal à me mêler aux autres. Il n'y a personne qui m'attire vraiment dans ce groupe, excusez-moi.

— Vous n'avez pas à vous excuser, voyons. La sympathie ne se commande pas. Si j'organisais notre prochaine sortie au théâtre, cela vous plairait peut-être davantage ?

— Oui, je crois, avoua la jeune femme dont le visage s'éclaira. J'adore le théâtre !

— Eh bien, voilà ! La saison commence bientôt, vous m'aiderez à choisir une pièce, d'accord ?

Le sourire reconnaissant de la jeune femme lui réchauffa le cœur et Linda se détendit un peu. Jamie n'était toujours pas sorti de la boutique. Peut-être achetait-il un présent pour Wanda ? Elle les avait invités à prendre le thé chez elle au retour et contre toute attente, Jamie avait accepté. Venant de lui qui tenait tant à séparer vie personnelle et vie professionnelle, sa décision avait surpris Linda. Sans doute était-ce sa façon d'admettre qu'elle n'avait pas toujours tort...

Elle s'efforça de sourire quand il émergea enfin du magasin et se dirigea vers elle, deux sacs de papier dans les bras.

— Je suivrai le minibus en voiture. Tenez, j'ai trouvé ça pour vous : un livre sur votre ami Richard III. C'est lui qui a nommé le premier duc de Norfolk. Amusant, non ? Bon, à tout à l'heure.

Wanda sortit accueillir ses invités dans le jardin fleuri du ravissant cottage où elle vivait. Les patients s'extasièrent devant la beauté des massifs, la diversité des couleurs.

— Certaines fleurs des espaces verts de la clinique viennent d'ici, annonça fièrement Wanda comme Jamie arrivait à son tour.

Peu après, ils s'installaient dans le salon. Fluffy n'était pas là mais il y avait un perroquet bleu dans une cage. Linda s'en approcha. La présence de Jamie la mettait mal à l'aise. Elle se sentait morose.

— Beau garçon, beau garçon..., croassait l'oiseau.

— Je crois qu'il parle de moi ! lança une voix familière à ses côtés.

— Paul ! s'exclama-t-elle en se retournant. Que fais-tu ici ? Je te croyais reparti chez ta sœur.

Il haussa nonchalamment les épaules, vaguement gêné.

— J'y étais mais elle m'a plus ou moins mis dehors. Ensuite j'ai rencontré Wanda — un pur hasard. Nous avons fait connaissance et comme elle a un grand cœur, elle m'a proposé de m'héberger quelques jours.

— Puis-je savoir ce que vous faites ici, monsieur Winterton ? l'interrogea à son tour Jamie.

Il avait pris la voix qu'il réservait à ses patients récalcitrants.

— Ne vous fâchez pas, docteur ! Linda...

— Il ne s'agit pas de Linda. Je vous demande ce que vous faites ici, chez ma belle-mère. Elle ne m'avait pas dit qu'elle avait un invité.

Il fixait Paul droit dans les yeux, attendant une réponse qui tardait à venir.

C'est Wanda qui vint au secours du jeune homme.

— C'est incroyable, Jamie. Figure-toi que Paul connaît très bien l'un des amis de Chrissie. Nick, tu te souviens de lui ? Paul était chez lui pour quelque temps. Nous avons lié sympathie et de fil en aiguille, il s'est retrouvé ici ! J'ai toujours aimé la compagnie des jeunes, tu sais bien.

Le sourire de Wanda pâlit un peu devant la mine renfrognée de son gendre.

— Oui, je vois. Tu dois avoir un peu l'impression de te retrouver avec Chrissie. Ce jeune homme a beaucoup de points communs avec elle.

Linda saisit très bien l'allusion. Elle devait absolument aider Wanda à se débarrasser de Paul. Il s'était éloigné et discutait avec Mlle Anstey, essayant visiblement de la charmer.

— Paul ? Aurais-tu une minute à m'accorder ? C'est au sujet de ton manuscrit.

— Bien sûr, très chère !

Elle lui prit fermement le bras et l'entraîna à l'écart.

— Tant de choses se sont passées ces derniers jours que j'ai oublié de te demander où tu en étais.

— Je n'ai pas eu le temps de m'y mettre, figure-toi. C'est un travail très prenant et je n'ai pas que ça à faire. Pourquoi ne t'adresses-tu pas à une agence ? Mais ce n'est pas de cela que je voulais te parler. Que fais-tu ici, Paul ? Le Dr Grainger est furieux après toi, tu n'as pas remarqué ?

— Oh, oui ! Je me demande bien pourquoi, d'ailleurs.

Son visage s'illumina comme leur hôtesse approchait.

— Linda est en train de me dire que je n'ai rien à faire ici, enchaîna-t-il. Je suis désolé, Wanda. J'ignorais que je vous dérangeais.

— Comment ? Mais pas du tout ! Linda n'a pu vous dire une chose pareille ! Linda ?

C'était bien lui... Faire retomber la faute sur elle et jouer les victimes !

— Si Paul ne vous dérange pas encore, cela ne saurait tarder, Wanda. Il est très... envahissant. Je suis bien placée pour le savoir, croyez-moi, répondit-elle sans ciller, à la grande stupéfaction du jeune homme. Et Jamie est d'accord avec moi. Tu devrais revenir chez moi, Paul.

Elle n'en avait pas la moindre envie, mais c'était préférable. Il était hors de question qu'il s'empare de la vie de Wanda comme il s'était emparé de la sienne.

— C'est très gentil à toi, ma chère, mais je suis très bien ici, riposta Paul en offrant à son hôtesse son plus beau sourire. Wanda m'a proposé de rester quelques jours... je ne m'incrusterai pas, promis.

Linda faillit remarquer qu'avec Paul, quelques jours se transformaient très vite en mois, mais Wanda semblait si malheureuse qu'elle n'eut pas le cœur de détruire ses illusions. L'expérience avec Chrissie aurait pourtant dû la mettre en garde. Ce n'était pas le cas, apparemment.

Il fallait absolument que Jamie intervienne. Linda partit aussitôt à sa recherche mais, ne le trouvant nulle part, elle jeta un coup d'œil dehors, pour voir si sa voiture était toujours là. Non. Elle avait disparu.

C'était bien le moment de s'éclipser sans rien dire à personne !

S'efforçant de ne rien laisser paraître de son inquiétude, elle rejoignit ses patients qui prenaient le thé. Ils étaient fragiles. Un rien pouvait les déstabiliser. Visiblement en pleine forme, Paul se pavanait, ne cessant de rire, de plaisanter. Il ne semblait pas lui en vouloir. Peut-être dramatisait-elle la situation ? Après tout, si sa présence réconfortait Wanda...

Paul s'adressa à elle avec courtoisie mais elle perçut une lueur d'arrogance dans ses yeux. Elle souhaita plus que jamais qu'il retourne à Londres une fois son manuscrit achevé.

Sur le chemin du retour, ses patients lui exprimèrent leur gratitude pour cette excellente journée mais elle demeura soucieuse et elle chercha à voir Jamie dès qu'elle fut à la clinique. Comme il était en entretien, elle dut attendre la fin de la journée pour le trouver enfin seul dans son bureau.

— Alors, Linda ? Quel est le bilan de cette visite ?

Elle le trouvait plus séduisant que jamais avec sa cravate défaite, ses manches relevées sur ses avant-bras bronzés, et elle dut sortir de sa contemplation pour lui résumer les faits, exposant les réticences de Mlle Anstey mais également le plaisir que les autres en avaient retiré.

— Je suis vraiment heureux de vous avoir engagée, Linda... Vous êtes une vraie bouffée d'air frais, ici.

— Merci...

— Je tenais à m'excuser d'être parti si vite de chez Wanda mais...

— Ce n'est pas grave. Vous aviez un entretien, je l'ignorais et… Oh, Jamie, je suis désolée à propos de Paul. Croyez-vous qu'il y ait un danger à ce qu'il reste chez Wanda, le temps que son livre soit terminé, tout au moins…

— Il est parti.

— Parti ?

— Je suis retourné chez Wanda juste après votre départ.

— Vous lui avez demandé de partir et il a accepté ?

— Plus exactement, je lui ai montré la porte et j'ai exigé qu'il la prenne après avoir fait ses bagages.

— Mon Dieu ! s'exclama-t-elle en riant. J'aurais voulu être là.

Mais Paul risquait de s'installer chez elle de nouveau, et cette perspective la réjouissait beaucoup moins.

— Savez-vous où il est allé ?

— Pas chez vous, si c'est ce que vous craignez. Je lui ai… conseillé de regagner Londres. Je crois qu'il m'a écouté. Pour tout vous dire, je suis passé au cottage pour vérifier.

— Hélas, il y a laissé quelques affaires et surtout, son précieux manuscrit. Je crains qu'il n'aille pas bien loin.

— Téléphonez-moi dès qu'il revient, Linda, je me ferai un plaisir de vous débarrasser de ce type.

— Merci, mais je crois pouvoir me débrouiller toute seule. Pour ne rien vous cacher, j'éprouverais un certain plaisir à le flanquer dehors moi-même !

Jamie sourit en la contemplant un instant avant de regarder sa montre.

— Je donne une conférence, ce soir. Il est temps que je rentre. Je dois me préparer… Je comptais dîner rapidement avant de partir. Aimeriez-vous vous joindre à moi ?

Linda se surprit à accepter sans l'ombre d'une hésitation et le visage du psychiatre s'illumina.

Elle se rafraîchit rapidement aux lavabos, se félicitant d'avoir mis sa nouvelle robe chemisier bleu nuit dans laquelle elle se sentait en beauté. Une touche de mascara mordoré, un soupçon de blush, un nuage de parfum achevèrent de lui donner confiance en elle.

Toutefois, elle ne cessa de se sermonner pendant le trajet. Elle ne devait pas trop attendre de ce dîner. Jamie était seul, il cherchait simplement un peu de compagnie. Il n'y avait pas de quoi s'enflammer.

Après avoir dressé le couvert sur la terrasse, il lui servit une omelette aux herbes, du fromage et de la salade.

— Pas terrible, commenta-t-il. La prochaine fois, je vous emmènerai dans un bon restaurant pour me faire pardonner.

Songeant combien elle aimerait dîner ainsi avec lui, tous les soirs, Linda lui sourit rêveusement… Ensuite, bras dessus bras dessous, ils monteraient se coucher. Dans *leur* lit. Ils commenceraient par s'enlacer. Leurs corps nus se…

— J'adore l'omelette ! s'exclama-t-elle soudain beaucoup trop fort.

Il haussa un sourcil.

— Ça va, Linda ? s'étonna-t-il en la voyant rougir jusqu'aux oreilles.

— Oh, oui ! Je… crois que c'est… le poivre.

— Ah… Je regrette d'avoir à vous presser mais il est temps d'y aller, fit-il en regardant sa montre.

Linda se leva en se demandant comment un homme tel que lui pouvait rester célibataire. Il collectionnait sans doute les maîtresses, dont Anne Redmond... Au moins, il ne semblait pas en héberger une à demeure. « On se console comme on peut ! » lui souffla une petite voix perfide.

Il lui prit le bras et l'entraîna vers sa voiture.

— Vous n'êtes pas en vacances, la semaine prochaine ?

— Si. Je vais chez maman.

— Bien, dit-il en accentuant légèrement la pression de sa main. Je vous dépose à la clinique pour que vous récupériez votre voiture ou préférez-vous prendre un taxi et rentrer directement ?

— Je vais rentrer à pied, Jamie. Il fait tellement doux, ce soir.

— Puis-je vous demander une faveur ?

— Je pense que oui.

— Voilà. J'ai moi aussi quelques jours à prendre et j'avais prévu de passer voir une vieille amie à Stratford, ce week-end. Je dois hélas laisser ma voiture au garage. Un problème de freins. Si vous pouviez m'emmener et me déposer en ville ? Je prendrai le train au retour, je ne voudrais pas m'imposer ou que vous rentriez plus tôt à cause de moi.

— Bien sûr, Jamie. Et je peux très bien vous ramener. Je ne suis pas à un ou deux jours près et maman va venir passer quelque temps au cottage. Cela ne me privera donc pas de sa compagnie. J'espère seulement que Paul ne sera pas là à notre retour... Non, il n'y a pas de raison.

— Vous êtes sûre que cela ne vous ennuie pas ?

— Je ne vous l'aurais pas proposé, si c'était le cas, se contenta-t-elle de répondre.

— Merci, Linda. Rentrez bien...

Il serra ses mains dans les siennes un peu plus longtemps que nécessaire avant de courir se préparer.

Sur le chemin du retour, Linda songeait à cette « vieille amie » dont Jamie avait parlé. Aurait-il employé cette expression s'il s'agissait d'une superbe jeune femme ? Non, probablement pas.

— Il est plus grand que je le pensais, commenta Mme Scott comme Linda l'aidait à dresser la table du déjeuner. Et encore plus séduisant !

— Maman, arrête de jouer les entremetteuses ! s'écria Linda en riant. Il n'y a rien entre nous et il ne m'intéresse pas.

Sa mère lui jeta un regard sceptique. Jamie l'avait conquise immédiatement et Dieu sait comment, elle l'avait invité à déjeuner le lundi et à passer la nuit chez elle, puisqu'ils partaient au petit matin.

En arrivant, dans la matinée, il avait tenu à laver la voiture de la jeune femme.

— Quelle délicieuse odeur ! s'exclama-t-il tout en s'activant. Qu'avez-vous préparé de bon, madame Scott ?

Il dut patienter pour le savoir car le téléphone sonna à ce moment-là. La mère de Linda s'était fait de nombreux amis et elle était tellement sollicitée qu'elle avait refusé de venir passer quelques jours chez sa fille.

Certaine qu'il s'agissait de l'un d'entre eux, la jeune femme décrocha et baissa la voix quand elle reconnut Paul.

— C'est moi, ma chère ! Le grand écrivain. Il faudrait que tu m'héberges encore un peu, le temps que je finisse mon dernier chapitre. Ensuite, tu seras débarrassée de moi. Pour toujours ! ajouta-t-il avec une voix d'outre-tombe.

Il s'agissait d'une petite mise en scène typique du personnage. Sans prendre la peine de parler bas, Linda rétorqua :

— Cela m'étonnerait beaucoup. J'ai fini de corriger et de taper les deux chapitres que tu m'as laissés. Mais c'est non ! Tu ne reviendras pas.

Un silence lui répondit. Linda s'apprêtait à entendre ses jérémiades mais il la surprit en s'inclinant sans insister.

— D'accord, Lindy. Je vois que je suis devenu indésirable... très bien. Je laisserai la fin de mon travail dans ton jardin, d'accord ? Quand rentres-tu ?

— Mardi, je pense. Ecoute, tu n'auras qu'à passer me le donner. Nous en discuterons.

Elle préférait cette solution car en l'évinçant complètement, elle craignait qu'il ne retourne chez Wanda. Bouleversée par la façon dont Jamie l'avait chassé, la pauvre femme serait trop heureuse de l'accueillir de nouveau. Elle était une proie trop facile pour les individus sans scrupules tels que Paul.

Lorsqu'elle raccrocha, elle surprit le regard réprobateur de Jamie venu chercher un chiffon dans la maison.

— Je sais, je sais... mais j'ai promis de terminer son livre et je m'y tiendrai.

— Vous parlez comme si vous lui étiez redevable. J'avoue que je ne comprends pas, à moins qu'il y ait eu quelque chose entre vous. Mais cela ne me regarde pas... Bien, je finis votre voiture et je viens déjeuner. Je meurs de faim ! ajouta-t-il d'un ton léger.

Linda le regarda s'éloigner, la gorge serrée de constater qu'il s'obstinait à croire que Paul et elle avaient été amants.

— Avez-vous passé un bon séjour chez votre amie ? lui demanda-t-elle le lendemain matin, dans la voiture.

Ils traversaient Uckfield, dans le Sussex. Jamie somnolait plus ou moins à son côté.

— Oui. Nous avons passé la moitié de la nuit à évoquer le bon vieux temps. Et vous, Linda ?

— Oh, moi j'aime toujours revenir à la maison.

— C'est ici que vous vous sentez chez vous ?

— Disons que... j'y ai des attaches. Je suis partie assez tôt m'installer à Londres où j'ai fait mes études. D'abord éblouie par la capitale, j'ai vite déchanté. Ensuite ma grand-mère est morte et m'a laissé le cottage. Lorsque le poste à Summerheath s'est présenté, je l'ai considéré comme la réponse à mes attentes.

« A tous points de vue », faillit-elle ajouter. Hélas, certains rêves ne se réalisaient pas.

Une fois à destination, elle lui offrit de le déposer chez lui directement mais il refusa :

— Je préfère passer d'abord chez vous, si cela ne vous dérange pas. Histoire de m'assurer que tout va bien et que Paul n'y est pas, ajouta-t-il.

— Comme vous voudrez, dit-elle, secrètement heureuse de ne pas rentrer seule dans une maison vide.

Dès qu'elle reconnut la voiture de Linda, Mme Honeysett sortit sur le pas de sa porte en agitant les bras.

— Des voisins curieux ?

— Pas spécialement, mais les allées et venues d'une infirmière — ou d'un médecin — intéressent davantage les gens, je crois. Ils adorent vous raconter leurs petites misères.

— Mademoiselle Scott ! cria sa voisine. Vous avez un visiteur. Il est... malade, je le crains. J'ai appelé le docteur mais il n'est toujours pas là. Peut-être faut-il demander une ambulance ?

Déjà, Linda s'était précipitée chez elle. Ce ne pouvait être que Paul ! Elle avait pourtant changé toutes les serrures afin qu'il ne puisse s'introduire chez elle en son absence.

Elle passa rapidement de pièce en pièce. Personne. Et aucune porte ou fenêtre n'avait été forcée.

Quand elle redescendit, Jamie revenait du jardin, Paul dans les bras. Il l'installa sur le canapé.

— Salut, Lindy... Je n'ai pas réussi à entrer alors j'ai... j'ai dormi dehors, dans l'abri à bois.

Les yeux injectés de sang, les lèvres craquelées, il n'était pas rasé et avait une mine épouvantable. Après un examen rapide, Jamie le couvrit avec un plaid et se tourna vers Linda.

— Son état n'est pas inquiétant mais je préférerais qu'il entre à l'hôpital pour quelques examens. L'affaire de vingt-quatre heures tout au plus.

— Eh bien, Lindy, tu vas être débarrassée de moi, on dirait..., murmura le jeune homme d'une voix rauque.

Il semblait tellement triste qu'elle faillit lui proposer de revenir chez elle quelque temps mais le regard noir de Jamie l'en dissuada. Dès qu'il alla téléphoner au General Hospital, Paul tendit la main à la jeune femme.

— Mets-le dehors, ma chérie, chuchota-t-il. Je ne veux pas croupir à l'hôpital. J'ai juste besoin de me reposer ici, deux ou trois jours, pas plus. Ce type est odieux, je ne le supporte pas… Il veut m'interner pour mettre le grappin sur toi.

— Ecoute, tu es malade et le Dr Grainger a raison. On verra quand tu seras sorti…

Linda n'avait aucune envie de céder de nouveau mais où irait-il ? Chez Wanda ?

L'ambulance arriva peu après et Jamie partit avec Paul, la laissant seule, triste et en proie à un sombre pressentiment.

11.

— Comment cela se passe-t-il à votre travail, monsieur Staplehurst ? demanda Linda à son patient.

Il observa longuement ses mains avant de répondre.

— Sans problème. Ils se montrent tous très compréhensifs. C'est moi qui ai du mal à assumer ma... maladie. Qui m'aurait dit qu'un jour, je serais obligé de venir dans un établissement comme celui-ci ? Mais vous ne pouvez pas comprendre...

— Détrompez-vous. Ce n'est pas parce que je ne souffre pas de troubles psychiques que je ne peux me mettre à votre place. Et chez vous ? Votre femme vous aide-t-elle ? Il arrive que les conjoints endossent un peu trop le problème de l'autre.

— Elle ne comprend pas comment un homme intelligent a pu en arriver à vérifier des dizaines de fois que les fenêtres de la maison étaient bien fermées avant de partir travailler. Qu'il revienne en toute hâte à midi pour procéder aux mêmes vérifications et qu'il recommence le soir... Est-ce que vous comprendriez, vous ?

Il s'adressait à Linda avec une pointe de défi.

— Si je n'étais pas infirmière, je pense que non. Le Dr Grainger a parlé à votre épouse hier. Si les causes de votre compulsion lui échappent, elle sait maintenant que c'est une façon pour vous d'apaiser votre angoisse. Il vous expliquera tout cela mieux que moi. Il est très pris, mais il ne devrait pas tarder.

En effet, Jamie arriva peu après, légèrement essoufflé. Ses cheveux humides ondulaient à cause de la pluie. Il salua M. Staplehurst avec un grand sourire et Linda se retira.

Si seulement il était aussi agréable avec elle qu'avec ses patients ! Ces derniers temps, il semblait préoccupé et lui parlait à peine.

Elle passa une main dans ses cheveux pour les rejeter en arrière, oubliant qu'elle les avait coupés. Sa coiffure était plus moderne ainsi, mais elle les regrettait. Jamie n'avait fait aucun commentaire sur son nouveau style.

En réalité, elle le devait à Paul. Dès qu'il était enfin parti, elle avait eu l'impression qu'une nouvelle vie s'ouvrait devant elle. Pour saluer ce changement, elle avait changé de coiffure et renouvelé sa garde-robe, comme cela se produit souvent dans ces cas-là.

Son désir de plaire à Jamie, de se faire aimer de lui, n'avait pas non plus été étranger à cette métamorphose, mais plus le temps passait, plus la certitude que ce désir était vain se confirmait…

Elle ne le revit qu'au déjeuner, en compagnie d'Anne Redmond et du Dr Peter Sayers, l'ami de la jeune femme. Ils plaisantaient et riaient tous les trois si bien que Linda ne tarda pas à se sentir exclue. Heureusement, Mlle Anstey arriva avec son plateau et lui demanda la permission de s'asseoir près d'elle.

— Mais bien sûr ! Comment allez-vous ?

La pâle jeune femme lui semblait triste.

— Pas mieux, répliqua-t-elle sans détour. Je ne sais pas pourquoi je viens dans cette clinique, cela ne me sert à rien. De toute façon, je ne suis pas malade, alors je perds mon temps !

Sans laisser à Linda le temps de trouver une réplique, elle se leva et quitta le réfectoire avant d'avoir touché à son déjeuner. Linda se précipita derrière elle, devancée par Jamie. A eux deux, ils parvinrent à la calmer, mais la jeune femme s'obstinait à affirmer qu'elle n'était pas malade.

— En psychiatrie, reconnaître que l'on a besoin d'aide est déjà un grand pas vers la guérison, lui dit Jamie. Si vous continuez dans cette attitude négative, vous n'avancerez pas.

— Je suis parfaitement heureuse, docteur. Il arrive seulement que... je...

Elle se tourna vers Linda, l'implorant du regard.

— Que vous ayez besoin qu'on vous tende la main ? suggéra-t-elle.

Mlle Anstey se frotta les yeux.

— Je ne pleure jamais ! Ce n'est pas parce que je suis une femme que je suis faible ! Les hommes ne comprennent pas ça. Ils nous méprisent.

— Vous croyez ? Ce n'est pas mon cas. J'aime les femmes, en ce qui me concerne.

— Il est vrai que vous êtes le préféré de vos patientes féminines, docteur Grainger, convint Mlle Anstey avec un faible sourire.

— Et de ses infirmières aussi ! renchérit Linda, à la grande surprise de l'intéressé. Je vais chercher votre plateau et nous nous installerons dans une pièce tranquille, d'accord ?

En regagnant le réfectoire, elle tomba sur Anne Redmond qui en sortait. Radieuse, elle lui adressa un grand sourire, ce qui n'était pas dans ses habitudes.

— Vous avez l'air heureuse, Anne, remarqua Linda, curieuse d'en savoir un peu plus.

— On le serait à moins... Je crois que je vais vous quitter. Je ne serai pas restée longtemps parmi vous, mais...

Elle haussa les épaules et s'éloigna sans rien ajouter. Elle allait se marier, songea Linda qui ne voyait pas d'autre explication. Et l'heureux élu était sans doute le Dr Sayers. Ces projets expliquaient-ils l'humeur sombre de Jamie ces derniers temps ? Probablement...

Songeuse, elle vaqua à ses occupations et raccompagna Lavinia Anstey après s'être assurée qu'elle était en état de rentrer chez elle. Sur le chemin du retour, elle ne cessa de penser à Jamie. Elle aurait aimé trouver le cran de lui avouer qu'elle l'aimait, que son vœu le plus cher était de vivre auprès de lui, de le réconforter, de le chérir. Que risquait-elle ? Une rebuffade. Rien de dramatique, en somme.

Une fois à la clinique, en passant devant son bureau, elle l'aperçut en grande conversation avec une fillette. Elle ne l'avait jamais vu avec un enfant jusqu'ici et se demanda de qui il s'agissait.

Elle était en conversation téléphonique avec un patient quand il la rejoignit, un peu plus tard. S'appuyant au mur, il attendit, mais comme elle ne raccrochait pas, il repartit, l'air contrarié. C'était tout lui ! songea-t-elle avec irritation.

Dès qu'elle eut terminé, elle partit à sa recherche.

— Vous m'excuserez, docteur, mais je ne pouvais couper ce patient au milieu d'une phrase. Qui était cette petite fille ? J'ignorais que les enfants avaient le droit d'entrer ici...

Se rappelant qu'elle aurait dû se montrer plus conciliante, dans la mesure où il souffrait d'une peine de cœur, elle s'interrompit. Jamie en profita pour l'observer attentivement, une lueur amusée au fond des yeux.

— J'ai bien peur de lire en vous comme à livre ouvert, Linda, dit-il soudain. Je parie que vous vous imaginez que j'ai le cœur brisé et que j'ai droit à vos égards plutôt qu'à vos reproches. Je me trompe ?

Affreusement mal à l'aise, elle balbutia :

— Eh bien... non... Anne Redmond m'a dit qu'elle partait et j'ai pensé...

— Que j'étais follement épris d'elle et que je souffrais comme un damné parce qu'elle comptait suivre Sayers qui s'installe à Londres ! Ils vont vivre ensemble, vous savez ?

— Elle ne se marie pas ? Elle semblait tellement heureuse...

— Vous croyez que le mariage rend les gens heureux ? Personnellement, j'en doute...

— Je crois que les femmes y attachent plus d'importance que les hommes, même si elles ne l'avouent pas toujours. Vous avez tout de même été heureux avec votre femme, non ?

— Je l'ai été, tout en ayant conscience qu'elle était la pire chose qui me soit jamais arrivée. C'est pourquoi je vous ai mise en garde contre Paul Winterton. Où est-il, à propos ?

Il l'observait avec intensité, comme s'il la mettait au défi de lui mentir. Ce n'était pas dans sa nature, de toute façon.

— Je ne sais pas, avoua-t-elle. Il est passé récupérer le reste de ses affaires et, depuis, je n'ai plus aucune nouvelle.

— Au moins, il n'est pas chez Wanda. Je veille sur elle de près. Quant à la fillette, c'est la petite-fille de Muriel Craig. Sa mère est au General Hospital pour deux ou trois jours. J'adore les enfants, pas vous ?

— Je les aime beaucoup, oui. Vous… aimeriez en avoir ? demanda-t-elle, consciente de s'aventurer sur un terrain dangereux.

— Nous avons failli en avoir un, Chrissie et moi. Un fils… mort-né. Il aurait peut-être fait vibrer une corde dans le cœur de sa mère… je ne sais pas. Toujours est-il que cette épreuve l'avait beaucoup affectée.

S'imaginer Jamie avec un fils l'émut au plus profond d'elle-même.

— Wanda aurait sûrement adoré être grand-mère.

— Oui… Pour revenir à nos patients, que pensez-vous des progrès de Mme Skilton ?

— Ils sont spectaculaires ! Elle me répète sans cesse que vous accomplissez des miracles.

Effectivement, elle parvenait aujourd'hui à sortir de chez elle pour aller faire des courses. Elle s'était même jointe aux thérapies de groupes à la clinique à deux reprises, mais on devait encore l'accompagner. Quoi qu'il en soit, elle était sur la voie de la guérison.

— On ne peut accomplir des miracles tous les jours, hélas. Avec Mlle Anstey, cela me semble moins facile.

— Je pense qu'il lui faut du temps. Elle déteste se sentir brusquée, contrainte de faire des choses pour lesquelles elle n'est pas prête.

Ils discutèrent longuement de son cas, mais quand Linda suggéra d'engager du personnel supplémentaire afin de mieux encadrer certains patients, il l'accusa de disposer des fonds de la clinique sans réfléchir et la conversation tourna peu à peu à l'aigre. Il finit par soupirer.

— J'ai l'impression de voir ces fameuses étincelles, Linda. Je ne sais pas ce qui se passe entre nous, je n'ai jamais connu ça, mais il y a trop d'émotion et… c'est incompatible avec notre vie professionnelle. Les patients le perçoivent et en souffrent.

Un étau de glace se referma sur le cœur de Linda. Il lui demandait de partir ! A mots couverts, certes, mais le message était clair.

— Pourtant, nos petites disputes ne me déplaisent pas, répondit-elle sans réfléchir. Non, je veux dire que… elles peuvent être positives.

— La colère n'est pas toujours bonne conseillère. Elle vous amène parfois à vous tromper, par exemple en ce qui concerne mes relations avec Anne Redmond. C'est une bonne infirmière, mais en dehors de cela, elle ne m'a jamais intéressé.

— N'avez-vous pas dîné avec elle… plus d'une fois ?

Il se mit à rire.

— J'ai dû la déposer une ou deux fois à l'endroit où elle avait rendez-vous avec le Dr Sayers. Il n'a pas encore un salaire lui permettant de s'offrir une voiture.

— Ah… ? Et votre « vieille amie » à Stratford ?

Linda n'avait pu s'empêcher de poser cette question. Elle le regretta car il semblait totalement perplexe.

— Oh… vous voulez parler de Tatie Hutton ! C'est la gouvernante de ma mère. Elle l'a soignée jusqu'à son dernier soupir.

Comprenant ses méprises, Linda sentit la honte l'envahir et repoussa ses cheveux en arrière pour se donner une contenance.

— Je… j'oublie toujours que je les ai coupés, murmura-t-elle.

— Vous auriez dû me demander la permission. Mais ce n'est pas grave : laissez-les repousser…

Des éclairs s'allumèrent dans les yeux de Linda, mais elle s'aperçut qu'il la taquinait et elle entra dans le jeu.

— Bien, docteur ! J'essaierai de vous obéir à l'avenir. Quoique…

Elle s'assombrit soudain.

— Je n'en aurai pas l'occasion puisque vous m'avez suggéré de partir. Car c'est bien ce que vous voulez, n'est-ce pas ?

Il la contempla un instant avant de répondre.

— Il y a peut-être une autre solution. Tout serait plus simple si je ne vous aimais pas. Nous aurions une aventure torride puis je vous chasserais de ma vie. Mais il se trouve, mademoiselle Scott…

Il s'interrompit devant son air effaré. Revenant de sa stupeur, elle s'éclaircit la voix :

— Je… je comprends votre problème, docteur. Figurez-vous que, si je ne vous aimais pas, je serais enchantée de vivre une aventure torride avec vous. Mais, bien sûr, ce ne serait pas très professionnel…

Jamie éclata de rire en lui ouvrant les bras où elle se précipita sans se soucier que la porte du bureau soit ouverte.

— Je crois que je vous aime chaque jour davantage, murmura-t-il dans ses cheveux.

— Vous avez une bien étrange façon de le montrer, commenta-t-elle avant de lui tendre ses lèvres.

— Vraiment ? Je connais un moyen d'y remédier… à moins que vous n'ayez une suggestion à me faire ? Vous êtes toujours très imaginative…

— Seriez-vous par hasard en train de vous moquer de moi, docteur Grainger ? Je dois tenir cette manie de ma vieille mère.

— J'aime beaucoup votre vieille mère, particulièrement ses talents culinaires. Pensez-vous qu'elle aimerait que je devienne son gendre ?

Il la contemplait en souriant et elle caressa tendrement son beau visage.

— J'ai bien peur que vous ne l'ayez conquise. Elle ne parle plus que de vous.

— J'en suis heureux car je n'ai pas de famille à part quelques cousins. J'adopterai la vôtre... jusqu'à ce que nous fondions la nôtre.

— Je ne vous ai pas encore donné ma réponse, murmura-t-elle.

Il la serra étroitement contre lui.

— Si l'on oublie les petites étincelles qui surgissent de temps à autre, nous devrions bien nous entendre, vous et moi...

On frappa soudain à la porte et il la lâcha à regret.

— Excusez-moi de vous déranger, mais on demande Mlle Scott au téléphone, annonça Muriel Craig avant de les examiner avec une attention accrue.

Puis un lent sourire se dessina sur ses lèvres.

— Puis-je vous féliciter ?

Leur air heureux la convainquit qu'elle ne s'était pas trompée.

— Un mariage orageux en perspective, mais cela vaut mieux que le calme plat, plaisanta-t-elle. Il ne vous conviendrait ni à l'un ni à l'autre.

Le cœur léger, Linda la suivit jusqu'à la cabine mais une ombre menaçait de ternir son bonheur. Seul Paul pouvait l'appeler à la clinique...

— Etes-vous sûre que vous ne voulez pas que je vous accompagne ? insista Jamie en s'arrêtant près de l'hôpital.

Linda secoua la tête. C'était une bataille qu'elle tenait à mener seule.

— Non… je dois voir Paul en tête à tête.

Elle ferma les yeux lorsqu'il posa ses lèvres sur les siennes. Il l'escorta ensuite jusqu'au hall.

— Je vous attends ici.

— Merci, murmura-t-elle. Je ne serai pas longue.

Elle se dirigea vers l'unité de soins intensifs en se demandant ce qui l'attendait. Ce n'était pas Paul qui l'avait appelée au téléphone, mais sa sœur, Janice. Il avait été renversé par une voiture près de chez elle et, d'après la gravité de ses blessures, il risquait de mourir. La connaissant, Linda la soupçonnait d'exagérer un peu, mais elle avait voulu venir jusqu'à Shoreham et Jamie l'avait accompagnée.

On la dirigea vers le service d'orthopédie et elle trouva Paul avec une jambe dans le plâtre, occupé à charmer une visiteuse avec une histoire de son cru. Ce n'était donc pas si grave…

— Ah, voilà sans doute votre fiancée, dit la jeune femme. Je suis venue voir mon mari, et j'ai rencontré ce jeune homme qui est tellement courageux ! Et modeste avec ça ! Vous devez être fière de lui.

Elle s'éloigna vers un autre lit, laissant Linda interloquée. De quoi parlait-elle ?

— J'ai été heurté par une voiture en essayant de sauver un chien, expliqua Paul avec entrain.

— J'ai du mal à le croire, avoua-t-elle en s'asseyant près de lui. Bon, comment vas-tu, à part ta jambe ?

— Pas trop mal, tout compte fait. J'ai annoncé à tout le service que la plus belle fille du monde allait m'épouser ! Ils en sont verts de jalousie.

Eh bien, le héros du jour était en pleine forme !

— J'espère que tu as rencontré l'heureuse élue parce que ce ne sera pas moi, mets-toi bien cela dans la tête.

Si elle l'avait trouvé dans un état grave, elle ne lui aurait pas parlé ainsi, mais il était grand temps de lui mettre les points sur les i.

— Je vais me marier, Paul, mais pas avec toi.

— Linda ! Comment peux-tu me plaquer comme ça ?

— Je ne te « plaque » pas, comme tu dis, et tu le sais pertinemment. Tu n'as jamais été qu'un ami pour moi, rien d'autre, alors si tu continues à raconter tes sornettes à tout le monde, je te ferai payer chaque minute que j'ai passée sur ton maudit manuscrit !

Paul eut l'air tout déconfit.

— Tu ne m'aimes pas, c'est clair...

Puis son visage s'illumina à l'arrivée d'une jeune femme.

— Je te présente Trudie. Son frère est hospitalisé ici, mais elle vient me voir, moi ! N'est-ce pas, Trudie ?

Il lui tendit la main et elle la prit.

— Ne le gâtez pas trop, Trudie, sinon il profitera de vous ! dit Linda en se levant. Tu ferais mieux de rassurer ta sœur, elle te croit à l'article de la mort. Au revoir, Paul, et... bonne chance !

Linda s'en alla d'un pas léger. Les problèmes de Paul ne la concernaient plus désormais, et elle espéra que Trudie ne se laisserait pas berner.

Désormais, un seul homme comptait pour elle. Un homme qui l'attendait justement dans le hall. Dès qu'elle le vit, elle frémit d'anticipation à la vue de son sourire. Portée par le bonheur, elle courut dans les bras qu'il lui ouvrit, prête pour une vie entière illuminée d'étincelles.

BETTY NEELS

Un rêve à partager

HARLEQUIN

COLLECTION BLANCHE

Cet ouvrage a été publié en langue anglaise
sous le titre :
TANGLED AUTUMN

Traduction française de
FRANÇOISE JEAN

83-85, boulevard Vincent-Auriol, 75013 PARIS — Tél. : 01 42 16 63 63
Service Lectrices — Tél. : 01 45 82 47 47

1.

Une pluie fine tombait, silencieuse, sur la bruyère, voilant les tons rouille et bruns de l'automne, et estompant les contours des montagnes lointaines. Pourtant, assise au volant de sa Mini rouge, Sappha Devenish ne prêtait aucune attention au majestueux paysage. Au milieu d'une côte, le moteur avait toussé plusieurs fois, avant de caler. Il était impossible de ranger la voiture sur le bas-côté de la route étroite, mais qu'il arrive derrière elle ou en sens inverse, n'importe quel conducteur la verrait à temps pour freiner. De toute manière, Sappha n'avait aucune envie de gâter son beau tailleur et ses jolis escarpins en cuir sous la pluie. Tôt ou tard, il arriverait bien quelqu'un pour l'aider !

Apparemment, elle devrait s'armer de patience, songeat-elle en consultant sa montre. 16 heures... Cela faisait presque vingt minutes qu'elle regardait la pluie tomber. Pour passer le temps, elle étudia la carte dépliée sur le siège du passager. D'après ses calculs, il lui restait à peine huit kilomètres à parcourir. Pressée d'arriver, elle avait jugé inutile de s'arrêter à la dernière station d'essence, mais c'était vraiment stupide de tomber en panne si près du but — d'autant plus stupide que cet incident était survenu après un voyage sans problème depuis Londres, soit près de neuf cent vingt kilomètres en deux jours !

En fait, elle aurait fait n'importe quoi pour s'éloigner au plus vite d'Andrew et de l'hôpital Gregg... Ce but-là, au moins, était atteint : la campagne environnante était un dépaysement complet. Son oncle lui avait offert une chance inespérée en lui proposant de devenir l'infirmière particulière d'une de ses riches patientes dans cette zone reculée des Highlands... A Londres, après sa douloureuse rupture avec Andrew, elle avait été séduite par l'idée, mais n'allait-elle pas regretter son poste à l'hôpital Gregg ? Elle n'était plus sûre de la sagesse de sa décision. Après seulement une année en chirurgie, elle avait démissionné. N'importe quelle autre fille, moins fragile et moins stupide qu'elle, aurait tenu bon et affronté les difficultés avec courage !

Un bruit de moteur interrompit le cours de ses pensées. Une voiture arrivait, se rapprochant à une vitesse qu'elle jugea déraisonnable. Sappha se retourna pour mieux voir à travers la vitre arrière ruisselant de pluie. C'était une Land Rover, qui s'arrêta net à quelques centimètres à peine du pare-chocs arrière de la Mini. Plusieurs secondes s'écoulèrent, puis la portière s'ouvrit enfin et le conducteur descendit sans hâte de la grosse voiture.

C'était un homme très grand, et aux épaules larges. Il portait un duffel-coat usé et un pantalon en velours côtelé dont le bas disparaissait dans des bottes en caoutchouc. Un fermier, supposa Sappha. Mais quand l'homme s'avança, elle se ravisa car il ne correspondait pas exactement à l'image qu'elle avait d'un fermier. Il affichait un air arrogant. Ses cheveux bruns impeccablement coupés et coiffés en arrière découvraient un front large, et ses épais sourcils bruns lui donnaient un aspect hautain.

D'un geste un peu nerveux, elle baissa la vitre.

— Il n'y a qu'une femme pour s'arrêter dans un endroit pareil.

L'inconnu, doté d'une voix grave, s'exprimait avec un léger accent.

— Je n'ai pas eu le choix : je suis en panne d'essence...

L'homme la détailla posément.

— Je m'en serais douté : vous n'êtes pas d'ici. Dans la région, personne ne voyage sans un jerricane. Vous auriez quand même pu pousser votre voiture sur le bas-côté.

— Il pleut, et mes chaussures ne sont pas vraiment adaptées à la pluie.

Le regard de l'inconnu s'attarda sur elle.

— Une veste en tweed et des bottes seraient effectivement plus indiquées à cette période de l'année. Mais peut-être n'êtes-vous que de passage ? Dans ce cas, je vous préviens : cette route s'arrête à Dialach.

— Je le sais : j'ai une carte. Justement, c'est à Dialach que je vais.

— Dans ce cas, je vais mettre un peu d'essence dans votre réservoir — ou préférez-vous que je vous remorque ? demanda l'inconnu avec une imperceptible ironie.

— Non, merci. Un peu d'essence suffira.

L'homme sortit un jerricane du coffre de sa voiture.

Quand il eut terminé, il revint à la portière de Sappha.

— Combien vous dois-je ? demanda la jeune femme, saisissant son sac à main.

— Rien, évidemment !

La réponse, à la fois moqueuse et méprisante, la fit rougir, et d'un geste brusque, elle reposa son sac.

— Eh bien, dans ce cas... merci beaucoup, dit-elle platement.

Elle tourna la clé de contact, et, à sa grande satisfaction, le moteur de la Mini ronronna gentiment.

Avant de négocier le virage suivant, la jeune femme jeta un coup d'œil en direction du rétroviseur. L'inconnu, toujours debout au milieu de la route, la regardait s'éloigner...

L'instant d'après, elle l'avait oublié. En bas dans la vallée, Dialach se blottissait dans les arbres qui entouraient le loch. C'était une petite localité dont les maisons se regroupaient autour d'un port minuscule. Au bout du port, une jetée reliait le rivage à une petite île avec quelques habitations. Gênée par la pluie, Sappha plissa les yeux et conclut que les maisons, et la jetée elle-même, étaient en ruines. La jeune femme reporta son attention sur l'église, dont le clocher carré s'élevait au centre de Dialach. Sa patiente logeait au presbytère, avait dit son oncle. En se rendant à l'église, elle trouverait sans difficulté la maison.

Elle arrêta sa voiture sur le bas-côté et resta assise, perdue dans ses pensées. L'offre de son oncle lui avait permis de fuir une situation intenable — rester à Londres dans le même hôpital qu'Andrew. Elle avait donc remis sa démission à la directrice du personnel qui s'était montrée compréhensive, et un mois plus tard, elle était libre.

Quelle erreur avait-elle bien pu commettre — à supposer qu'elle en ait commis une ? Elle était fiancée à Andrew depuis plusieurs mois — si la date du mariage n'était pas encore fixée, tout le monde pensait que ce serait bientôt — quand des bruits désagréables lui étaient parvenus, mais elle les avait ignorés. Dans un hôpital de la taille du Gregg, il y avait toujours de bonnes âmes prêtes à déclencher ce genre de rumeurs. Celles-ci persistant, elle en avait plaisanté avec Andrew lui-même qui avait ri car la blonde infirmière Ann Beatty, objet des commérages, n'était pas son genre.

Aussi, quelle n'avait pas été la désillusion de Sappha quand elle les avait surpris ensemble dans une salle de soins des consultations externes ! Etroitement enlacés, ils ne l'avaient même pas entendue entrer, et elle s'était esquivée en hâte. Durant deux jours interminables, elle avait attendu qu'Andrew lui explique, quand il s'était enfin décidé : à le croire, il ne s'était agi que d'une impulsion subite de sa part — et certainement la même chose de la part d'Ann. Ravalant sa fierté, Sappha avait pardonné. Après tout, elle connaissait Andrew depuis plus d'un an ; ils s'aimaient, et elle avait confiance en lui !

Quelques jours plus tard, une infirmière de médecine lui avait signalé que son fiancé et Ann avaient été vus plusieurs fois ensemble dans divers endroits. Elle avait vigoureusement démenti : Andrew lui avait affirmé qu'il assistait à une série de conférences. Mais un soir, en se rendant à l'hôpital, elle l'avait vu sortir d'un salon de thé avec la pulpeuse Ann Beatty...

Le lendemain matin, elle l'avait arrêté dans le couloir qui menait aux consultations externes. Sans un mot, elle lui avait rendu sa bague puis avait donné sa démission dans la foulée.

C'était probablement sa mère qui, sans le lui dire, avait appelé l'oncle John à la rescousse. Aussi, Sappha avait-elle accepté sans hésiter le travail qu'il lui proposait si providentiellement.

Laissant échapper un soupir amer, elle remit le moteur en marche...

Comme prévu, le presbytère se trouvait juste derrière l'église. C'était une grande maison massive entourée d'un joli jardin dans lequel les arbres et les fleurs d'automne éclaboussaient de couleurs la lumière grise. Sappha remonta l'allée qui y menait, mais à peine avait-elle arrêté sa voiture devant la porte d'entrée que celle-ci s'ouvrit, et le pasteur apparut sur le seuil. Chassant ses pensées moroses, la jeune femme sourit.

— Vous êtes fatiguée et trempée, ma chère mademoiselle Devenish, dit M. MacFee. Ma femme a préparé du thé pour vous, et quand vous vous serez un peu reposée, vous irez peut-être rendre visite à Mlle Perch, notre infirmière locale, qui vous donnera toutes les informations utiles sur la baronne van Duyren.

Tout en parlant, il avait fait entrer Sappha dans le hall, et il ouvrit la porte d'une pièce agréable garnie de vieux meubles. Un grand feu brûlait dans l'âtre. Debout devant la cheminée, Mme MacFee accueillit la jeune femme avec une gentillesse égale à celle de son mari, lui offrant un fauteuil confortable et lui conseillant de défaire son manteau pour se réchauffer devant le feu. Ensuite, elle lui apporta du thé, des toasts beurrés délicatement recouverts de confiture de coings maison, et des scones qu'elle dégusta avec plaisir tandis qu'elle bavardait avec ses hôtes de choses et d'autres. Une fois restaurée, elle demanda quelques précisions sur sa patiente.

— Oncle John m'a longuement parlé de la baronne, précisa-t-elle, et je sais qu'il doit lui rendre visite la semaine prochaine, mais bien sûr, il ne connaît pas la routine quotidienne des soins.

Mme MacFee eut un sourire compréhensif.

— Evidemment. Mlle Perch vous apportera une aide précieuse et votre patiente coopérera très volontiers. C'est une vieille amie — votre oncle a dû vous le dire. Nous sommes allées ensemble à l'école, en Suisse. Elle et son mari venaient nous rendre visite tous les étés, avec leurs enfants ; ils en ont eu six... Après la mort de son mari, elle a continué de venir, mais maintenant, tous les enfants sont mariés, sauf le fils aîné et la plus jeune fille.

Il avait cessé de pleuvoir quand Sappha convainquit le pasteur et sa femme qu'elle se sentait suffisamment reposée pour rendre visite à Mlle Perch. M. MacFee lui indiqua le chemin à suivre.

L'infirmière habitait dans la dernière maison d'une petite rue du port, à trois minutes à pied du presbytère. Sappha frappa à la lourde porte et attendit en contemplant le port minuscule de la petite île. La jetée, vue de près, n'était qu'un empilement irrégulier de rochers, et Sappha se demanda si quelqu'un l'empruntait encore. Comme pour répondre à sa question, de la fumée s'éleva au-dessus des restes de hameau enchevêtrés.

Quand la porte s'ouvrit, Sappha découvrit avec un plaisir mêlé d'étonnement que l'infirmière Perch était une jeune femme du même âge qu'elle, petite, blonde, avec des yeux bleus.

— Bonjour ! Entrez, je vous en prie, dit-elle, affichant un sourire engageant.

— J'ignore pourquoi, mais je m'attendais à rencontrer une femme d'âge mûr..., avoua Sappha en franchissant le seuil.

L'autre jeune femme pouffa.

— Et moi, j'attendais une infirmière londonienne à l'air prétentieux.

Elles échangèrent un regard amusé.

— Appelez-moi Sappha.

— Moi, c'est Gloria.

Le salon offrait un aspect hétéroclite mais charmant. D'innombrables photographies sépia, gravures et aquarelles ornaient les murs, et des fauteuils anciens, garnis de coussins de toutes sortes, voisinaient avec un bureau moderne.

— Asseyez-vous, proposa Gloria, et je vous dirai tout sur la baronne van Duyren. Je suis plutôt contente que vous me remplaciez car j'ai beaucoup de travail. M. Devenish est votre oncle, je crois ? Il passe toutes les semaines pour superviser le traitement, mais tous les petits problèmes quotidiens sont réglés par moi-même, ou par le Dr MacInroy.

— Est-il gentil, ce Dr MacInroy ? demanda-t-elle.

— Très gentil. C'est mon fiancé... En fait, je suis venue m'installer ici pour vivre plus près de lui jusqu'à notre mariage, mais nous ne nous voyons pas beaucoup à cause de notre travail. Enfin... j'apprécie quand même beaucoup d'habiter ici. Les gens sont accueillants, et la nature est superbe.

Gloria posa sur les vêtements citadins de son interlocutrice un regard où se lisait un peu d'envie.

— Est-ce que vous aimez la campagne ?

— Oui. Je pense que je vais l'adorer.

— Cela vous changera complètement des lumières de la ville !

— Je le sais, mais... j'ai eu envie de changer — juste pour quelques mois.

Discrètement, le regard de Gloria s'attarda sur les mains sans bague de Sappha.

— Eh bien, vous avez eu une excellente idée, dit-elle, adoptant un ton enjoué. On s'amuse bien ici, vous savez. Il se passe toujours quelque chose : théâtre amateur, bals, tournois de bridge. Et si vous vous ennuyez, vous pourrez toujours venir ici. Ma porte n'est jamais verrouillée, sauf pendant mes jours de congé, mais je vous montrerai où je cache ma clé.

Sappha la remercia chaleureusement.

— J'ai une voiture ; je pourrai me promener.

— Il y a aussi des promenades à pied formidables à faire par ici… Maintenant, si nous consultions le dossier de la baronne ? J'ai ma routine personnelle, que vous pourrez modifier à votre convenance. Je ne sais pas quel sera votre jour libre, mais je viendrai faire les soins quand vous vous absenterez.

— Pouvez-vous me parler de la baronne ? Je ne l'ai pas encore rencontrée.

— Je vous laisse vous forger une opinion. Elle est néerlandaise, comme vous le savez, mais elle parle un anglais impeccable. Elle vient chez les MacFee au moins une fois par an, et en ce moment, ils s'occupent d'elle. Elle a cinquante-quatre ans et six enfants. Le plus jeune a seize ans, et l'aîné a une trentaine d'années. Les van Duyren possèdent énormément d'argent, mais ils n'en font pas étalage, si vous voyez ce que je veux dire.

— Je comprends. Cela fait un mois, on l'a opérée d'une ostéodystrophie rénale, je crois ? Mon oncle John était satisfait de l'intervention. L'hyperparathyroïdie était très évoluée. C'est curieux que personne n'ait décelé le problème plus tôt.

— Cette maladie est rare, et ses symptômes ressemblent un peu à ceux de la polyarthrite rhumatoïde. C'est son fils — celui qui est médecin — qui a pensé à une osthéodystrophie. Il était venu la voir après un séjour de plusieurs mois aux Etats-Unis ; elle se trouvait ici au presbytère, en vacances. Il a demandé à votre oncle de l'examiner. La maladie a été prise à temps, je pense, mais la pauvre baronne souffre d'insuffisance rénale, et pour couronner le tout, elle a fait une chute le premier jour où elle s'est levée après l'opération ; elle s'est fracturé un bras et une jambe. Ses os étaient fragilisés par le manque de calcium, et le choc a fait le reste. Mais la baronne n'est pas du genre à renoncer. Nous pensons qu'elle se rétablira, malgré quelques accès de dépression. Voilà pourquoi elle a besoin en permanence d'une infirmière à domicile... Vous ne regrettez pas d'être venue, au moins ?

— Non. Il s'agit d'une sorte de défi, et cela ne me déplaît pas, au contraire.

Elle se leva.

— Je dois rentrer. Mme MacFee m'a suggéré de rencontrer la baronne avant le dîner, et il faut que je lise son dossier. Y a-t-il des choses particulières à savoir sur les médicaments ou autre ?

Elles étudièrent les ordonnances, et quand elles eurent terminé, Sappha quitta la petite maison du port pour regagner le presbytère, non sans avoir promis à Gloria de l'appeler en cas de difficulté.

La baronne van Duyren occupait une grande chambre au premier étage. La petite pièce attenante avait été transformée pour Sappha en une chambre très confortable. En passant, la jeune femme y laissa son manteau, et elle remit de l'ordre dans sa coiffure avant d'être introduite par Mme MacFee auprès de sa patiente.

Sa première réaction fut l'étonnement. La baronne n'était pas du tout la personne qu'elle avait imaginée — imposante, avec des cheveux gris et des manières autoritaires. Petite et jolie, des cheveux d'un blond très clair dans lesquels on distinguait à peine quelques fils argentés, elle avait un visage mince et pâle qui s'illumina d'un sourire très doux quand Sappha entra. Elle était assise, très droite, bien adossée à ses oreillers, et malgré ses deux plâtres, elle avait réussi à s'habiller avec élégance.

Mme MacFee fit les présentations.

— Et maintenant, je vous laisse pour que vous fassiez plus ample connaissance, conclut-elle. Nous ne dînerons pas avant 19 h 30... comment dois-je vous appeler ? Mademoiselle Devenish...

— Appelez-moi Sappha. « Mademoiselle » serait un peu trop cérémonieux, vous ne trouvez pas ?

— Nous allons nous voir souvent pendant quelques semaines, alors j'aimerais vous appeler Sappha moi aussi, si vous le permettez, déclara la baronne.

Ce point important étant réglé à la satisfaction générale, Mme Mac Fee s'en alla et Sappha tira une chaise pour s'asseoir près du lit.

— Mlle Perch m'a donné des instructions parfaitement claires, dit-elle. Si vous le voulez bien, nous pourrions mettre les choses bien au point entre nous, et ensuite, je vous apporterai votre dîner et vous me direz ce que vous souhaitez faire avant de vous coucher.

L'emploi du temps journalier fut longuement étudié.

— Vous portez une tenue ravissante, commenta la baronne à la fin de l'entretien. Malheureusement, vous n'aurez pas beaucoup d'occasions de sortir ici, même si vous avez une voiture. Ida m'a dit tout à l'heure que vous en possédez une. Vous avez dû trouver très fatigant le voyage depuis Londres ?

— Non. Je me suis arrêtée une nuit à l'hôtel, et les routes sont bonnes sauf dans les trente derniers kilomètres environ. J'ai commis l'erreur stupide de tomber en panne d'essence dans la montée, après Inver Alligin, mais un homme est arrivé dans une Land Rover et il a rempli mon réservoir.

Sappha s'était rembrunie en pensant à l'inconnu qui lui avait fait montre d'une déplaisante ironie.

— Apparemment, cette rencontre ne vous a pas enchantée. Racontez-moi.

— Il ressemblait à un diable avec ses sourcils bruns et épais. Il a dit : « J'aurais dû me douter que c'était une femme », et il s'est moqué de ma tenue vestimentaire...

Un coup frappé à la porte l'interrompit.

L'instant d'après, l'homme détestable dont elle venait de parler entra dans la chambre, impeccablement vêtu de tweed, cette fois, et portant des chaussures cirées avec soin.

Sappha le regarda avec une surprise visible, mêlée de consternation. La baronne, elle, ne fut nullement étonnée. Discrètement, son regard effectua un aller-retour entre le visage de son fils et celui de son infirmière. « Voilà le diable en question. De l'animation en perspective, apparemment... », songea-t-elle.

2.

— Te voilà, Rolf. Comme je suis contente. Sappha, je vous présente mon fils Rolf, qui est venu de Hollande pour me rendre visite. Rolf, voici Mlle Sappha Devenish, de Londres, qui va s'occuper de moi. Je crois que vous vous êtes déjà rencontrés ?...

Sappha se sentit rougir.

— Oui. C'est justement de cette rencontre que je parlais à l'instant.

Elle jeta un regard en direction de Rolf van Duyren, et crut discerner dans son regard quelque chose de narquois.

Il s'avança et embrassa sa mère.

— Une rencontre mémorable, commenta-t-il avant d'échanger avec Sappha une poignée de main. J'espère que vous vous plairez ici. C'est un peu — comment dire ?— calme.

Il la détailla de la tête aux pieds, la décontenançant.

— Je porterai un uniforme, précisa-t-elle sans très bien savoir pourquoi.

Elle regretta instantanément d'avoir prononcé cette phrase stupide, mais c'était trop tard.

— Je m'en serais douté...

Avec précaution, il s'assit au pied du lit.

— Mais je vous ai peut-être dérangées ? Préférez-vous que je revienne plus tard ?

De toute évidence, c'était une manière polie de lui demander de sortir : Sappha se leva et déclara qu'elle allait défaire ses valises.

Après avoir enfilé un uniforme blanc, elle descendit dans la cuisine pour prendre le dîner de sa patiente. Mme MacFee, qui préparait le repas, la félicita sur sa tenue, puis elle posa sur un plateau un poêlon de soupe fumante.

— Maintenant, ma chère Sappha, pouvez-vous monter ceci ? Je suis gênée de vous donner des ordres, mais bientôt, vous connaîtrez la maison, et vous agirez à votre guise. Je pense que le Dr van Duyren est avec sa mère ?

— Oui. Est-ce qu'il loge ici quand il vient la voir ?

— Bien sûr. Il séjourne dans cette maison depuis sa plus tendre enfance. Mon mari le considère comme son fils. Rolf se promène souvent et il connaît tout le monde dans les alentours. Ici, il a une Land Rover, et plusieurs fois, il s'est rendu dans des fermes isolées pour un accouchement prématuré ou un accident, quand nous n'arrivions pas à joindre Hamish MacInroy.

Chargée du plateau garni, Sappha regagna l'étage.

La baronne, seule à présent, semblait démoralisée. Quand Sappha eut tout disposé à portée de sa main valide, elle lui proposa de rédiger son rapport journalier d'infirmière là, dans la chambre, pendant qu'elle dînerait.

— Vous voulez rester ? J'accepte volontiers. Cela fait du bien, vous savez, de voir un nouveau visage, répondit la patiente, visiblement soulagée.

Elle prit la cuillère et avala un peu de soupe.

— Vous aviez raison : Rolf ressemble à un diable. C'est curieux, je ne l'avais jamais remarqué.

Sappha s'arrêta d'écrire.

— Je vous prie de m'excuser, madame. Je n'aurais jamais dû dire cela. C'était stupide. Je n'avais aucunement l'intention…

— Ne vous excusez pas, voyons. Quand vous l'avez rencontré, je parie qu'il portait des vêtements affreux, des bottes boueuses, et qu'il ne s'était pas rasé. Je crois qu'il est sorti très tôt ce matin. Une jambe cassée près de Ben Eighe, une ferme qui se trouve à l'écart de la route. Hamish étant sorti pour voir un nouveau-né, Rolf ne pouvait pas laisser une jambe cassée sans soins, n'est-ce pas ?… En fait, il possède plusieurs facettes. A la maison, il correspond à l'image traditionnelle du médecin, j'imagine, et naturellement, comme il est l'aîné, il a tendance à imposer ses façons de voir.

Sappha sourit.

— Vous êtes un peu sévère avec lui.

— Oh, pas aussi sévère que lui quand il est contrarié !

— Tout de même, il s'occupe de vous.

— Oh oui ! J'en suis heureuse. Quand mon mari est mort, Rolf, l'aîné, avait vingt-cinq ans, et Antonia, la plus jeune, seulement neuf ans. Les autres sont mariés maintenant, et donc, Rolf a un peu de temps libre, bien qu'il veille toujours sur ma petite Tonia — ces deux-là s'adorent.

Le visage fatigué de la baronne s'illumina d'un sourire attendri.

— Tonia est une enfant adorable qui me manque beaucoup. J'espérais qu'elle pourrait passer un ou deux jours ici, mais elle va au lycée. Les vacances de Noël sont encore loin, mais de toute manière, je rentrerai avant à la maison.

Sappha posa sur le plateau le bol de soupe vide.

— Votre fille pourrait peut-être venir pour un week-end. Il y a un aéroport à Inverness. Il faudrait nous renseigner sur les horaires des vols.

— Ce serait formidable, mais Rolf dira que cela risque de perturber ses études…

— Oh, elle rattraperait facilement une courte absence. Voulez-vous que je parle au Dr van Duyren pour lui demander d'y réfléchir ?

— D'accord, Sappha, merci, dit la baronne juste avant que la jeune femme ne sorte.

Elle revint, quelques minutes plus tard, portant une fricassée de poulet et un flan aux œufs accompagnés d'un verre de vin.

— Je vais vous donner beaucoup de travail, dit la baronne.

— Non, pas du tout. A l'hôpital, je courais toute la journée, et quand je m'asseyais, c'était pour m'occuper des paperasses ou pour répondre au téléphone.

— Vous ne vous ennuierez pas avec une seule patiente ?

— Pas du tout.

Sappha avait répondu avec une conviction qu'elle ne ressentait pas tout à fait. Son travail serait moins prenant qu'à Londres, et sa vie privée aussi serait très différente. Plus de soirées au théâtre, de dîners dans les restaurants, de sorties en discothèque ou au cinéma puisqu'il n'y en avait pas au village.

Mais, de toute manière, si elle était restée à Londres, elle n'aurait pas eu le cœur à sortir…

— Je vais chercher votre tasse de café, dit-elle, chassant cette pensée pénible.

Quand elle revint, sa patiente prit le café et les comprimés qu'elle lui tendait et avala le tout, réprimant visiblement une grimace.

Sappha eut un sourire d'encouragement.

— Ce serait bien pire encore si vous ne les preniez pas, vous savez.

— Personne ne m'a dit ce qu'il y a dedans ou pourquoi je les prends... Comment se fait-il que vous ne soyez pas mariée, ou au moins fiancée ? Vous êtes jolie, jeune — vingt-trois ou vingt-cinq ans, je suppose —, intelligente et élégante... Mais ce sont des questions indiscrètes. Excusez mon impolitesse ; je ne suis qu'une vieille femme trop curieuse.

— Vous n'êtes ni vieille ni impolie, répondit doucement Sappha. Je vous raconterai tout un jour, mais pour l'instant, je préfère ne pas en parler.

Elle redescendit au rez-de-chaussée, calme extérieurement, mais en réalité, un peu contrariée. Dire qu'elle avait fait des centaines de kilomètres pour éviter les questions que posait la baronne...

Mme MacFee se trouvait dans le salon, assise devant le feu, et son mari, devant la fenêtre, discutait avec le Dr van Duyren. Quand Sappha entra, les deux hommes interrompirent leur conversation et revinrent près de la cheminée.

— Vous vous êtes déjà rencontrés, je crois, dit M. MacFee. Voulez-vous vous asseoir quelques minutes avec nous pour faire mieux connaissance ?

« Oui. Nous mourons d'impatience d'exprimer la joie intense de nous revoir », pensa Sappha, exaspérée.

Pourtant, elle s'assit et accepta poliment un petit verre de xérès.

— Nous aurons tout le temps de faire connaissance, dit le Dr van Duyren. Je suppose que mademoiselle l'infirmière préférerait se reposer un peu.

— Bien sûr, elle a fait un si long voyage. Quels étourdis nous faisons, renchérit Mme MacFee. Vous devez vous sentir épuisée, ma chère Sappha — bien que dans cet uniforme, vous paraissiez toute fraîche et en pleine forme, je dois le dire.

Emettant un remerciement à peine audible, Sappha leva les yeux, et elle surprit le regard du Dr van Duyren posé sur elle. Il se moquait d'elle, c'était évident ! songea-t-elle, ulcérée. Loin d'éprouver pour elle le moindre intérêt, il la considérait comme une créature fragile qui avait visiblement besoin de repos. Et maintenant, il l'appelait « mademoiselle l'infirmière » d'un air narquois !

Pendant tout le dîner, elle le traita avec une politesse glaciale, et à la fin du dîner, elle lui demanda s'il pouvait lui accorder quelques minutes car elle avait quelque chose à lui demander. Il répondit qu'il en serait ravi, mais un léger froncement de ses sourcils bruns trahit sa perplexité.

M. MacFee leur proposa d'utiliser son bureau, une petite pièce sombre remplie de volumes poussiéreux — des encyclopédies, des ouvrages théologiques et des livres divers. Sur le large bureau se trouvaient des papiers, des stylos, et de grands blocs-notes. C'était là que son hôte rédigeait ses sermons, pensa Sappha en entrant dans la pièce avant de s'asseoir sur une chaise inconfortable. Le médecin, lui, resta debout. Il s'appuya contre le bureau et attendit sans un mot.

Sappha croisa ses mains sur ses genoux.

— Je serais heureuse d'obtenir votre coopération, docteur, dit-elle sèchement.

— Déjà ? Je n'en reviens pas. Je pensais que c'était la dernière chose que vous souhaitiez.

Sappha retint une réplique cinglante. A quoi cela servirait-il d'envenimer la situation ? Un silence régna, interminable.

— Eh bien, de quelle manière voulez-vous que je coopère ? insista-t-il.

— Votre mère souhaite ardemment voir votre sœur Antonia, mais elle pense que vous désapprouveriez sa venue ici à cause de ses études. Néanmoins, ne pourrait-on pas organiser un voyage en avion, même si ce n'est que pour un jour ou deux ?

— Les études d'Antonia sont une priorité. Ma sœur, qui est douée, ira probablement à l'université.

— Allons donc ! rétorqua Sappha, perdant patience. Elle pourra sûrement rattraper les cours qu'elle aura manqués. La tranquillité d'esprit de votre mère est très importante. Et puis, votre sœur se mariera sûrement avant d'entrer à l'université.

— Probablement, mais — vous ne l'ignorez pas, je crois —, il y a loin de la coupe aux lèvres en matière de mariage, dit-il froidement.

Sappha pâlit. Elle ignorait qu'il sût, pour elle et Andrew. Bien sûr, c'était oncle John qui avait dû le mettre au courant ! Profondément humiliée, elle détourna le regard.

— C'est de votre mère qu'il est question.

— Je vous demande pardon, dit le médecin, se radoucissant. Je n'ai aucune excuse pour ce que je viens de vous dire, à part, peut-être, le fait que j'agis toujours à ma guise avec ma famille. Je tiens toujours pour acquis que personne ne va me contredire.

Franchissant l'espace qui les séparait, il prit la jeune femme par les épaules et l'obligea à se lever.

— Si vous le souhaitez, j'organiserai le voyage de Tonia.

Vus de près, ses yeux n'étaient pas noirs mais bruns, et à ce moment précis, ils brillaient d'une lueur amicale.

— Moi aussi, je dis parfois des choses stupides. Je vous pardonne.

— Magnifique...

Rolf van Duyren eut un sourire qui transforma son visage, et, l'espace d'un instant, Sappha crut voir un homme radicalement différent.

— Il y a des gens qui ne peuvent pas s'entendre — peut-être appartenons-nous à cette catégorie ?

— Une aversion réciproque — c'est ce que vous voulez dire ? Dans ce cas, nous cacherons nos véritables sentiments sous une bonne entente apparente, n'est-ce pas ? Ça ne devrait pas être trop difficile car je rentre aux Pays-Bas demain matin de bonne heure. Cela vous laissera largement le temps de mettre au point une cordialité de façade avant mon retour ! Maintenant, retournons dans le salon si vous n'y voyez pas d'inconvénient.

Sappha s'attendait à passer une mauvaise nuit car si elle avait trouvé dans les Highlands le calme et la tranquillité qu'elle espérait, ses mauvaises relations avec le Dr van Duyren la tracassaient. Pourtant, elle s'endormit sans difficulté, et se réveilla seulement quand Meg, la bonne, entra avec le thé du matin.

— Il fait un temps superbe, mademoiselle Devenish.

Elle tira les rideaux, dévoilant un paysage de mer et de côte rocheuse.

— Le baron nous a laissé le soleil en partant.

Se redressant, Sappha rejeta ses cheveux en arrière et réprima un bâillement.

— Quel baron ?

Visiblement étonnée, Meg se retourna.

— Le Dr van Duyren... Ici, au village, on l'appelle par son titre... Ah, je voulais vous dire : le petit déjeuner est à 8 h 30, précisa-t-elle avant de sortir.

Sappha sirota son thé tout en méditant cette information. C'était la première fois qu'elle rencontrait un baron ! Le terme évoquait un aristocrate tyrannique et fanfaron, blessant à l'égard de ses vassaux, ou charmant, au gré de sa fantaisie...

Elle se leva et s'habilla rapidement, agacée en repensant à l'attitude déplaisante du *baron* Rolf van Duyren.

Sa patiente, qui avait passé une bonne nuit, bavarda avec entrain pendant que Sappha effectuait les soins indispensables avant de lui apporter son petit déjeuner. Son fils, lui dit-elle, était parti à l'aube pour prendre un avion à Inverness. Elle ignorait quand il reviendrait car, outre son travail dans un cabinet médical avec deux associés, il donnait des cours à Groningue.

— C'est dans le Nord de la Hollande, je crois ?

— Pas du tout. Notre maison de famille se trouve à Dokkum, une ville qui, comme Groningue, se situe dans la Frise.

En regagnant le rez-de-chaussée, Sappha se promit mentalement de consulter un atlas.

Son oncle John arriva dans la matinée. Il examina longuement Mme van Duyren — avant de parler plus longuement encore de sa patiente avec Sappha—, et il se déclara content du résultat de l'intervention qu'il avait pratiquée. Grâce à la prise de calcium, les os devenaient plus durs, et le fonctionnement des reins s'améliorait, mais la baronne risquait de souffrir de dépression de temps en temps. C'était le contrecoup de la maladie qui l'avait affectée.

— Mais nous la tirerons d'affaire, j'en suis sûr, conclut-il. Je suppose que Rolf est parti ?

— Tu veux dire le Dr van Duyren — ou faut-il dire : le *baron* van Duyren ? demanda Sappha, adoptant un ton neutre.

— Comment le saurais-je ? Tout le monde, dans la maison, l'appelle Rolf... Tu ne le trouves pas sympathique ?

— Je n'en sais rien !

Pour se donner une contenance, elle saisit un formulaire posé sur le bureau.

— Veux-tu que je le remplisse ? Tu le signeras, et tu l'emporteras, s'il te plaît.

Oncle John allait partir quand le Dr MacInroy arriva. C'était un homme solide âgé d'une trentaine d'années. De taille moyenne, il possédait un visage agréable et des yeux bleus au regard vif. Après avoir salué le spécialiste, il se tourna vers Sappha et lui adressa un chaleureux sourire.

— Mademoiselle Devenish... Gloria m'a beaucoup parlé de vous et je suis enchanté de vous accueillir à Dialach.

Il semblait sincèrement content, et Sappha, en échangeant avec lui une cordiale poignée de main, se souvint de sa rencontre avec le Dr van Duyren, qui ne lui avait manifesté aucune gentillesse. Cependant, elle n'eut pas le temps d'approfondir sa réflexion, car les deux médecins discutaient du cas de la baronne. Elle les écouta avec attention et prit même part de temps à autre à la conversation, d'une manière qui lui attira le respect évident du Dr MacInroy.

— Vous en savez beaucoup sur ce genre de cas. Il s'agit pourtant d'une maladie rare, observa-t-il.

— Avant de venir, j'ai lu tout ce que je pouvais trouver sur le sujet.

La conversation terminée, Sappha alla retrouver sa patiente. Celle-ci, allongée, semblait s'ennuyer. Cela n'avait rien d'étonnant avec un bras et une jambe immobilisés, pensa la jeune femme, s'activant avec toute la gentillesse dont elle était capable pour faire la toilette de la baronne.

— Que faites-vous de vos journées, à part lire ? demanda-t-elle.

— Des mots croisés... Que faire d'autre avec une seule main valide ?

— Mon oncle est très satisfait de vos progrès. Il voudrait que vous fassiez un peu d'exercice chaque jour, de façon à ce que votre bras soit plus fort quand on vous ôtera votre plâtre. Je vais vous aider à vous lever et à vous installer dans un fauteuil devant la fenêtre. La vue est magnifique. Vous ne peignez pas ? Si nous trouvions de la peinture et une toile, ou du papier, vous pourriez vous distraire.

— Avec une seule main ?

— Pourquoi pas ? Je disposerai tout à votre portée, je trouverai un moyen de maintenir le papier bien en place, et je serai là pour vous aider une bonne partie de la journée. Voulez-vous essayer ?

Tout en parlant, Sappha avait enveloppé sa patiente dans un peignoir. Ensuite, elle tira le fauteuil roulant contre le lit et souleva la baronne pour l'y asseoir, avant de l'installer près de la fenêtre.

— Je vais chercher un café, et pendant que vous le boirez, je verrai si Mme MacFee peut trouver du matériel.

Mme MacFee lui fournit une vieille boîte de peinture et un carnet à esquisses qui lui appartenait, et vint discuter avec la baronne de la meilleure vue à peindre. Pendant ce temps, Sappha faisait le lit et rangeait la chambre. Après le repas, elle laissa les deux amies ensemble et prit deux heures de liberté. Elle posta une lettre pour sa mère, puis elle alla visiter la petite localité. Le ciel s'était couvert. Il faisait du vent et les vagues battaient le rivage, sauf dans le port, où l'eau grise était presque étale.

Sur le chemin du retour, elle rencontra Gloria, qui se montra ravie de la revoir.

— Malheureusement, je ne peux pas vous inviter pour le thé car je vais chez une patiente, dit-elle, désignant de la main la jetée.

— Où est-ce ?

— Sur l'île. On m'y conduira, en barque, parce que la chaussée est en ruines. Il s'agit d'un accouchement. C'est une chance que cela ne se produise pas plus tard dans l'année, car il y a un courant terrible, et par tempête, le bateau ne peut pas y aller. Dans ces cas-là, on peut toujours passer par la chaussée, mais je n'ai aucun don pour la varappe !

— Qui habite là-bas ?

— Une famille — les MacTadd. Le père, pêcheur, héberge sa vieille mère, il est marié, et il a déjà plusieurs enfants. Il existe un projet pour les reloger, mais on n'a rien de valable à leur proposer pour l'instant, et de toute façon, ils ne veulent pas partir. Hamish a tenté de convaincre Mme MacTadd d'aller à l'hôpital, mais elle a refusé catégoriquement. Bon, je vous laisse ! M. MacTadd doit m'attendre. Quand vous connaîtrez vos jours de liberté, dites-le-moi, et je m'occuperai de la baronne à votre place. Moi, je prends tous les samedis, lança-t-elle avant de s'éloigner, souriante, comme à l'accoutumée.

Sappha opta pour le vendredi. Durant les quatre jours qu'elle avait passés au presbytère, elle avait mis sa routine bien au point.

Le vendredi suivant, cependant, elle ne partit pas avant d'avoir préparé sa patiente pour la journée. Après avoir laissé quelques consignes pour Gloria, elle recommanda à Mme MacFee de ne pas laisser la baronne seule trop longtemps.

Tout cela étant réglé, elle prit la route d'Ullapool, où, comme le lui avait conseillé Gloria, elle visita une belle boutique où on vendait du tweed et des produits artisanaux. Elle déjeuna au Caledonian Hotel, et, pour la première fois depuis son arrivée en Ecosse, elle se sentit presque heureuse. C'était sans doute le merveilleux paysage qui, par comparaison, faisait paraître Londres presque irréel...

Après le déjeuner, elle reprit la route, traversa Gruinard, au pied d'une colline, et ensuite, elle gravit une autre colline pour gagner les jardins d'Inverewe.

Bien que la splendeur estivale des parterres fût largement fanée, ces jardins étaient superbes et Sappha se promit de revenir un été, puis elle s'arrêta pour prendre le thé à Aultbea. Ensuite, agréablement fatiguée, elle reprit la route de Dialach.

Sa journée avait été des plus agréables. La gentillesse des gens qu'elle avait rencontrés avait largement contribué à son plaisir. Elle avait aussi été très sensible aux regards admiratifs d'un jeune homme qui était entré dans le restaurant où elle avait déjeuné. Assis à des tables voisines, ils avaient bavardé agréablement. Quand, le repas terminé, ils s'étaient quittés en excellents termes, Sappha avait pensé avec regret qu'ils ne se reverraient plus jamais. C'était dommage, car de toute évidence, il y avait peu d'hommes de son âge à Dialach. On ne pouvait pas compter le Dr MacInroy, fiancé à Gloria, et le baron n'avait *évidemment* aucune place dans ses pensées.

De retour au presbytère, sa bonne humeur s'évapora : la baronne, que Gloria avait réinstallée dans le lit avant de s'en aller, avait les joues luisantes de larmes.

— J'espère que... vous avez passé une bonne journée, balbutia-t-elle, la voix pleine de sanglots. C'est stupide de pleurer ainsi, mais... Rolf avait promis qu'il appellerait, et il ne l'a pas fait.

— Il est peut-être trop occupé... Mais il appellera, c'est certain. Ne vous inquiétez pas. Souvenez-vous de ce qu'a dit mon oncle John : il est normal que vous vous sentiez déprimée. Je vais vous laver le visage et remettre un peu d'ordre dans vos cheveux, puis vous dînerez, et ensuite, nous jouerons aux dames.

Finalement, la soirée se passa bien. Après le dîner, dans la chambre où pétillait un feu de bois, Sappha laissa la baronne gagner plusieurs parties de jeu de dames, avant de lui donner son cachet pour dormir, et de l'installer pour la nuit.

Elle venait de descendre pour souhaiter une bonne nuit aux MacFee quand le téléphone sonna. M. MacFee alla répondre.

— C'est pour vous, Sappha, dit-il avec un sourire, — un homme.

Le cœur battant, elle le rejoignit et prit le récepteur. C'était peut-être Andrew qui appelait pour lui dire qu'elle lui manquait...

— Allô ? dit-elle, la voix tremblant d'émotion.

Elle reconnut aussitôt la voix de l'homme qui se moquait d'elle, et qui oubliait de téléphoner à sa mère malade.

— Apparemment, ce n'était pas moi que vous attendiez. Comment va ma mère ?

Déçue et furieuse à la fois, Sappha crispa la main sur le récepteur.

— Elle a attendu en vain votre coup de fil. Elle était très peinée que vous n'appeliez pas.

— J'en suis désolé. J'imagine qu'elle a déjà pris son somnifère à l'heure qu'il est ; c'est la raison pour laquelle j'ai préféré vous parler d'abord.

— Trop tard, en effet. Elle dort.

— Vous parlez sur le ton d'une vieille fille frustrée qui n'a ni atouts physiques ni perspectives d'avenir.

Oubliant complètement les MacFee assis à l'autre bout de la pièce, Sappha laissa libre cours à son indignation.

— Comment osez-vous me parler ainsi ?

— Je parle comme bon me semble, et je suis persuadé que votre avenir s'annonce radieux. Bon, je suis désolé de ne pas avoir téléphoné plus tôt, mais je n'ai pas pu. J'appellerai demain matin. Dites-le-lui quand elle se réveillera. J'ai tout organisé pour que Tonia vienne avec moi. Cela ne m'arrangera guère, mais je n'ose pas venir sans elle, craignant votre réaction ! Nous arriverons jeudi, la semaine prochaine. Au revoir, ma chère...

Puis il raccrocha sans laisser à la jeune femme le temps de répondre.

Dans son lit, ce soir-là, elle repensa à ce qu'avait dit le baron. « Frustration », « perspectives »... Qu'avait-il voulu dire ?

« Il est complètement fou », conclut-elle avant de fermer les yeux.

Les jours suivants s'écoulèrent tranquillement, et l'ennui qu'elle avait un peu redouté ne vint pas. Au contraire, elle commença à trouver ses journées trop courtes.

Le moral de la baronne allait beaucoup mieux. Son fils l'avait appelée plusieurs fois, et la pensée de revoir bientôt Antonia la remplissait d'une légère excitation. Elle évoquait souvent les remarquables qualités de son fils, et Sappha acquiesçait sans enthousiasme car elle n'avait pas oublié ses paroles blessantes. Elle n'avait jamais rencontré d'homme aussi déplaisant.

Libre, le vendredi suivant, elle prit sa Mini et se dirigea vers Balmarca, afin de voir les collines de Skye de l'autre côté du Kyle de Lochlash. Là, elle déjeuna dans un restaurant et alla voir le château d'Eilean Donan, au bord du Loch Duich. Elle descendit la route en pente raide pour avoir un beau panorama des Monts Kintail, mais ils disparaissaient dans d'épais nuages, alors elle fit demi-tour et reprit la direction de Dialach car elle avait promis à Gloria de prendre le thé avec elle.

Gloria n'était pas encore rentrée. Sappha pénétra dans la maison, alluma le feu sous la bouilloire, et déballa le gâteau qu'elle avait acheté à la boulangerie. Tout en découpant du pain pour préparer des toasts, dans la petite cuisine, elle se dit que décidément, la vie à Dialach lui plaisait beaucoup. Retourner à Londres lui semblait impensable. C'était le dernier endroit où elle aimerait vivre. A l'heure qu'il était, Andrew avait probablement épousé cette stupide petite blonde…

A cette pensée, elle poussa un profond soupir, au grand amusement de Gloria, qui entrait.

— Mon Dieu, quelle mouche te pique ? Tu as l'air en colère — ou terriblement triste.

— Bonjour !… Tout va bien.

Gloria jeta son chapeau sur une chaise, son manteau sur une autre, et sa trousse sur la table, avant de préparer le thé.

— Tu t'ennuies à Dialach, peut-être ?

— Non, au contraire. C'est à Londres que je m'ennuierais à mourir.

— En tout cas, même si tu t'ennuyais, cela s'arrêterait après-demain ! Rolf et Antonia seront arrivés, et on ne peut pas s'ennuyer quand ils sont là. Comment trouves-tu Rolf ?

Sappha, qui beurrait un toast, eut un haussement d'épaules évasif.

— En fait, je ne le connais pas vraiment. Nous n'avons pas beaucoup parlé, lui et moi.

— Ce n'est pas le genre d'homme auquel on a besoin de parler. Ne me dis pas qu'il te laisse indifférente, ou bien tu serais la seule femme dans ce cas ! commenta Gloria, hilare.

Elles s'assirent dans le salon pour prendre leur thé.

— Si tu veux le savoir, reprit Sappha, je le trouve mal élevé, autoritaire, et moqueur.

— Je ne t'ai jamais posé de questions, mais il est évident que tu es venue ici pour fuir quelqu'un ou quelque chose — un homme, je suppose. Ce serait injuste que ta mésaventure influence ta façon de voir Rolf.

— Tu as raison : je manque d'objectivité... Maintenant, dis-moi : où vas-tu passer ta journée libre cette semaine ?

— A Inverness, avec Hamish. Tout va bien dans le village : la série de piqûres de Mme MacGower est terminée, et Mme MacTadd va bien — elle devrait tenir encore deux ou trois semaines. Le bébé se présente mal, mais d'ici à l'accouchement, cela peut encore changer. As-tu reçu une formation en obstétrique ?... Tant mieux. Je dirai aux MacTadd de venir te chercher si, par hasard, je n'étais pas là quand l'accouchement commencera. Je vais te faire visiter le dispensaire d'une manière détaillée. Ainsi, tu pourras faire face à toute urgence éventuelle.

Elle montra à Sappha où était cachée la clé du dispensaire et où on rangeait la trousse d'obstétrique et l'appareil à oxygène, ainsi que les kits de prélèvement et de transfusion.

— Il y a une poche de O positif dans le réfrigérateur. Hamish l'a apportée aujourd'hui, au cas où Mme MacTadd nous jouerait un petit tour…

De retour au presbytère, Sappha trouva la maison très calme ; seul un léger murmure provenant du salon indiquait la présence des MacFee. Elle monta à l'étage, et, après quelques instants d'hésitation, décida d'aller voir la baronne qui devait se sentir bien seule. Elle frappa deux coups discrets, ouvrit le battant sans attendre de réponse, et passa sa tête dans l'entrebâillement.

Sa patiente n'était pas seule. Une jolie fille blonde était blottie sur le lit, près d'elle, et le baron, agenouillé sur le plancher, effectuait des réglages sur un poste de télévision portatif. Il se releva.

— Bonsoir. Avez-vous passé une bonne journée ? demanda-t-il.

— Oui, merci, répondit Sappha, surprise de le trouver là.

Et elle éprouvait aussi un autre sentiment qu'elle aurait pu prendre pour du plaisir, si elle n'avait pas détesté cet homme aussi fort.

La baronne arbora un sourire radieux.

— C'est une charmante surprise, vous ne trouvez pas, Sappha ? Rolf m'a amené Tonia un jour plus tôt que prévu et il a apporté un poste de télévision pour moi… Venez, je vais vous présenter ma fille.

Antonia s'était levée. C'était une très jolie fille, dotée de grands yeux bleus et de charmantes fossettes. Ses épais cheveux blonds retombaient sur son front en une frange bien coupée.

— Vous êtes beaucoup trop jolie pour une infirmière, dit-elle avec un naturel désarmant. Je trouve incroyable que vous soyez beaucoup plus vieille que moi— j'ai seize ans.

Rolf s'était replongé dans le réglage du poste.

— Antonia, tu ne dois pas demander à Mlle Devenish quel est son âge ; elle n'a peut-être pas envie de le dire, dit-il distraitement.

— Pff ! C'est nul, ce que tu dis. A t'entendre, on croirait qu'elle a trente ans ou même plus. Ce n'est pas parce que toi, tu as trente-deux ans…

Elle se retourna vers Sappha.

— Vous me le direz plus tard, lança-t-elle en reprenant sa place près de sa mère.

— Tonia, tu ne devrais pas parler comme cela à une personne que tu connais à peine, dit celle-ci.

— Quelquefois, on rencontre une personne et on a l'impression qu'on la connaît depuis toujours. Hein, Rolf ? Ça arrive, non ?

Il leva les yeux, mais au lieu de regarder sa sœur, il détailla pendant quelques secondes Sappha qui se sentit rougir.

— Oui, bien sûr, mais c'est beaucoup plus plaisant quand les deux personnes concernées éprouvent en même temps la même impression…

— Ah ! C'est bien ce que je disais, conclut Antonia.

Elle scruta le visage de Sappha et poursuivit avec une candeur redoutable.

— Vous êtes toute rouge, mais ça vous rend encore plus jolie, tu ne trouves pas, Rolf ?

Ce dernier ne leva pas les yeux.

— Je suis sûr que Mlle Devenish voudrait enlever son manteau, dit-il d'un ton égal.

— Je vais chercher votre dîner, madame van Duyren, lança Sappha avant de s'esquiver.

Avant de s'endormir, ce soir-là, elle repensa à la soirée, et elle dut reconnaître qu'elle s'était amusée. La pétulante Antonia avait donné du sel à la conversation, et — plus surprenant— Rolf aussi. De toute évidence, il aimait beaucoup sa sœur, et celle-ci le lui rendait bien. On voyait bien qu'elle le menait par le bout du nez, mais elle le respectait aussi. L'adolescente semblait gâtée et un peu entêtée, mais elle possédait un cœur d'or et une telle joie de vivre qu'on ne devait jamais lui en vouloir plus de deux secondes ! Quand on lui avait dit qu'il fallait laisser sa mère se préparer pour la nuit, elle était sortie docilement. Ensuite, elle s'était assise au pied du lit de Sappha pendant que celle-ci se brossait les cheveux, et elle avait posé quelques questions très sensées sur la maladie de sa mère.

— Je sais déjà beaucoup de choses sur cette maladie — Rolf a dit qu'il vaudrait mieux, pour moi et pour maman, que je sois au courant. Et bien sûr, il a raison. Il a toujours raison, ajouta-t-elle.

Sappha jugea plus sage de ne pas commenter cette affirmation. De toute évidence, le baron dirigeait sa famille d'une main de fer dans un gant de velours. Elle songea à la pauvre fille qu'il contraindrait à l'épouser et la plaignit. Sa vie n'était pas difficile à imaginer. « Il lui fera une douzaine d'enfants, songea-t-elle, modifiant l'ordre de ses oreillers. Pour lui, la place d'une femme est à la maison. Un sort peu enviable, même s'il s'agit d'une maison luxueuse ! » Elle imagina le baron assis, régnant sur une tablée de petits barons et de petites baronnes, tous dotés de sourcils bien marqués — et elle-même, assise à l'autre bout de la table.

Elle rejeta cette idée, la trouvant ridicule, et elle allait sombrer dans le sommeil quand elle entendit la baronne qui lui demandait un second comprimé de somnifère. Aussitôt, Sappha se leva et gagna la chambre voisine.

— C'est seulement parce que vous avez eu une soirée un peu excitante — vous allez bientôt vous endormir. Je vais vous lire quelques pages. Etes-vous bien installée ?

D'une main adroite, elle remit en ordre les oreillers et les couvertures.

— Voilà. Maintenant, fermez les yeux. Je vais prendre la suite de votre roman.

Elle lisait depuis plusieurs minutes cette histoire sentimentale quand la baronne l'interrompit.

— Quel arrogant, tout de même, ce Samuel — mais bien sûr, il aime Jane, et elle l'aime. L'homme que vous aimiez — et que vous aimez peut-être encore —, était-il arrogant ?

Sappha leva les yeux.

Elle portait un peignoir rose pâle, qui contrastait joliment avec ses cheveux bruns retombant souplement sur ses épaules. Un léger parfum de savon Roger et Gallet à la violette flottait autour d'elle. La baronne, qui la scrutait, la trouva jolie comme un cœur.

— Non, pas arrogant. Simplement, il a trouvé quelqu'un d'autre. Une femme blonde et sexy, prête à lui donner ce que je ne voulais pas lui donner — j'ai des idées un peu démodées sur le mariage…

— Moi aussi ! Et vous seriez étonnée de connaître le nombre d'hommes qui rêvent d'épouser une jeune femme « démodée », une femme qui les aime et qui s'occupe de leur foyer avec fierté — et aussi de leurs enfants, car les hommes veulent des enfants... Je vous dirais bien que vous vous en remettrez et que vous rencontrerez quelqu'un d'autre. Mais vous ne songez pas aux autres hommes en ce moment, j'imagine, et vous pensez sûrement qu'après lui, personne d'autre ne comptera dans votre vie ? C'est bien cela ?

Sappha acquiesça distraitement, pensant aux mois désastreux qui venaient de s'écouler.

— Voulez-vous que je lise encore un peu, madame ? proposa-t-elle posément.

D'un geste distingué, la baronne réprima un léger bâillement.

— Je crois que j'ai sommeil. Est-ce que cela vous dérangerait beaucoup de m'apporter une petite tasse de lait chaud ?

Quelques minutes plus tard, Sappha remonta à l'étage dans la maison silencieuse, avec la boisson demandée.

Parvenue sur le seuil de la chambre, elle s'arrêta net en apercevant Rolf, encore habillé, et paresseusement étendu au pied du lit. Il ne dit rien, mais son regard parcourut Sappha de la tête aux pieds. Ce fut la voix douce de la baronne qui rompit le silence.

— Rolf nous a entendues parler et il est venu voir ce qui se passait.

Elle adressa à son fils un regard à la fois impérieux et complice, qui l'arracha à sa contemplation, et il réprima un sourire.

— Comme je vous vois en d'excellentes mains, je vous laisse, ma chère mère.

Il se pencha et déposa un baiser sur la joue de la baronne, puis il adressa un bref bonsoir à Sappha, et sortit.

La baronne but son lait avec l'air innocent d'un enfant sage.

— Ma pauvre enfant..., dit-elle, contrite. Je vous ai empêchée de dormir, mais je suis sûre que je ne vais plus vous déranger maintenant.

Elle termina le lait, laissa docilement Sappha la border, lui souhaita une bonne nuit d'un ton reconnaissant, et ferma les yeux.

Pour Sappha, le sommeil tarda à venir. Les questions de la baronne avaient ravivé dans son esprit l'image d'Andrew qu'elle voulait tellement oublier.

3.

Le lendemain matin, elle ne vit pas le baron. Elle s'activa, parfois gênée par l'aide gentille mais maladroite d'Antonia. Après le déjeuner, l'adolescente proposa de rester avec sa mère pendant que Sappha irait faire une promenade.

D'humeur maussade et casanière, elle acquiesça car elle avait des lettres à poster. Vêtue d'un imperméable pour affronter pluie et bourrasques, elle gagna le village. Avant de rentrer, elle se promena sur le port. Des nuages sombres couronnaient les montagne toutes proches. Au large, de hautes vagues se brisaient contre la jetée. Un bateau de pêche solitaire traçait bravement sa route vers le port…

Dans une rue proche du presbytère, elle s'arrêta net, les yeux écarquillés. Andrew ! Son cœur battait à coups redoublés et elle ne parvint pas à articuler le moindre mot. Son ex-fiancé, lui, ne parut ni surpris ni penaud. Il arbora son plus charmant sourire.

— Ma chérie, comme je suis heureux de te revoir ! J'avais deux jours libres, l'occasion rêvée pour venir te voir.

— Comment as-tu su que j'étais ici ?

— Molly. Je lui ai tiré les vers du nez.

Molly Martin, aide-soignante au Gregg, était la plus redoutable commère de l'établissement.

Andrew lui prit une main.

— Tu n'es pas contente de me revoir, on dirait.

La jeune femme hésita. Oui, elle était contente, et elle s'apprêtait à le dire quand elle sentit un bras entourer ses épaules.

— Alors, Sappha, vous faites une petite promenade ? Andrew Glover, je suppose ? Je pensais que vous viendriez. Le patron du pub de Torredon m'a signalé votre arrivée. Ah, au fait, je m'appelle Rolf van Duyren.

Le visage d'Andrew traduisit sa perplexité. De toute évidence, il se demandait quelle attitude adopter avec cet inconnu, auquel sa tenue — gros chandail, vieux pantalon et bottes de caoutchouc—, donnait un aspect peu engageant. Sappha, elle, trouva la situation plutôt amusante.

— Vous devriez prendre tout votre après-midi, Sappha, poursuivit le baron, ou même tout le reste de votre journée. Antonia et Mme MacFee se débrouilleront.

— C'est très gentil de votre part, docteur, mais j'ai pris assez de temps libre pour aujourd'hui, et je n'ai aucune raison de m'en octroyer davantage.

— Vous êtes médecin, si je comprends bien ? s'enquit Andrew.

— Oui. J'exerce dans un cabinet médical, dans une petite ville rurale de la Frise.

Un petit sourire légèrement condescendant naquit sur les lèvres d'Andrew.

— Ah, vous êtes généraliste… Je suis consultant à la clinique privée de Wimpole Street, à Londres.

— Félicitations…, répondit, d'une voix douce, Rolf van Duyren.

Mal à l'aise, Sappha fronça les sourcils. La baronne n'avait-elle pas parlé de cours qu'il donnait à Groningue ? Il se moquait d'Andrew, pensa-t-elle, indignée.

— Je vous laisse car j'ai des choses à faire, dit-elle.

— Nous allons tous au presbytère, décréta Rolf. Venez prendre le thé, cher confrère. Mme MacFee sera heureuse de voir un nouveau visage…

Il emprunta la rue qui menait au presbytère sans lâcher Sappha qui se trouva entraînée, Andrew marchant à côté d'elle.

— C'est dommage que tu ne puisses pas sortir aujourd'hui. Si nous disions demain — l'après-midi, ou peut-être le soir ? proposa ce dernier.

Le baron ne laissa pas à Sappha le temps de répondre.

— Demain ? Bien sûr. Prenez l'après-midi *et* la soirée, Sappha. Il ne fait pas vraiment un temps idéal pour se promener en voiture, mais il y a de superbes balades pédestres à faire, Andrew. Je pourrais vous prêter une paire de bottes. Vous logez ici au pub, j'imagine ? C'est très confortable, et Mme MacGregor fait bien la cuisine. Elle préparera un bon petit dîner pour vous deux.

— Je ne suis pas sûre…, protesta Sappha.

Elle s'interrompit, stoppée net par le coup d'œil clairement amical que le baron lui lança. C'était étrange, pensa-t-elle. Il essayait de faciliter les choses pour elle et Andrew !

Quelques minutes plus tard, ils remontaient la courte allée menant à la porte du presbytère. Si Sappha avait espéré une certaine discrétion, tous ses espoirs furent réduits à néant car Rolf agita la main en direction de la fenêtre de la baronne.

Dans l'entrée, elle s'éclipsa et gravit les marches quatre à quatre pour aller enfiler son uniforme et se sentit tout de suite plus forte pour affronter la situation.

Quand elle entra chez la baronne, celle-ci et Antonia étaient assises près de la fenêtre.

— Vous avez fait une bonne promenade, j'espère ? demanda la baronne.

Elle ordonna à sa fille d'aller chercher son thé.

— Alors, votre ami est venu vous rejoindre, dit-elle dès que la porte se fut refermée. J'espère qu'il n'a pas l'intention de vous emmener avec lui ? Evidemment, je n'oserais pas vous retenir !

Sappha, qui mettait de l'ordre sur la table de nuit, se retourna.

— Il ne me l'a pas demandé. Je ne sais même pas pourquoi il est venu. Je n'ai pas eu l'occasion de lui poser la question car nous venions de nous rencontrer quand le Dr van Duyren est arrivé. Il a insisté pour que j'invite Andrew pour le thé et il m'a gentiment proposé de prendre mon après-midi de demain, ajouta-t-elle avec un peu d'amertume.

— Comme c'est gentil de la part de Rolf… Je suis sûre qu'ils se sont tout de suite bien entendus.

— Certes, ils sont tous les deux médecins. Que fait exactement le Dr van Duyren ?

— Il a un grand cabinet médical à Dokkum, avec deux associés. Il est aussi consultant à Groningue et professeur à la faculté de médecine, spécialiste en gastro-entérologie.

— Il doit être très occupé, alors, conclut Sappha, pensive.

Pourquoi avait-il prétendu être un simple généraliste ?

— Dites plutôt débordé. Mais il a l'air d'aimer cette vie. Je l'ai quand même mis en garde plusieurs fois : s'il ne fait pas attention, il n'aura jamais le temps ni l'envie de se marier. Quand il le fera, évidemment, sa femme passera avant tout le reste — à l'instar de son père.

Les yeux de la baronne se remplirent de larmes et Sappha, émue, mit ses bras autour d'elle.

— Vous pouvez en être fière, et je suis sûre que vous valiez chaque seconde du temps qu'il vous consacrait.

La baronne eut un sourire tremblant.

— Oh oui. J'étais très fière de lui... Et les enfants aussi. Rolf lui ressemble beaucoup.

Sappha se redressa puis se dirigea vers la porte.

— Je vais chercher votre thé, baronne, dit-elle, avant de descendre au rez-de-chaussée.

Elle s'attarda le plus longtemps possible, et quand enfin elle se rendit dans le salon, tout le monde prenait une seconde tasse. Andrew, qui expliquait l'importance d'avoir une bonne clientèle, dut s'interrompre, visiblement contrarié, quand M. MacFee invita Sappha à s'asseoir et lui proposa du lait pour son thé, puis un toast.

Quand il reprit son exposé, évoquant avec délectation son brillant avenir, Sappha l'observa tout en grignotant le toast. Il ne prêtait aucune attention à son auditoire qui l'écoutait avec intérêt. Le baron lui-même semblait captivé. Détournant les yeux un instant, il s'aperçut que Sappha le regardait et il la scruta avant d'esquisser un sourire.

Le lendemain, elle se vêtit avec soin pour son rendez-vous avec Andrew. Son choix s'était porté sur une robe en fin lainage d'un joli rose, avec un col montant et des manches longues. Andrew avait déclaré qu'ils iraient faire une promenade avant le dîner, et ensuite, ils bavarderaient dans le salon du pub MacGregor en attendant de dîner. Il fallait qu'ils parlent, avait-il déclaré. Sappha réfléchit à cette dernière déclaration tout en enfilant ses chaussures de cuir — c'était imprudent, car le temps s'assombrissait, mais elle voulait soigner sa toilette.

Pourtant, quand elle fut habillée, elle s'assit sur son lit, répugnant étrangement à partir. Cela l'inquiétait un peu de ne pas se sentir plus heureuse ou plus excitée. Etait-ce le choc d'avoir revu Andrew qui la rendait si apathique ?

Elle se leva et alla dire bonsoir à la baronne. Celle-ci, assise dans son fauteuil devant la fenêtre, se retourna en l'entendant entrer.

— Il vient d'arriver. Il est très élégant. J'espère que vous passerez une excellente soirée. Antonia est subjuguée ! Je ne serais pas étonnée que vous rentriez ce soir avec une bague de fiançailles au doigt.

— Je ne sais pas... Cette fois, je veux prendre mon temps. Etes-vous sûre que vous vous débrouillerez ? Cela ne me plaît pas de vous laisser seule, d'autant que Gloria n'est pas là ce soir.

— N'ayez aucune inquiétude. Ma fille adore jouer les infirmières. Vous avez préparé mes comprimés, j'ai fait mes exercices, et puis Rolf sera là.

La soirée ne fut pas une grande réussite. Andrew conduisait bien sa Jaguar, mais le vent s'était renforcé et la pluie tombait à verse. Cela semblait déraisonnable de prendre la route pour aller voir les hauteurs de Skye depuis Auchtertyre. De toute manière, souligna Sappha, avec ce temps, il n'y aurait rien à voir. A cet argument, Andrew répondit par un petit rire.

— Nous nous inquiéterons pour le paysage une fois arrivés sur place. Nous allons pousser jusqu'à Auchtertyre...

Naturellement, ils ne virent pas Skye, mais Andrew sembla retirer une certaine satisfaction d'avoir atteint le but fixé. Ils s'arrêtèrent pour prendre un thé à Lochcarron. Malgré elle, Sappha se détendit et commença même à s'amuser. Andrew pouvait se montrer drôle, et il faisait des efforts évidents pour lui plaire. Ils avaient presque fini leur thé quand il reprit un air plus grave.

— Il faut que je te dise pourquoi je suis venu dans ce coin perdu... Ma chérie, je ne peux pas vivre sans toi.

— Et Ann Beatty ? demanda Sappha, d'un ton glacial qui dissimulait la satisfaction de se sentir de nouveau désirée. A-t-elle trouvé quelqu'un d'autre ?

Andrew baissa les yeux, et lui prit la main.

— Nous n'étions pas faits l'un pour l'autre. J'ai été idiot. Rentre à Londres avec moi. Quitte cet endroit horrible, tu n'es pas faite pour y vivre. Nous nous amuserions tellement ensemble.

Sappha pensa qu'en effet, on pouvait s'amuser beaucoup à Londres, et qu'Andrew l'aimait peut-être beaucoup pour être venu de si loin. Mais cela, il ne l'avait pas dit... Doucement, elle retira sa main.

— Ecoute, ne me demande pas de te répondre tout de suite. Laisse-moi le temps de réfléchir.

Il parut légèrement contrarié.

— Réfléchir ? A quoi ? Je t'offre une chance de fuir ce coin perdu.

— J'aime bien Dialach, répondit posément Sappha. Et je ne peux pas laisser ma patiente. Où les van Duyren trouveraient-ils du jour au lendemain une infirmière pour me remplacer ?

— Bon sang, arrête avec tes éternels scrupules ! Tes van Duyren se débrouilleront, et puis ta patiente a ce paysan qui se considère comme un médecin, non ?

D'une main qui tremblait légèrement, Sappha reposa sa tasse.

— Tu dis des bêtises. Rolf n'a rien d'un paysan. Et il est très gentil avec sa mère. Il vient presque toutes les semaines des Pays-Bas, et il aide le médecin local en cas de besoin...

— Quel idiot..., commenta Andrew, moqueur. Tu l'admires, on dirait ? A moins que tu sois tombée sous son charme ?

— Pas du tout. Je ne l'aime pas, mais je désapprouve ton mépris, et je ne partirai pas avant qu'on trouve une infirmière pour me remplacer.

— Ne parlons plus de ça maintenant, répondit Andrew avec un sourire. Nous allons rentrer et nous installer confortablement devant le feu de Mme MacGregor et je suis sûr que je te ferai changer d'avis.

Ils regagnèrent la voiture en silence. Sappha se sentait tout étonnée de sa propre froideur. Trois mois plus tôt, elle se serait jetée dans les bras d'Andrew, et maintenant, elle s'écartait quand leurs épaules se frôlaient dans la voiture. Mais il parut ne remarquer ni ce recul ni son silence.

Le trajet de retour fut difficile. Sur la route sinueuse, le vent giflait la voiture, et la pluie, torrentielle, rendait inutile le va-et-vient de l'essuie-glaces. Enfin, ils s'arrêtèrent devant l'auberge MacGregor brillamment illuminée. A l'intérieur régnait une douce chaleur. Une table était dressée pour eux dans le petit salon derrière le bar, et deux fauteuils confortables les attendaient devant le feu.

Sappha ôta son imperméable et le suspendit derrière la porte.

Elle terminait son porto avec Andrew quand un jeune garçon venu du bar fit irruption dans le salon. L'eau, dégoulinant de son imperméable, laissait de petites flaques sur la moquette. Sans prêter attention à Mme MacGregor qui le grondait, il tendit à Sappha un morceau de papier soigneusement plié dans un sachet en plastique.

Etonnée, la jeune femme posa son verre.

— C'est pour moi ? Tu en es sûr ?

— Oui, mademoiselle, répondit le garçon. Tenez.

Sappha prit le papier, le sortit avec précaution de son enveloppe trempée, et se mit à lire tout haut.

« Sappha, Mme MacTadd est en travail. Le bébé se présente par une épaule. Il faut une césarienne. Allez chez Gloria et prenez sa trousse d'obstétrique, l'oxygène, les kits de prélèvement et de transfusion, et la poche de sang dans le réfrigérateur. Le garçon va vous conduire chez les MacTadd. Demandez à Glover s'il peut donner un coup de main. R.v. D. »

Levant les yeux, elle vit qu'Andrew posait sur elle un air interrogateur.

— Donnez quelque chose au garçon et passons à table, dit-il, agacé.

Sappha replia le papier avec soin.

— Ecoute, Andrew…

— Tu ne vas pas y aller ! coupa-t-il. Van Duyren est fou. Ne peut-il pas envoyer cette femme à l'hôpital ? Après tout, il n'est qu'un simple généraliste.

— Ce n'est pas possible, répondit patiemment Sappha. Il n'y a pas d'ambulance dans le village, et avec ce temps, un transport en bateau est inenvisageable. Et Rolf van

Duyren est parfaitement capable de traiter le problème s'il le faut.

Elle se leva et elle enfilait son imperméable quand Andrew la rejoignit pour la saisir par le bras.

— Tu ne vas pas y aller. Laisse-le se débrouiller, dit-il avec un peu de mépris.

Elle se dégagea.

— Tu devrais venir aussi. Il aura besoin de ton aide.

— Je n'ai pas l'intention d'y aller, marmonna-t-il. Je ne connais pas les compétences de ce type. Suppose que la patiente meure. Et ma réputation ? Il faut que j'y pense.

Sappha ne prit pas la peine de répliquer. Dire que, si cela n'était pas arrivé, elle aurait peut-être décidé de retourner à Londres, le lendemain ou dans quelques jours… Mais ce n'était pas le moment d'y penser. Pour l'instant, il fallait aider Rolf.

— Allons-y, dit-elle au garçon.

Elle demanda à Mme MacGregor de prévenir les MacFee, et sortit dans la nuit et la tempête.

La maison de Gloria était proche, et dix minutes plus tard à peine, elle en ressortait avec la trousse d'obstétrique et une puissante lampe torche qui lui serait utile pour se diriger. Elle avait laissé un message sur la table du salon.

Chargée de plusieurs sacs, elle confia la lampe allumée au garçon qui l'attendait patiemment sous le porche.

— Pauvre petit. Tu es trempé ! Comment t'appelles-tu ?

— Ian.

— Ian, je te suis.

Guidée par le garçon, elle emprunta la ruelle qui menait au port, et bientôt, elle s'aperçut que le garçon se dirigeait vers la jetée éboulée. Elle l'arrêta en le prenant par l'épaule.

— Nous n'allons pas passer par là ?

— Si, répondit Ian avant de reprendre sa marche.

Quel choix avait-elle ?

Pendant les premiers mètres, ce ne fut pas trop difficile. Sur les pierres inégales, elle pouvait avancer sans trop de difficulté. Mais plus loin, se présentèrent cinq ou six marches en partie écroulées, couvertes d'algues détrempées.

— Ian ! Je... ne peux pas passer par là... J'ai peur.

— Maman va mourir si vous ne venez pas...

Que répondre à cela ? Vaincue, Sappha posa le pied sur la première marche.

— Si tu veux, monte le premier, et je te passerai la trousse. Il faut que je libère une de mes mains.

Elle parvint à gravir l'escalier, aidée par Ian, qui avait posé le sac en sûreté avant de revenir vers elle. C'était une chance qu'il fasse noir, pensa-t-elle en arrivant en haut sur les genoux. Si elle avait vu ce qui l'entourait, elle aurait sûrement hurlé ! Obéissant au conseil du garçon, elle se pencha en avant pour résister au vent et à la pluie, luttant pour garder l'équilibre, ses mains mouillées douloureusement crispées sur les poignées des deux sacs.

Enfin, elle aperçut une lumière.

— Dieu soit loué ! murmura-t-elle.

Mais une dizaine de mètres plus loin, Ian s'arrêta et braqua la torche vers un second escalier — ou du moins, ce qu'il en restait. A un endroit, il manquait même une marche. Le garçon dit quelques mots en gaélique puis il saisit les deux sacs et disparut pour négocier assez adroitement le passage, ne laissant à Sappha que le sachet contenant la poche de sang.

— Venez, mademoiselle, dit-il quand il réapparut.

— Je ne peux pas... Vraiment. C'est impossible, balbutia-t-elle, clouée sur place par la peur et le froid.

Quelques seconde plus tard, la lueur d'une seconde lampe torche éclaira le sol et la voix du baron résonna dans le vent.

— Restez où vous êtes, et surtout, ne lâchez pas la poche !

Malgré la peur qui la tenaillait, Sappha remarqua qu'il semblait beaucoup plus inquiet pour le sang que pour elle-même... Quelques instants plus tard, il était près d'elle, et prenait d'entre ses doigts raidis par le froid son précieux fardeau.

— Allez ! Avancez, maintenant. Faites ce que je vous dis ! dit-il très fort, tout près de son oreille.

— J'ai compris. Inutile de hurler, espèce de brute ! murmura Sappha.

Des larmes roulaient sur ses joues, mais elle ne les essuya pas puisqu'elles se confondaient avec la pluie.

Les mains solides du baron lui entourèrent la taille.

— Avancez ! Avancez donc, bon sang !

Sappha lâcha le rocher auquel elle s'agrippait et, déséquilibrée, battit l'air de ses mains. Le rire du baron résonna distinctement dans le rugissement du vent.

— Arrêtez de battre des bras comme un oiseau mouillé. Appuyez-vous donc sur moi !

Il l'aida à gravir les ruines des marches — d'étroites corniches en pente mouillées. Elle glissa sur la dernière, mais il la retint fermement par le coude, et la poussa en avant. Quelques pas plus loin, elle sentit de l'herbe sous ses pieds. A présent, quelques mètres seulement les séparaient de la petite ferme. Ian les attendait près de la porte d'entrée, les deux sacs posés près de lui.

A l'intérieur, il faisait bon. Un feu de bois pétillait dans la cheminée, répandant de la fumée dans la pièce qu'éclairaient plusieurs lampes à pétrole. Le baron échangea quelques mots en gaélique avec une vieille dame qui attendait, visiblement inquiète.

— Dépêchons-nous avant qu'elle fasse une nouvelle hémorragie, dit-il en conclusion.

Sappha voulut défaire son imperméable, mais ses doigts tremblants la trahirent et ce fut le baron qui l'ôta, révélant un désastre : la jolie robe imprégnée d'eau était devenue informe, et le bas était maculé de taches de terre et d'algues.

— Bonne à jeter, on dirait, alors ça ne sera pas bien grave si je fais ceci, dit le baron.

Il saisit un poignet de la robe, déchira la manche jusqu'au coude et roula les lambeaux avec soin, puis il répéta l'opération avec l'autre manche. Médusée, Sappha n'émit pas la moindre protestation.

— Vos cheveux, murmura-t-il.

Otant la ceinture en daim qu'elle portait, il passa derrière elle et réunit ses mèches trempées en queue-de-cheval.

— C'est à côté, dit-il, saisissant les deux sacs que Ian avait apportés.

Dans une petite chambre bien éclairée par une rangée de lampes à pétrole, la patiente était allongée sur un lit en fer poussé contre un mur. Au milieu, trônait une table recouverte d'un drap blanc, à côté de laquelle étaient posés, sur un tabouret, une bassine et plusieurs pots d'eau fumante.

— Nous allons la transfuser, mais auparavant, il faut tout préparer pour la césarienne.

Un peu inquiète à l'idée de travailler dans une pièce dépourvue de tout équipement, Sappha ouvrit très vite le premier sac. Avisant une petite table contre le mur, elle en désinfecta le dessus avec du Savlon, la recouvrit d'un champ opératoire et y posa les paquets stériles. Puis elle prit la petite couverture dans le sac d'obstétrique et l'enroula autour de la bouillotte chaude qui se trouvait déjà dans le berceau qui attendait dans un coin, avant de poser le matériel de transfusion en évidence à côté des instruments.

— Il nous faudra deux seaux ou bassines, et une poubelle pour les tampons d'ouate, pour les compter, dit-elle.

Le baron, qui auscultait sa patiente, se redressa et lança quelques mots en direction de la pièce voisine dont la porte était entrouverte. Quelques instants plus tard, la vieille femme revint avec deux seaux et une baignoire pour bébé.

— Voilà... Vous n'aurez plus qu'à choisir, commenta le baron. Est-ce que tout est prêt ?

— Oui, répondit Sappha, impressionnée par son calme.

Pendant qu'elle enfilait une blouse jetable et qu'elle mettait un masque, il souleva Mme MacTadd évanouie et l'allongea sur la table.

— J'ai ma trousse. Je vais lui faire une péridurale, mais avant, le sang.

Pendant qu'il se lavait les mains, Sappha prit la poche de sang sur la commode, mais en se retournant pour la lui donner, elle la laissa échapper et la poche éclata sur le sol. Elle ouvrit des yeux horrifiés en voyant le précieux liquide se répandre, et elle attendit une réprimande bien méritée…

— J'espère que vous êtes O positif, dit-il simplement.

Sappha acquiesça d'un hochement de tête.

— Alors, c'est notre jour de chance. Soyez gentille, asseyez-vous vite sur le lit, et je prélèverai sur vous un demi-litre environ.

Répondant à un nouvel appel du baron, la vieille femme s'était glissée dans la pièce pour nettoyer le plancher.

— Vous avez été bien inspirée d'apporter un kit de prélèvement, dit gentiment le baron. Détendez-vous, je pique.

— Bien inspirée ? Ne dites pas ça. Je… suis désolée, murmura Sappha.

Le baron introduisit l'aiguille dans la saignée de son bras droit.

— Si vous n'étiez pas venue, notre patiente et son enfant seraient morts avant demain matin, alors cela annule votre geste malheureux.

Elle retint sa respiration tandis qu'une pensée se faisait lentement jour dans son esprit.

A présent, elle savait pourquoi elle devait rentrer au plus tôt à Londres : elle était tombée amoureuse de Rolf, et comme il ne lui portait pas le moindre intérêt, plus vite elle s'en irait mieux cela vaudrait…

— Fermez le poing.

Il défit le garrot avant de poursuivre.

— La belle-mère de Mme MacTadd va vous apporter du thé et des toasts. Vous les prendrez ici pendant que j'effectuerai la transfusion. Ensuite, vous vous laverez les mains et vous m'aiderez pour la péridurale.

— Vous n'y arriverez pas. Cela n'a rien d'une salle d'opération ici.

— J'y arriverai, mais faites ce que je dis. Je vais avoir besoin de votre aide et je ne veux pas que vous tombiez en syncope ! Comment vous sentez-vous ?

— Oh, ça ira, merci. Avez-vous déjà opéré dans ces conditions-là ?

— Oui, j'ai effectué une appendicectomie et une amputation, et j'ai opéré une hernie avec Hamish, sur un vieux berger qui n'avait jamais été à l'hôpital de sa vie — de toute manière, il était trop tard pour le transporter.

L'opération se déroula avec une facilité surprenante. Sappha, qui avait l'habitude de voir des césariennes pratiquées par des équipes de cinq ou six personnes, découvrit qu'on pouvait se débrouiller à deux. Les conditions n'avaient rien d'idéal, mais Mme MacTadd n'avait pas repris conscience, et cela les aida.

— Une petite fille, commenta le baron en posant le bébé sur un drap stérile. Ils seront contents : ils ont trois garçons.

Une demi-heure plus tard, Sappha faisait le lit pendant que le baron veillait sur le bébé, et sur la patiente qui avait repris conscience.

— C'est prêt, déclara-t-elle.

Puis elle alla chercher le bébé pendant que Rolf réinstallait doucement la jeune accouchée dans le lit. Mme MacTadd était très faible, mais elle avait de bonnes chances de s'en tirer sans dommage. Elle adressa un pâle sourire à Sappha qui lui apportait son bébé avant d'installer un goutte-à-goutte. Déjà, ses yeux se fermaient. Son mari se glissa dans la pièce et déposa un baiser sur sa joue.

— Merci pour cette petite fille, murmura-t-il.

Sur la commode, un vieux réveil indiquait 21 heures.

— Il faudra contrôler le pouls toutes les demi-heures, dit Rolf. Je lui administrerai ce qu'il faut quand elle se réveillera. Nous l'emmènerons à l'hôpital dès que nous pourrons, mais pour l'instant, c'est impossible. Vous devrez rester cette nuit, vous le savez ?

— Rien ne me ferait repasser par cette horrible jetée, dit Sappha d'un ton enjoué, bien que peu enthousiasmée par cette idée.

— Pour cela, nous verrons. D'ici là, vous pouvez dormir ici. Je vous suggérerais bien d'ôter vos vêtements mouillés, mais je suppose qu'ils ont eu le temps de sécher sur vous.

Sappha ôta sa blouse, dévoilant sa robe qui n'était plus qu'un haillon. Ses chaussures semblaient usées par des mois de marche. Elle porta la main à ses cheveux.

— Laissez, c'est inutile, dit le baron. Par chance, personne ne vous voit... Qu'est-il arrivé à Glover ?

Un peu vexée, Sappha s'activa pour remettre de l'ordre dans la pièce.

— Il... n'a pas voulu interférer... Je veux dire : ce n'était pas sa patiente.

— Ce n'était pas la mienne non plus, commenta Rolf.

Se retournant, Sappha s'aperçut qu'il affichait un sourire sarcastique.

— Je regrette, dit-elle, décontenancée. Je lui ai demandé de venir, mais il a refusé.

— Ce n'est pas votre faute... Vous n'avez pas à vous excuser.

— Si, pour le sang.

— Vous vous êtes largement rattrapée par le service que vous avez rendu. Merci d'être venue.

Fascinée par son regard intense, Sappha envisagea plusieurs réponses possibles : « De rien », ou : « Pas de merci, je vous en prie »...

Avant qu'elle ait pu prévoir ce qui allait se passer, Rolf se pencha pour déposer un baiser sur sa joue. Ses derniers doutes sur les sentiments qu'il lui inspirait furent balayés en un instant : son cœur battait à tout rompre...

Mieux valait ne plus y penser. Elle s'écarta légèrement.

— Je vais prendre votre blouse. Si je la fais tremper dans de l'eau froide, ça devrait aller...

Avec un petit rire, Rolf ôta docilement sa blouse.

— Je vais chercher l'eau.

Le rangement prit peu de temps. Bientôt, Rolf jeta sur la table les derniers instruments qu'il venait de nettoyer, et il enfila son épais chandail sur sa chemise avant de prendre le pouls de sa patiente.

— Allez donc vous allonger sur ce lit pliant, là-bas dans le coin, Sappha. Il n'a pas l'air très confortable, mais vous pourrez dormir un peu.

— Et vous ? Vous n'allez pas rester assis pendant toute la nuit ?

— Et pourquoi pas ?

— Dans ce cas, je ne m'allongerai pas.

— N'est-ce pas pousser trop loin l'esprit de camaraderie ?

Que répondre à cela ? « Je me suis rendu compte que je vous aime ? »

— Vous m'appellerez en cas de besoin ? demanda-t-elle timidement avant de s'exécuter.

Rolf eut un geste d'agacement.

— Bien sûr. De toute manière, je vous appellerai à 4 heures pour que vous me remplaciez jusqu'au matin.

Son ton n'admettait pas de réplique, aussi se blottit-elle sous la couverture et ferma les yeux.

Elle fut réveillée par une main qui se posait sur son épaule.

— Voici du thé pour vous éclaircir les idées, murmura Rolf.

Sappha avala le liquide fort et brûlant, puis elle se leva et alla voir Mme MacTadd qui dormait, comme le bébé.

— Je lui ai administré de la Pethidine peu avant 2 heures, expliqua Rolf. Elle va probablement dormir jusqu'à 6 heures, et le bébé aussi. Il y a une bouteille d'eau stérile près du feu. Si la petite gémit, donnez-lui-en un peu, et surveillez le pansement de Mary MacTadd. Réveillez-moi à 7 heures, voulez-vous ?

Puis, s'allongeant sur le petit lit pliant, il sombra aussitôt dans le sommeil.

Peu avant 7 heures, Sappha s'occupa du bébé, fit la toilette de Mme MacTadd, qui semblait aller bien, et lui donna un peu de lait chaud. Puis elle la laissa encore pâle mais souriante, pour aller réveiller le baron, et elle regarda longuement son visage aux traits austères mais réguliers, tel celui d'un chevalier sculpté dans la pierre d'un gisant. Comment avait-elle pu le trouver déplaisant ?

Soudain, il ouvrit les yeux, et, surprise, elle sursauta.

— Je vous fais donc si peur ? demanda-t-il.

Sans attendre de réponse, il se leva pour aller voir sa patiente, puis passa dans l'autre pièce, probablement pour parler avec M. MacTadd.

Quelques minutes plus tard, il revint et informa Sappha que la tempête s'était calmée. Il pensait que Gloria et Hamish viendraient bientôt.

— Il n'est que 7 heures, observa Sappha.

— Ils ont une petite centaine de kilomètres à parcourir, Hamish connaît le chemin, et je suis sûr qu'ils se sont mis en route très tôt. Je suppose qu'ils seront là vers 8 heures.

4.

Rolf avait vu juste. Peu après 8 heures, Sappha prenait le pouls de Mme MacTadd quand elle entendit la porte s'ouvrir, et Gloria et Hamish entrèrent dans la chambre. Hamish et Rolf échangèrent un laconique bonjour et commencèrent, avec le calme des professionnels, à discuter du cas. Gloria, qui s'était rendue immédiatement auprès de Mme MacTadd, posa mille questions à Sappha.

— Comment as-tu fait pour venir, avec la tempête ? demanda-t-elle à la fin.

— Je suis passée par cette horrible jetée ! Je me demande comment je vais faire pour rentrer.

Hamish, tout en parlant avec Rolf, l'avait entendue.

— Ne vous inquiétez pas, vous ne courrez aucun danger en bateau.

A la demande de ce dernier, Sappha mit Gloria au courant. Celle-ci resterait pendant qu'Hamish organiserait un transfert à l'hôpital. Mme MacTadd avait besoin d'une nouvelle transfusion, et d'antibiotiques, étant donné les conditions d'hygiène douteuses d'une opération effectuée dans une pièce poussiéreuse.

— O.K., dit Gloria quand Sappha eut terminé. Quand je t'ai montré le dispensaire, je n'aurais jamais pensé que tu aurais besoin aussi vite du matériel… Mme MacGregor, chez qui nous avons pris un café avant de venir ici, m'a raconté ton rendez-vous gâché. Je suis désolée pour toi. Ce n'est vraiment pas de chance… Et te voilà en piteux état. Mais si ça peut te consoler, tu es la seule fille que je connaisse qui soit encore séduisante dans une robe aussi abîmée.

— Oui. Il ne me reste plus qu'à la jeter, mais ce n'est pas grave. Je dois passer ma prochaine journée libre à Inverness. J'achèterai quelque chose pour la remplacer.

— Prête ? demanda Rolf. Nous rentrons avec Hamish. Je reviendrai bientôt, Gloria.

Les nuages s'étaient dissipés, pour laisser place à un soleil sans chaleur brillant dans un ciel pâle. Sappha trouva la mer encore agitée, mais cela ne parut pas perturber le moins du monde Rolf et Hamish, qu'elle suivit jusqu'au canot que tenaient Ian et M. MacTadd. N'importe quel moyen de transport lui semblait préférable à un nouveau passage par la jetée délabrée.

Rolf s'assit en face d'elle. Ses joues mal rasées, ses yeux plissés contre les embruns, et le manque de sommeil, lui donnaient un air encore plus impressionnant que d'habitude. Il maniait les rames avec la vigueur d'un homme qui a pris un solide petit déjeuner après une bonne nuit de repos. Voyant qu'elle l'observait, il lui décocha un regard moqueur qui la fit rougir.

Quelques minutes plus tard, Hamish sautait sur le débarcadère pour amarrer le canot. Pendant ce temps, Rolf rangea les rames, puis il se leva, et soulevant Sappha, il la posa doucement sur les planches du port. L'instant d'après, elle se retrouvait entre les deux médecins, entraînée vers l'auberge.

— Nous avons laissé la voiture chez Mme MacGregor, expliqua Hamish. Elle aura sûrement préparé quelque chose pour nous.

En effet, un pot de café et une assiette de toasts et de biscuits les attendait. L'aubergiste s'affaira autour d'eux comme une mère poule.

— Votre belle robe, mademoiselle... Et vos chaussures ! Bonnes à jeter... Ah ! J'allais oublier. Votre ami est parti il y a une heure, et il m'a demandé de vous remettre cette petite lettre.

— Merci...

Sappha prit la lettre qu'elle lui tendait et la glissa dans la poche de son imperméable. Elle avait complètement oublié Andrew, et ce qu'il avait à lui dire ne l'intéressait plus le moins du monde. Rolf l'observait.

— Il a son travail, comme nous. Il reviendra, dit-il gentiment. A propos de travail, il faudrait ramener tout ce matériel chez Gloria.

— Je m'en occupe, déclara Sappha. S'il vous plaît, pourrez-vous dire à votre mère que je serai de retour dans moins d'une heure ?

— A vos ordres, mademoiselle Devenish, dit-il, amusé.

Au presbytère, Sappha prit un bain, passa un uniforme, puis elle porta le petit déjeuner à sa patiente et prit le sien avant d'effectuer ses tâches matinales habituelles. Rolf venait de quitter la maison, probablement pour installer Mme MacTadd dans l'ambulance que Sappha vit passer devant le presbytère. Pensive, elle quitta la fenêtre pour faire le lit de la baronne. Celle-ci, qui l'avait observée discrètement, posa son pinceau à aquarelle.

— Je me suis souvent demandé comment se comporte Rolf dans le travail... Dites-le-moi, Sappha.

— Oh, il est formidable — sûr de lui, et très compétent. Il s'est montré on ne peut plus gentil avec Mme MacTadd et sa famille, et très calme, comme s'il avait l'habitude de pratiquer des césariennes dans des chambres enfumées ! Il ne renonce jamais.

La baronne sourit.

— C'est vrai. Il obtient toujours ce qu'il veut, qu'il s'agisse du succès d'un traitement ou de la conquête d'une jolie fille, dit-elle d'un ton léger.

Sappha dut faire un effort pour adopter le même ton.

— Cela ne m'étonne pas du tout, et si toutes les Hollandaises sont aussi jolies qu'Antonia, il doit être très occupé par ses conquêtes !

A cela, la baronne lui fit remarquer qu'Antonia était frisonne, et non hollandaise — et que les Frisonnes étaient le plus souvent jolies, mais plutôt bien en chair.

— Différentes de vous, Sappha, qui êtes petite, mais mince, ou plutôt, comme on dit, bien proportionnée.

— Puis-je entrer ? demanda Rolf qui venait d'apparaître sur le seuil. Sappha, on vous demande au téléphone.

Ils descendirent dans le bureau, et là, Rolf saisit le combiné pour le porter à son oreille. Il s'assit sur le bureau de M. MacFee, balançant négligemment une de ses longues jambes.

— Elle est là, monsieur Devenish. Ne quittez pas... Sappha, votre oncle voudrait voir ma mère. Il demande si demain vous conviendrait.

Sappha hocha la tête pour acquiescer.

— Oui, c'est d'accord, poursuivit Rolf, dans le combiné. Voulez-vous lui parler ?

Apparemment, c'était le cas car il tendit l'appareil à Sappha et se poussa pour lui faire de la place. Comme elle hésitait, il passa un bras autour de ses épaules pour l'obliger à s'asseoir à côté de lui. Ne pouvant résister sans se débattre d'une manière ridicule, elle dut rester pour répondre aux questions de son oncle.

— J'espère que tu ne t'ennuies pas trop loin de Londres, dit-il. La vie à Dialach doit te paraître très calme.

Sappha eut un sourire en pensant à la nuit précédente.

— Je trouve largement de quoi m'occuper. J'aime bien le village, et les gens d'ici.

Quand elle raccrocha, Rolf la lâcha et Sappha put enfin descendre du bureau, mais, alors qu'elle marchait vers la porte, sa voix polie mais autoritaire l'arrêta net.

— Ne partez pas. J'ai quelque chose à vous dire.

A contrecœur, Sappha se retourna.

— Avant que vous n'arriviez, j'ai parlé d'hier soir à votre oncle.

— Vous ne lui avez pas parlé d'Andrew, j'espère ?

Comment pourrait-elle expliquer à son oncle qu'elle se moquait complètement d'Andrew à présent, alors que dix jours plus tôt, elle avait fait des centaines de kilomètres à cause de lui, le cœur brisé ?

— De Glover ? Non. Pour qui me prenez-vous ?... Votre oncle est d'accord pour que je vous rembourse vos vêtements irrécupérables. Je vous donnerai un chèque.

— Il n'en est pas question ! Je me suis rendue librement chez les MacTadd et je n'ai pas l'habitude d'accepter de l'argent de...

— De barons ? suggéra Rolf, d'un ton narquois qui l'exaspéra. Ma chère Sappha, ne seriez-vous pas un peu mélodramatique ? Il ne s'agit pas de corruption, et je n'attends pas que vous me rendiez cet argent. C'est moi qui suis votre débiteur, et il n'est pas dans mes habitudes de contracter des dettes.

— Je me moque bien de vos habitudes ! Si vous me donnez de l'argent, je le déchirerai, je vous le promets... J'ai les moyens de m'habiller sans votre aide.

Pourquoi fallait-il qu'ils se querellent ? pensa-t-elle. Des larmes inattendues lui montèrent aux yeux ; elle prit son mouchoir dans la poche de son uniforme pour s'essuyer les joues.

— Je suis désolée, je ne sais pas pourquoi je pleure.

Alors qu'elle lui décochait un regard de défi, elle s'aperçut qu'il la fixait avec une intensité qui la bouleversa.

— Si vous espérez me fléchir en pleurant, Sappha, j'aime mieux vous prévenir : vous serez déçue. Si nécessaire, j'achèterai une robe et des chaussures, et je vous habillerai moi-même.

— Vous n'oseriez pas.

Son sourire ironique contredit cette affirmation.

— Je demanderai son avis à mon oncle John, déclara-t-elle avant de sortir.

Arrivé de bonne heure, le lendemain, le Dr Devenish effectua en présence de Sappha un examen complet de sa patiente. Ensuite, l'oncle et la nièce se rendirent dans le bureau.

— Tout va pour le mieux, déclara oncle John. Avant ton arrivée, il existait une tendance dépressive, mais il me semble que notre patiente éprouve un intérêt nouveau pour la vie.

— La visite prochaine d'Antonia y est sûrement pour quelque chose.

— Peut-être… Nous allons arrêter les intramusculaires et administrer du calcium par voie orale. Pour le coude, je pense que nous pourrons enlever le plâtre la semaine prochaine. Tu lui as fait faire des exercices pour les doigts, le poignet et l'épaule, je crois ? Bien. Quand le plâtre sera enlevé, je demanderai à MacCombie de venir jeter un coup d'œil. Pour la jambe — cela fait des semaines que Mme van Duyren est assise —, nous ne pourrons pas faire grand-chose avant plusieurs semaines encore. MacCombie demandera peut-être une radio ; c'est à lui de voir. Après l'analyse des prélèvements que je viens d'effectuer, je te ferai connaître les résultats qui devraient être nettement meilleurs. En résumé, je pense que les choses évoluent très bien… Maintenant, parlons de toi. Te sens-tu bien ici ?

— Très bien, oncle John. Combien de temps encore la baronne va-t-elle rester ici ?

— C'est difficile à dire. Si les progrès continuent à ce rythme, elle devrait rentrer chez elle dans, disons un mois, ou peut-être moins. Elle ne pourra pas encore marcher, mais je crois qu'elle a des domestiques pour l'aider. Pourquoi cette question ? Cela n'a rien à voir avec la petite aventure de la nuit dernière, j'espère ?

— Non… Enfin, oui. Cela ne m'a pas du tout dérangée d'aider. Il n'y avait personne d'autre de disponible.

Sappha mentionna la robe et les chaussures abîmées et l'insistance du Dr van Duyren pour la dédommager.

— Tu ne crois pas que tu te fais une montagne de cette affaire sans importance ? Pourquoi ne pas accepter le remplacement des choses qui ont été abîmées pendant que tu aidais Rolf ? Il n'y a rien d'extraordinaire à cela. C'est une question de bon sens.

Le Dr Devenish ôta ses lunettes démodées et posa sur sa nièce un regard affectueux.

— Toi et Rolf, vous ne... vous appréciez peut-être pas beaucoup, et je comprends qu'étant donné les circonstances, tu détestes tous les hommes, mais cela ne doit pas t'aveugler. Rolf est une personne très sensée, et le fait que tu le détestes ne doit pas t'empêcher d'accepter un simple dédommagement.

Après le déjeuner, une fois son oncle parti, Sappha s'assura que sa patiente ne manquait de rien, et ensuite, la laissant avec Antonia, elle gagna sa chambre car le mauvais temps n'incitait pas à sortir. Elle était blottie dans le vieux fauteuil quand, soudain, elle se rappela la lettre d'Andrew, restée dans sa poche.

Elle la sortit et la retourna dans sa main, hésitante, puis alla chercher une enveloppe. Elle glissa à l'intérieur la lettre non décachetée et inscrivit l'adresse d'Andrew. En la recevant, il comprendrait peut-être qu'elle ne voulait plus rien avoir à faire avec lui.

Se rasseyant, Sappha se demanda si elle allait porter sa lettre à la poste. Après tout, rien ne pressait... Posant la lettre sur la table de nuit, elle ôta ses chaussures et se pelotonna de nouveau dans le fauteuil, un roman à la main. D'où lui venait cette humeur triste ? C'était sûrement le contrecoup de sa rupture avec Andrew, pensa-t-elle. Dans quelques semaines, elle aurait quitté la baronne pour reprendre un poste dans un hôpital, et de nouveau, elle rirait.

Bizarrement, cette pensée lui fit venir des larmes aux yeux.

*
* *

Le lendemain matin, le soleil brillait, et la baronne en fit gaiement la remarque.

— Vous allez mieux, madame, observa Sappha. C'est une excellente chose qu'Antonia soit venue ; cela vous a fait un bien fou.

— J'ai faim ce matin... Pensez-vous que le facteur soit passé ?

Sappha consulta sa montre.

— C'est un peu tôt, mais je vais voir.

Elle se souvint de sa lettre pour Andrew ; le facteur la prendrait si elle le lui demandait.

La lettre à la main, elle descendit dans la cuisine, où elle trouva Rolf qui prenait un café, debout sur le seuil de la porte de service. Sa vue lui fit battre le cœur, mais lui ne parut nullement ému de la revoir.

— Bonjour. Vous êtes matinale.

— Votre mère se sent très bien... Elle réclame un vrai petit déjeuner, et son courrier.

Rolf désigna une petite pile de lettres posée sur la table.

— Il n'y a rien pour vous, et le courrier de ma mère est dessous. Je sors. Voulez-vous quelque chose ?

Sans réfléchir, Sappha lui donna la lettre pour Andrew. Après avoir lu le nom du destinataire, il lui adressa un regard pensif, et elle eut l'impression qu'il allait dire quelque chose, mais il tourna les talons et sortit. Maintenant, il allait croire qu'elle était toujours amoureuse d'Andrew, pensa-t-elle. Cela ne changerait pas grand-chose ; Rolf la traitait la plupart du temps avec une condescendance amusée, et se montrait même désagréable à l'occasion. Le ressentiment l'envahit. Elle se promit de le montrer, mais n'en eut pas l'occasion, car le lendemain, Rolf emmena Antonia chez un grand propriétaire local qui était le parrain de cette dernière, et le jour suivant était un dimanche. Sappha, devant la fenêtre de la baronne, regarda un petit cortège traverser le jardinet qui séparait le presbytère de l'église. M. MacFee venait en premier avec Antonia, et Rolf, vêtu avec une extrême élégance, accompagnait Mme MacFee. Meg et le facteur, qui effectuait les petits travaux au presbytère, fermaient la marche.

— Comment Antonia est-elle habillée ? demanda, depuis son lit, la baronne. Maintenant, elle achète ses vêtements toute seule, et quelquefois, ses choix laissent à désirer… Elle a mis un chapeau, j'espère ?

— Oui, un très joli chapeau en feutre vert.

— Ah… Et Rolf, est-il là ?

— Oui. Avec Mme MacFee.

— Quel dommage que vous ne puissiez pas y aller à cause de moi…

Sappha arrangea les coussins dans le fauteuil.

— Peu importe. J'ai l'habitude de travailler le dimanche, et j'irai ce soir à l'église. Mme MacFee viendra passer un petit moment avec vous ce soir.

Le soir, donc, elle laissa sa patiente non seulement avec Mme MacFee mais aussi avec Rolf et Antonia. L'après-midi, l'adolescente avait passé une demi-heure dans la chambre de Sappha, à inspecter sa garde-robe, essayer ses chapeaux, et elle avait déclaré en se regardant dans le miroir que son frère était préoccupé depuis quelque temps.

— A cause d'une fille, probablement, avait-elle ajouté d'un ton léger. Enfin… En général, elles n'ont pas sur lui ce genre d'effet. Il en oublie même d'être autoritaire, et quand je lui ai demandé si nous pourrions rester un jour de plus, il a dit : « Pourquoi pas ? » Ça ne lui ressemble pas du tout. D'habitude, il se montre inflexible.

Sappha avait éclaté de rire.

— Tonia ! Vous obtenez tout ce que vous voulez.

— C'est vrai, mais Rolf est très sévère — bien plus qu'un père. Il ne veut jamais que je sorte, sauf avec plusieurs amies, et même dans ce cas-là, il veut toujours savoir avec qui je sors. Nous sommes riches, et Rolf dit qu'il y a beaucoup de jeunes gens qui voudraient bien mettre la main dessus.

L'adolescente avait poussé un soupir théâtral.

— Je suis sûre qu'il m'obligera à épouser un homme vieux jeu.

— Je ne crois pas que votre frère compte beaucoup d'« hommes vieux jeu » parmi ses amis, et de toute façon, il vous aime trop pour vous rendre malheureuse. Il y a beaucoup de loups aux aguets, vous savez.

— C'est drôle, vous parlez comme Rolf, avait commenté pensivement Antonia. Votre ami Andrew est bien plus décontracté. Je le trouve super. J'aime bien son rire, et il m'a trouvée sympathique, je crois. Je pourrais tomber amoureuse de lui, mais ce ne serait pas chic de ma part.

— Vous avez tout le temps de rencontrer quelqu'un. Je sais bien que vous êtes une vieille fille de seize ans, mais tout espoir n'est pas perdu !

Elles avaient ri de bon cœur.

— Je vous aime bien, Sappha. Je regrette que vous ne fassiez pas partie de la famille. C'est vraiment dommage que vous n'aimiez pas Rolf et qu'il ne raffole pas vraiment de vous.

— Je ne suis ici que pour travailler pendant quelques semaines, avait répondu Sappha d'un ton faussement désinvolte, alors les affinités n'ont guère d'importance. A votre place, je ne ferais pas de plans d'avenir — et maintenant, sauvez-vous, et laissez-moi écrire mes lettres en paix !

Mais après le départ d'Antonia, elle n'avait écrit aucune lettre et était restée assise dans le fauteuil, songeant à Rolf. La nouvelle qu'il était riche rendait la situation encore plus désespérée. Et de toute manière, il ne « raffolait pas vraiment » d'elle, comme l'avait dit Antonia.

Le lundi matin, Sappha ajustait la courtepointe de la baronne quand la porte s'ouvrit, livrant passage à Rolf et à Antonia. Ils embrassèrent leur mère, assise dans un fauteuil après son bain et ses exercices matinaux, et l'adolescente tira une chaise près du lit.

Rolf s'approcha de Sappha.

— Aurez-vous bientôt terminé ? demanda-t-il doucement.

De la paume, la jeune femme aplanit le dernier pli de la couverture.

— Pourquoi ? demanda-t-elle, le cœur battant.

— Vous avez presque terminé... Pourrez-vous être prête dans une demi-heure ? Je voudrais partir vers 11 h 30.

— Partir ?... Où ?

— A Inverness, pour vous acheter une robe et des chaussures, comme convenu, ajouta-t-il.

— Je ne crois pas...

— Quelle superbe idée ! l'interrompit la baronne. Voyez-vous, Rolf et sa sœur partent demain. Si vous allez à Inverness aujourd'hui, Antonia me tiendra compagnie. C'est une journée idéale pour une sortie en voiture.

— Inutile de protester. C'est réglé, décréta Rolf. Vous pourrez faire votre shopping pendant que j'irai chercher M. MacCombie pour le ramener ici afin qu'il examine ma mère. Tonia et moi, nous le reconduirons demain à Inverness en partant.

Ainsi, Rolf lui avait proposé de l'emmener à Inverness ce jour-là parce que cela l'arrangeait, et non parce qu'il en avait envie, songea Sappha, dépitée.

Dans sa chambre, elle opta pour un tailleur beige et un chandail en angora noisette qui allait bien avec la toque de fourrure posée sur ses cheveux bruns. Elle prit ses gants et son sac à main, et retourna dans la chambre de Mme van Duyren.

Celle-ci l'enveloppa d'un regard approbateur.

— Charmante tenue... Comme vous êtes jolie.

Pourtant, en montant dans le Land Rover, Sappha songea que porter une tenue « charmante » constituait, avec Rolf, une perte de temps. Il remarquait probablement ce que portaient les femmes qu'il courtisait, mais il ignorait complètement ce qu'elle, elle portait.

— Où voulez-vous que nous allions en premier ? demanda-t-il.

— Où vous voudrez.

— Nous pourrions déjeuner à Invermoriston. Avez-vous vu Skye quand vous êtes sortie avec Glover ?

— Non.

— C'est ce que je pensais. Nous irons jusqu'à Auchtertyre. De là-bas, on a une vue splendide. Nous avons largement le temps. Ecoutez... Je suis... comment dire ?... très conscient que vos sentiments envers les hommes ne sont pas très amicaux en ce moment. Je sais aussi que nous avons conclu une sorte de pacte d'aversion mutuelle — vous surtout, d'ailleurs—, mais nous avons dissimulé nos vrais sentiments. Alors que je fais de mon mieux pour parler avec vous, vous ne faites aucun effort.

— Comment ? s'exclama Sappha, furieuse. Cela fait deux jours que vous ne m'adressez presque plus la parole !

— Regardez le paysage. Il est superbe. Cela vous aidera peut-être à vous calmer.

Muette de colère, elle détourna la tête.

— Bien sûr que je ne vous parle plus... Vous me faites peur.

Piquée au vif, elle se retourna vers lui.

— C'est incroyable. Vous dites n'importe quoi ! Vous n'avez peur de rien ni de personne.

— Vos yeux lancent des éclairs, vous êtes glaciale. Vous n'avez pas souri depuis lundi.

Sappha s'efforça d'ignorer les battements désordonnés de son cœur.

— Ce matin, vous m'avez prise au dépourvu... Il a fallu que je me change à toute vitesse pour partir pour Inverness parce que cela vous arrangeait.

— Vous avez mis exactement quarante minutes pour vous préparer, bien que, je l'admets, le résultat vaille la peine d'attendre... C'est plutôt réussi, si je peux me permettre.

La tension qui régnait se dissipa quand Rolf se mit à parler de choses et d'autres. En haut de la colline d'Auchtertyre, ils s'arrêtèrent pour admirer le panorama.

— Est-ce que vous vous êtes arrêtée ici avec Andrew ?

— Oui... mais nous n'avons rien vu à cause du temps.

Ils sortirent de la voiture pour voir les collines de Skye.

— Je suppose que cela, vous ne l'avez pas fait, dit Rolf avant de la prendre par la taille et l'embrasser.

Elle s'autorisa quelques instants de délicieux vertige, puis elle le repoussa. Visiblement amusé, il ne fit rien pour la retenir.

— A la place de votre Andrew, ni le vent ni la pluie ne m'auraient empêché d'embrasser mon amie.

— Vous n'avez pas le droit…

— C'est vrai, aucun droit. N'avez-vous jamais embrassé quelqu'un seulement parce que vous vous sentiez heureuse ?

Sappha comprit ce qu'il voulait dire. Sa mère allait mieux ; elle allait peut-être même se rétablir complètement. Il l'avait embrassée… par soulagement, en quelque sorte.

— Je comprends, murmura-t-elle.

— Pour aujourd'hui, décrétons une trêve. Demain, je serai parti et vous pourrez m'oublier.

Sappha acquiesça — douloureusement consciente, cependant, qu'elle ne l'oublierait jamais.

Ils déjeunèrent à l'hôtel Glenmoriston, bavardant agréablement pendant qu'ils dégustaient du saumon fumé, une tourte à la viande de bœuf, et pour terminer, des poires au cognac. Sappha, qui jouissait d'un solide appétit, ne laissa pas une miette de son repas.

— C'était délicieux. J'adore l'Ecosse. Quand on vit à Londres, on a tendance à penser qu'il n'y a que cette ville au monde… Là où vous vivez, aux Pays-Bas, est-ce aussi calme qu'ici ?

— Oui. Dokkum est une petite ville entourée de douves qui donne une curieuse impression d'être coupé du reste du monde. Groningue, où je travaille le plus souvent, est une grande ville très animée, sans qu'on puisse toutefois la comparer à Londres, bien sûr... Projetez-vous de retourner là-bas ? Votre Andrew doit vous attendre.

— Je n'ai aucun projet.

Et Andrew n'était plus « son » Andrew. Elle voulut le dire à Rolf, mais elle se rappela que l'intérêt qu'il lui manifestait n'était qu'un effet de leur trêve. N'avait-il pas dit qu'elle pourrait l'oublier le lendemain — et pour toujours, sans doute ?

— On dirait que vous allez pleurer, observa Rolf.

Sa voix était douce et dépourvue de son ironie habituelle. Sappha se dit qu'elle aurait adoré pleurer longuement sur sa large épaule — après tout, il devait être habitué à ce genre de choses, avec quatre sœurs. A cette pensée, elle sourit.

— Voilà qui est mieux, dit-il. Si nous repartions ? Nous ne sommes qu'à une demi-heure d'Inverness, ce qui vous laissera deux heures pour faire vos courses.

Quand ils descendirent de la voiture, à Inverness, il prit le bras de Sappha.

— Je viens avec vous. Je ne dois prendre M. MacCombie qu'à 17 heures.

Ils visitèrent deux boutiques de vêtements où Sappha regarda les robes avec inquiétude car les prix étaient très élevés. Hésitante, elle s'arrêta, plus loin, devant une petite vitrine très élégante où était exposée une robe en angora rose. Aucun prix n'était indiqué, mais estimant la robe beaucoup trop chère, elle s'apprêta à tourner les talons.

— Ah ! Voilà. Entrons, décréta Rolf.

Il l'entraîna dans la boutique.

— Essayez-la.

Dans le miroir de la cabine d'essayage, Sappha vit que le vêtement lui allait à la perfection. Embarrassée, elle se demandait quoi faire quand la voix forte de Rolf résonna dans la boutique.

— Sortez, que je vous voie.

Il l'attendait avec la vendeuse, son chéquier dans la main.

— Elle vous plaît ? Elle vous va très bien. Prenez-la.

Si elle aimait la robe, elle n'appréciait pas les manières autoritaires de Rolf.

— Je ne crois pas. Elle est sûrement beaucoup trop chère.

Elle s'apprêtait à demander le prix à la vendeuse, mais il l'arrêta d'un geste.

— C'est réglé. La robe ne vous plaît pas ?

Sappha crut discerner dans son regard une lueur révélatrice. Sous des dehors sérieux, il s'amusait à ses dépens, une fois de plus.

— Je la prends, dit-elle, à la fois contente et agacée.

Quand ils furent sortis de la boutique, elle se tourna vers lui.

— Est-ce que vous décidez toujours à la place des gens ?

— Moi ? fit Rolf, l'air innocent. Décider à votre place ? Ma chère Sappha, je le ferais — peut-être— si vous étiez incapable de vous occuper de vous-même, mais c'est loin d'être le cas ! Allons acheter vos chaussures.

L'achat des chaussures se déroula dans une atmosphère aimable, et Rolf consacra le peu de temps qui restait à d'autres emplettes : des chocolats fins pour la baronne, et pour Antonia, un flacon d'eau de toilette Fifth Avenue.

Ils rentrèrent à Dialach avec M. MacCombie installé à l'arrière — avant d'aller sonner à sa porte, Rolf avait ordonné à Sappha de rester à côté de lui...

Dans le soir, le presbytère, toutes fenêtres allumées, offrait un aspect accueillant, et de fait, ils reçurent un accueil chaleureux. La baronne était tout excitée de les revoir.

Sappha alla rejoindre Mme MacFee dans la cuisine, où la femme du pasteur mettait la dernière main à la préparation du dîner.

— Bonsoir, Sappha ! A peine rentrée et déjà en uniforme ?

— Oui. La baronne a l'air un peu excitée, alors j'ai pensé que si je lui apportais son dîner et si je suivais la routine du soir, cela la calmerait un peu. Je veux qu'elle soit aussi bien que possible quand M. MacCombie l'examinera demain matin. Ce soir, il va déjà la voir, mais juste pour bavarder un peu avec elle.

— Avez-vous passé une bonne journée ?

— Oui, excellente, répondit Sappha, tout en préparant le plateau.

— Avez-vous trouvé une jolie robe et des chaussures ?

— Oui. La robe neuve est plus jolie que celle que j'ai dû jeter, et les chaussures sont très belles aussi. Je vous les montrerai.

Alors qu'elle traversait le vestibule pour remonter, elle entendit des voix d'hommes provenant du bureau puis le rire de Rolf lui parvint. A Inverness, il s'était montré charmant et généreux, mais quand ils se retrouveraient à table pour dîner, il reprendrait probablement son attitude distante, polie, ou moqueuse. D'un pas décidé, elle retourna dans la cuisine.

— Madame MacFee, verriez-vous un inconvénient à ce que je ne descende pas ce soir ? Je resterai avec la baronne pendant qu'elle dînera. Je grignoterai quelque chose plus tard...

Mme MacFee sortit du four un gratin de macaroni fumant.

— Bien sûr. Vous nous manquerez, mais si vous préférez rester avec la baronne...

M. MacCombie entra dans la chambre de la baronne alors que celle-ci venait de terminer son repas. Rolf était avec lui, mais ne lui accorda pas le moindre regard.

Quand le chirurgien se fut assis au chevet de la patiente, « pour bavarder un peu », Rolf rejoignit Sappha devant la petite table où elle reclassait clichés et ordonnances.

— Vous n'êtes pas venue dîner, murmura-t-il.

— Votre mère était un peu énervée. J'ai pensé que cela la calmerait que je reste avec elle.

— Bien sûr. J'avais imaginé une autre raison. Est-ce que je me trompais ?

— Oui, dit-elle, se sentant rougir.

— Apparemment, je ne me trompais pas, conclut Rolf.

Le chirurgien se retourna vers eux.

— Demain matin, 9 heures, si l'heure vous convient, mademoiselle ? Avant que je parte, j'enlèverai le plâtre, et j'en profiterai pour examiner la jambe.

Il tapota la main de la baronne.

— Vos ennuis tirent à leur fin, madame. D'ici à quelques semaines...

— Quand pourrai-je rentrer chez moi, docteur ?

— Il faudra que j'étudie la question avec Rolf, et bien sûr, que je consulte le Dr Devenish, mais je peux dire sans risque que ce sera bientôt.

*
* *

Le lendemain matin, M. MacCombie ôta le plâtre avec dextérité. Le bras de la baronne était un peu amaigri et faible, mais grâce aux exercices effectués, il fonctionnait assez bien. Ensuite, le chirurgien examina la jambe de la patiente.

— L'évolution est très favorable, madame. Je reviendrai vous voir avec M. Devenish dans une semaine environ, et je pense que nous aurons de bonnes nouvelles pour vous.

Sur ces mots réconfortants, il prit congé de la baronne et de Sappha.

Quelques minutes plus tard, celle-ci venait de remonter avec le plateau du petit déjeuner quand elle trouva Antonia avec sa mère.

— Bonjour, Sappha, dit l'adolescente. Je viens dire au revoir à maman. Vous n'avez pas vu Rolf ?

Quand Sappha répondit par la négative, Antonia embrassa sa mère avec effusion et traversa la pièce pour déposer un baiser sur la joue de la jeune femme.

— *Tot ziens !* lança-t-elle avant de s'en aller.

Quand Sappha eut trouvé un mouchoir propre pour sa patiente qui pleurait, elle alla regarder par la fenêtre, juste à temps pour voir le Land Rover qui s'éloignait…

5.

Sans Rolf, les jours semblaient interminables. Sappha, affichant une gaieté qu'elle était loin d'éprouver, fit néanmoins tout son possible pour divertir — sans grand succès — la baronne qui, une fois calmée l'excitation due à la visite du chirurgien, sombra dans la dépression. Un après-midi, elle s'esquiva pour une heure pendant que Mme MacFee tenait compagnie à la baronne, et elle confia son problème à Gloria.

— Je ne sais plus quoi faire. Je crois qu'elle a le mal du pays. Il y a encore des examens à effectuer la semaine prochaine, mais la dernière série a donné de bons résultats, et les fonctions rénales sont complètement rétablies. On pourrait sûrement la laisser partir.

Les deux jeunes femmes s'installèrent confortablement dans le salon, une assiette de biscuits posée entre elles. Gloria mordit dans un biscuit.

— On dirait que tu as toi-même envie de partir. Tu en as assez ?

— Non, pas du tout. Je me posais simplement la question... Je suppose que la baronne sera aidée chez elle aux Pays-Bas.

— Mon Dieu oui ! Hamish m'a dit qu'ils ont pas mal de domestiques — même s'ils ne se conduisent pas comme des aristocrates paresseux. Quand Rolf vient déjeuner ou dîner ici, il fait la vaisselle après le repas. Il sait aussi cuisiner, et l'année dernière, quand Mme MacFee a eu la grippe, il a même fait un peu de ménage.

Les yeux de Sappha s'arrondirent.

— Vraiment ? A le voir, on ne croirait jamais...

Gloria eut un sourire.

— C'est vrai... La femme qu'il épousera aura bien de la chance.

Le cœur de Sappha battit à coups redoublés.

— Il envisage de se marier ? demanda-t-elle d'une voix neutre.

— Je n'en ai aucune idée. De toute manière, qui pourrait savoir ce que pense cet homme-là ? Il ne parle pas souvent des femmes. Une fois, quand même, il a dit qu'il ne se marierait pas avant d'avoir trouvé sa moitié... A ce propos, as-tu l'intention de te réconcilier avec ton Andrew ?

— Non, mais personne ne le sait. Apparemment, tout le monde a l'air de penser que je vais rentrer à Londres pour y vivre heureuse avec lui jusqu'à la fin de mes jours. Si tu veux le savoir, j'ai rompu, mais garde cela pour toi, s'il te plaît.

— Promis. Raconte-moi ce qui s'est passé le soir où Mme MacTadd a accouché.

Pour Sappha, ce fut un soulagement de mentionner le refus d'Andrew et le dévouement de Rolf. Elle raconta que ce dernier s'était montré très gentil lors de leur première rencontre, mais, tout de même, il l'avait un peu inquiétée avec son allure de brigand.

— Il ne devrait pas se promener habillé comme... Dieu sait quoi !

— Tu as raison, mais il peut être très différent suivant les moments. Tu te rappelles qu'un soir, lui, Hamish, les MacFee et moi, nous sommes tous allés dîner chez M. MacArthur, tu sais, le plus grand propriétaire de Dialach. Rolf était en smoking noir. Toutes les femmes présentes n'avaient d'yeux que pour lui, et pourtant, tu vois, il a gardé ses distances. C'est une chance que j'aie rencontré Hamish en premier, parce que, sinon, j'aurais très bien pu tomber amoureuse de Rolf...Tu ne le trouves pas séduisant ?

— Oh non... Nous ne nous aimons pas du tout.

Mais elle sentit ses joues rosir sous le regard perspicace de son amie.

La semaine passa avec une lenteur désespérante. La baronne semblait aller un peu mieux. Elle se servait de son bras comme les médecins le lui avaient conseillé, et passait de grands moments assise dans son fauteuil, où elle peignait, tricotait et jouait au backgammon. Tous les soirs, elle bavardait au téléphone avec Rolf.

Jamais celui-ci ne chercha à parler à Sappha.

La jeune femme se demandait ce qu'elle allait faire après ce travail d'infirmière particulière. Un retour à Londres était totalement exclu. Son oncle lui trouverait peut-être une autre place, ou bien peut-être pourrait-elle poser sa candidature dans des hôpitaux écossais ?

Souvent, ses pensées s'orientaient vers Rolf. Un soir, imaginant qu'il vivait avec une de ces femmes énamourées que Gloria avait décrites, elle se mit à pleurer, ce qui la soulagea, mais ne résolut en rien ses problèmes.

Le lendemain, elle se leva très tôt après une nuit agitée, et sur la pointe des pieds, elle gagna le rez-de-chaussée dans la maison silencieuse. Là, elle se prépara du thé avant de remonter voir la baronne qui était réveillée elle aussi.

— J'ai fait du thé, dit Sappha. En voulez-vous une tasse ?

Au lieu de répondre, la baronne fixa sur la jeune femme un regard d'une surprenante intensité.

— Vous avez pleuré, mon enfant. Pourquoi ?

— Oh, ce n'est rien. Je vais chercher votre thé.

Sappha préparait tranquillement un plateau dans la cuisine quand elle entendit une voiture s'arrêter devant la maison.

Le laitier, sûrement, songea-t-elle, avant de consulter machinalement sa montre.

Elle fronça les sourcils : il n'était que 6 h 30 — beaucoup trop tôt pour le laitier ou le facteur ! Quelqu'un venait-il chercher M. MacFee ?

Marchant à pas feutrés, elle traversa le hall et ouvrit la lourde porte d'entrée, avec précaution, pour ne pas faire grincer le verrou.

L'instant d'après, Rolf entrait, vêtu d'une veste volumineuse qui accentuait encore la largeur de sa carrure. Le col remonté empêchait Sappha de distinguer nettement son visage car elle n'avait pas allumé la lumière.

— Je n'ai pas frappé. Je comptais sur vous, et j'ai bien fait. Je savais que vous entendriez la voiture.

— Bonjour, docteur van Duyren, dit-elle, stupéfaite.

L'instant d'après, elle se retrouva emprisonnée entre deux grands bras musclés.

— N'est-ce pas un accueil un peu cérémonieux de la part d'une jolie fille en peignoir avec de beaux cheveux retombant sur ses épaules ? Je suggérerais plutôt ceci.

Il déposa sur ses lèvres un baiser un peu brutal puis recommença, mais avec douceur cette fois.

— Votre... mère est réveillée. Elle sera contente de vous voir, balbutia Sappha.

Les genoux flageolants, elle gravit l'escalier devant Rolf, et ils s'arrêtèrent devant la porte de la chambre de Mme van Duyren.

— Vous voulez sûrement vous restaurer un peu, proposa Sappha, la main sur le bouton de la porte.

Le regard de Rolf pétilla.

— Oh, s'agit-il d'un geste amical, ou d'une autre trêve ?

— Ni l'un ni l'autre. Je vous propose simplement un petit déjeuner.

— J'espérais autre chose, mais j'accepterai un petit déjeuner — ce sera un début.

Il ouvrit la porte et, en redescendant l'escalier, Sappha entendit derrière elle l'écho joyeux de la voix de la baronne.

Dix minutes plus tard, elle remontait avec un lourd plateau garni de tasses, d'une théière remplie et de toasts beurrés. Rolf, assis sur le lit, avait ôté sa lourde veste, dévoilant un costume gris impeccablement coupé et une luxueuse cravate sombre.

— Merci, dit-il en prenant le plateau. Je n'ai pas dîné hier soir et j'ai failli rater l'avion. Je n'avais jamais eu autant de patients bavards qu'hier après-midi. De la confiture aussi ? Quel merveilleux sens pratique vous possédez, Sappha, et quel sens de l'hospitalité... Je suis sûr qu'à n'importe quel cambrioleur, vous offririez une tasse de thé avant de l'assommer avec le tisonnier. Asseyez-vous pour prendre une tasse.

Elle secoua la tête.

— Non merci. J'ai déjà pris mon petit déjeuner.

Ce n'était pas vrai, mais, troublée plus que de raison, elle préférait s'en aller.

Après avoir enfilé son uniforme d'infirmière, elle regagna la chambre de la baronne, se sentant plus calme — du moins extérieurement. Elle avait mis de l'ordre et se dirigeait vers la porte, portant le plateau, quand Rolf le lui subtilisa.

— Il faut que je descende pour prendre une ou deux petites choses dans la voiture, expliqua-t-il, en réponse à ses protestations. Venez.

Mais dans la cuisine, il s'assit sur un coin de la table.

— Je suppose que vous venez de passer quelques jours difficiles avec ma mère, dit-il. Je regrette de ne pas avoir pu vous apporter mon aide, mais je savais que vous feriez face à la situation.

« Inutile de me flatter », pensa Sappha, lavant la théière avec une vigueur excessive.

— Mon oncle John et le Dr MacCombie vont venir ce matin.

— Oui, je sais. J'ai appelé M. Devenish hier. C'est la raison de ma présence ici.

— Votre mère est impatiente de rentrer chez elle. C'est une patiente merveilleuse, mais elle a l'impression de ne plus faire de progrès.

Rolf hocha la tête en silence, puis il coupa un morceau de pain et entreprit de le dévorer. Sappha lui adressa un regard désapprobateur.

— Quand j'aurai porté son petit déjeuner à votre mère, je vous préparerai quelque chose.

— Généreuse créature… Des œufs au bacon si vous en avez — mais à la réflexion, je préférerais peut-être les préparer moi-même. Vous avez déjà suffisamment œuvré en faveur de la paix.

— Vous n'allez pas faire la cuisine dans cette tenue. Allez vous changer. Votre petit déjeuner sera prêt dans dix minutes.

Rolf quitta son siège improvisé, mais au lieu de s'en aller, il se plaça derrière la jeune femme, ce qui la troubla intensément.

— Je suis stupéfait devant tant de gentillesse, mademoiselle Devenish. Est-ce que, par hasard, vous auriez changé d'avis à mon sujet ?

Il fallait fuir avant de répondre n'importe quoi. Précipitamment, Sappha saisit le plateau destiné à la baronne et marcha d'un pas vif vers la porte.

— Dix minutes, lança-t-elle.

Quand elle redescendit, Rolf avait repris sa place sur le coin de la table. A côté de lui, il ne restait plus que la moitié du pain.

— Vous auriez pu attendre ! marmonna-t-elle.

Il se remit debout.

— Préparez le repas, et moi je mettrai le couvert pour nous deux. Après avoir pris votre petit déjeuner avec moi, vous pourrez aller vous occuper de ma mère ensuite.

Sans attendre de réponse, il mit le couvert pendant que Sappha ajoutait des œufs et du bacon dans la poêle.

— Y a-t-il du porridge ? demanda Rolf.

Elle en préleva un bol dans la casserole qui attendait sur la cuisinière et le posa devant lui.

— Vous n'en prenez pas ? Vous craignez que cela vous fasse grossir ? ajouta-t-il, moqueur.

Elle eut un haussement d'épaules.

— Pas du tout… J'en prends très souvent le matin, mais aujourd'hui, je n'en ai pas envie.

En fait, elle n'avait pas faim. Pourtant, elle se força à manger pour éviter des commentaires déplaisants sur son manque d'appétit. Si c'était cela d'être amoureuse — ou plutôt d'avoir un béguin idiot—, plus vite elle y mettrait fin et mieux cela vaudrait, pensa-t-elle avec amertume.

La voix de Rolf la tira de ses réflexions.

— J'aimerais bien savoir à quoi vous pensez pour avoir l'air aussi soucieux. Vous n'aimez pas prendre le petit déjeuner avec moi ?

— Je n'ai pas d'opinion précise sur ce point. Voulez-vous une autre tasse de thé, docteur ?

— Oui, volontiers. Combien de temps avez-vous mis pour appeler Glover Andrew ?

Sappha pâlit. Sans répondre, elle lui remplit sa tasse et la reposa devant lui.

— Vous savez, poursuivit-il, il est possible de détester quelqu'un sans que cela se voie. Il existe pour cela les politesses convenues de la vie quotidienne — qu'on oublie parfois dans les moments de stress. L'autre nuit, sur la jetée, je vous ai distinctement entendue m'appeler par mon prénom.

Il sucra généreusement son thé avant de beurrer deux toasts qu'il recouvrit de confiture.

— Appelez-moi Rolf, au moins de temps en temps. Cela ne vous empêchera pas de me détester. Je ferai tout mon possible pour vous exaspérer à chacune de nos rencontres, et si je ne trouve rien d'assez déplaisant à dire, je vous embrasserai, ce qui donnera un excellent résultat ! Non, n'essayez pas de répliquer tout de suite ; je suis sûr que vous trouverez une bonne idée dans un moment. Vous n'aurez qu'à rédiger votre réponse assassine, puis à l'apprendre par cœur pour me la décocher quand nous nous reverrons.

D'une manière inattendue, la colère qu'éprouvait Sappha se transforma en une brusque envie de rire qu'elle dissimula en toussotant.

— Je remonte m'occuper de votre mère. Vous voudrez bien m'excuser, dit-elle.

L'oncle John et M. MacCombie arrivèrent ensemble. D'excellente humeur, ils sirotèrent un café, tout en se racontant des histoires de pêche. Cela agaça Sappha, qui voyait la baronne s'impatienter.

L'examen terminé, elle alla chercher Rolf qui attendait dans le bureau.

John Devenish adressa à tous un large sourire avant de se retourner vers sa patiente.

— Madame, nous vous considérons en état de rentrer chez vous. Rolf réglera toutes les modalités pratiques. Il a déjà tout prévu, j'imagine.

— Vraiment ? Je... peux rentrer chez moi ? Je vais mieux ?

— Oui, vous allez mieux, sans être tout à fait guérie. Il faudra encore plusieurs semaines de repos pour que votre jambe cassée se rétablisse complètement, vous aurez toujours des comprimés à prendre, et un ou deux petits examens à subir, mais je pense que tout ira très vite.

— C'est vrai, Rolf ? s'enquit la baronne. Tu as vraiment tout organisé pour que je rentre à la maison, bientôt ? Peut-être même dès aujourd'hui ? Non, pas aujourd'hui, parce que je n'ai pas préparé mes valises. Demain, alors ?

Son fils vint s'asseoir près d'elle et il lui prit la main.

— Chère maman, je rentre aujourd'hui, dans une heure ou deux. Je dois partir, malheureusement. Mais je reviendrai te chercher dans deux jours. Tu voyageras en ambulance, puis en avion jusqu'à Schipol.

La baronne eut un petit sourire.

— Je suis une vieille femme impatiente. Dans deux jours, ce sera très bien, mon chéri... Qui va s'occuper de moi ?

Du regard, Rolf interrogea le Dr Devenish.

— La meilleure solution, madame, dit celui-ci, serait que ma nièce vous suive aux Pays-Bas pour quelques semaines.

Stupéfaite, Sappha écarquilla les yeux. Pas une seule fois la baronne n'avait évoqué cette possibilité, et jamais les médecins n'avaient mentionné ce *projet* — il s'agissait bien d'un projet, car oncle John n'avait sûrement pas parlé sur une inspiration subite.

La baronne la regardait, pleine d'espoir, et Rolf souriait — preuve évidente qu'il avait tout organisé. Il était sûr que tout se déroulerait selon ses plans, et malheureusement, elle ne voyait aucun moyen de refuser. Et pour être sincère, elle mourait d'envie de voir la maison de Rolf — et de le voir, lui, très souvent.

— Si c'est ce que souhaite Mme van Duyren, j'accepte, dit-elle d'un ton neutre.

Elle en fut récompensée par un soupir de soulagement de la baronne.

— Après notre retour à Dokkum, je serai absent pendant dix jours, précisa Rolf.

Il imaginait sûrement que cela la réjouirait, se dit Sappha.

— Je pense que nous nous débrouillerons très bien, dit-elle, légèrement acerbe.

— Dans ce cas, tout est réglé, conclut le Dr Devenish. J'étais sûr que tu accepterais, ma chérie. Pour ton passeport, ne t'inquiète pas. J'ai téléphoné à ta mère hier, et je lui ai suggéré de te l'envoyer par la poste, au cas où tu en aurais besoin. Tu vas probablement le recevoir demain.

— Merci, oncle John.

Une sourde colère l'avait gagnée à l'idée que Rolf avait prévu les moindres détails. Nullement ému par les regards noirs qu'elle lui décochait, il continuait d'afficher une tranquille satisfaction.

Un moment plus tard, et à son invitation, Sappha le suivit dans le bureau de M. MacFee. La tête lui tournait un peu —sans doute le champagne que Rolf avait offert pour fêter le rétablissement de sa mère. Elle s'assit dans un vieux fauteuil inconfortable pendant qu'il refermait la porte ; ensuite, il alla s'appuyer négligemment contre le bureau.

— Allons… Dites ce que vous avez sur le cœur, ma chère. Depuis un moment, vous ravalez votre colère. Il vaudrait mieux que vous l'exprimiez ; la colère est mauvaise pour le teint.

Sous l'effet de l'exaspération, elle balbutia une phrase à peine audible.

— Oh ! mon Dieu, reprit Rolf. C'est encore pire que je l'imaginais : vous ne trouvez plus les mots.

Puis son visage devint sévère. Il fronça les sourcils.

— Je n'ai nullement l'intention de m'excuser. Bien sûr que j'ai tout organisé. Pourquoi ne l'aurais-je pas fait ? Il était naturel que je pense à vous pour accompagner ma mère aux Pays-Bas. Comme je vous l'ai déjà dit, je partirai le lendemain de notre retour chez nous, alors vous n'aurez pas besoin de cacher l'aversion que je vous inspire — et vous ne serez pas plus loin de Glover que vous l'êtes aujourd'hui, alors inutile d'utiliser cet argument.

Il se leva et alla à la fenêtre.

— J'avais espéré que nos relations pourraient prendre un tour plus amical — une fois ou deux, il m'a semblé...

L'émotion noua la gorge de Sappha. C'était peut-être l'occasion de lui dire qu'elle ne le détestait plus.

— En fait, ce n'est pas..., murmura-t-elle, bouleversée.

Il se retourna brusquement et leva la main.

— Il est inutile de m'expliquer, mais au moins, soyons honnêtes l'un avec l'autre.

Il alla s'asseoir derrière le bureau, l'air si professionnel que Sappha se redressa dans son fauteuil comme si elle attendait les instructions d'un chef de service.

— En ce qui concerne le voyage, vous voudrez bien tout préparer pour le départ de ma mère, dans deux jours, immédiatement après le déjeuner. Une ambulance vous conduira, elle et vous, à l'aéroport ; je m'y rendrai avec le Land Rover et je vous y retrouverai. Nous passerons la nuit à Londres, et le lendemain, nous nous envolerons pour Schipol. Le trajet final de Schipol à Dokkum se fera en voiture... Votre mère vit à Londres, je crois. Vous pourrez évidemment vous arranger pour la voir. J'espère que vous ferez un bon séjour chez nous. Je suis sûr que Tonia sera ravie d'apprendre que vous venez.

Il s'était levé. De toute évidence, l'entretien était terminé.

— Je serai ravie de la revoir, répondit Sappha.

Elle se leva et se dirigea vers la porte, mais Rolf l'avait devancée.

— Ecoutez, nous n'allons plus nous voir très souvent, pendant les quelques semaines qui viennent. Ne pensez-vous pas que nous pourrions... cacher nos véritables sentiments pendant le temps qui reste ? Je promets de ne rien dire et de ne rien faire qui puisse vous blesser.

Il arbora un sourire si charmant que Sappha en eut le souffle coupé. Elle regretta amèrement de ne pas pouvoir lui dire ce qu'elle ressentait.

— Cela... paraît sensé, dit-elle, à court d'inspiration. Je... J'essaierai...

Elle s'arrêta net, craignant de déclencher une nouvelle moquerie, mais au lieu de rire, comme elle s'y attendait, il se contenta d'ouvrir la porte devant elle.

Il repartit à 17 heures. Sans lui, la maison semblait vide, et Sappha éprouva une insupportable envie de pleurer. Elle installa pour la nuit une baronne ravie, et se retira dans sa chambre. Après avoir pris un bain, elle se glissa entre ses draps, où elle s'interdit de songer davantage à un avenir improbable.

Les derniers jours avant le départ passèrent très vite. Le lendemain soir, Sappha rendit visite à son amie Gloria.

— Je sais que tu pars après-demain, dit celle-ci. Rolf est passé hier en allant chez les MacTadd.

— Mme MacTadd est revenue ?

— Oui, hier, justement. Comme il fait froid ! J'espère que tu as des vêtements bien chauds : à Dokkum, il fera encore plus froid qu'ici. La proposition de Rolf ne t'a pas étonnée ?

— Le mot est faible. Tout le monde semblait au courant, sauf moi.

— Rolf craignait que tu refuses, j'imagine. Après tout, cela peut perturber ta vie privée, n'est-ce pas ? Il ignore tout de ta rupture... Je pense que tu devrais le mettre au courant.

— Pourquoi ? Il ne s'intéresse pas du tout à ma vie privée.

Sans répondre, Gloria, l'air dubitatif, mordit dans un gâteau sec.

— J'irai demain au presbytère pour dire au revoir à la baronne. Elle me manquera, mais je pense qu'elle reviendra bientôt en visite.

— Et ton mariage ? Avez-vous arrêté une date ?

Gloria rougit.

— Oui... Nous pensons qu'il aura lieu juste avant Noël. Il fera un froid terrible, mais Hamish dit que cela n'a aucune importance ! Je me demande où tu seras à ce moment-là. Tu viendras si tu peux, dis ?

— Bien sûr. J'aurai sûrement quitté la baronne. Je suppose que je travaillerai dans un hôpital — peut-être en Ecosse car j'aime bien ce pays. Ma mère viendrait pour ses vacances et j'irais passer quelques jours à Londres de temps en temps.

— C'est un bon projet, je trouve. Es-tu contente de partir pour les Pays-Bas ?

Sappha eut un petit rire.

— Plus j'y pense et plus j'ai peur. Je ne parle pas un seul mot de néerlandais, et je ne sais pas quoi mettre dans ma valise.

— En plus des vêtements chauds, je suggérerais quelques tenues élégantes. D'après ce que je sais, les van Duyren, à Dokkum, sortent et reçoivent beaucoup plus qu'ici.

— Oui, mais je ne suis que l'infirmière de la baronne... Je vais appeler ma mère ce soir. Le Dr van Duyren m'a dit que je la verrais probablement pendant notre court transit à Londres. Je lui demanderai de m'apporter un bon manteau et peut-être aussi une robe ou deux.

Le lendemain, Sappha fit ses valises et celles de sa patiente, puis elle effectua une dernière promenade dans Dialach, à pied puisque Rolf avait organisé le transport à Londres de sa Mini, disant au revoir aux amis qu'elle y avait maintenant.

Elle aurait aimé rendre une dernière visite à Mme MacTadd, mais elle se savait incapable d'emprunter la jetée toute seule et il n'y avait aucune barque en vue. Tournant le dos au port, elle reprit le chemin du presbytère, luttant contre le vent, et très triste à l'idée de partir.

Levée tôt, le lendemain matin, elle eut la surprise de voir Rolf qui, dans un superbe peignoir griffé, descendait l'escalier.

— Bonjour ! Pourquoi cet air stupéfait ? lança-t-il.

— J'ignorais que vous étiez ici.

Il s'assit sur une marche, et lui saisissant une main, il l'obligea à s'asseoir près de lui.

— J'avais demandé à Mme MacFee de ne pas annoncer ma venue, de crainte que ma mère ne dorme pas.

— Avez-vous fait bon voyage ? demanda Sappha, essayant vainement d'ignorer la douce pression du bras qui entourait ses épaules.

— Oui, merci. J'ai dormi dans l'avion.

— A quelle heure êtes-vous arrivé ?

— Il était environ 1 h 30.

Il n'avait donc pas beaucoup dormi, pensa Sappha, attendrie.

— Avez-vous mangé quelque chose ?

— Toujours votre merveilleux sens pratique. Oui, j'ai mangé. L'adorable Mme MacFee avait laissé un petit en-cas pour moi. Venez.

Se levant, il l'entraîna dans la cuisine où ils prirent un thé. Sappha l'informa qu'elle avait prévu de voir sa mère à Londres.

— Excellente idée. Nous logerons au Savoy, précisa Rolf. J'espère que cela vous convient ?

— Sans doute. Je ne connais que la façade de cet hôtel.

— Il est confortable. J'ai réservé des chambres avec vue sur la Tamise. Une ambulance vous y emmènera, ma mère et vous, depuis l'aéroport.

Il consulta sa montre avant de poursuivre :

— Il est 7 heures. Pensez-vous que votre mère soit réveillée à cette heure-ci ?

— Oui. Elle se lève toujours de bonne heure.

— Nous allons lui téléphoner immédiatement. Vous m'indiquerez son numéro.

Dans le bureau, Rolf composa le numéro de téléphone et tendit le combiné à Sappha, puis, au lieu de s'en aller, il s'assit.

— Maman ? Bonjour ! dit Sappha. Comment vas-tu ?... Pour demain, est-ce que je viendrai chez toi ou est-ce que tu viendras me retrouver ?

Elle n'obtint pas de réponse, pour la bonne et simple raison que Rolf s'était emparé du combiné.

— Madame Devenish ? Ici Rolf van Duyren. Je me demandais si vous pourriez dîner avec nous demain soir au Savoy. Vous pourriez apporter quelques affaires à votre fille, et vous auriez le temps de bavarder tranquillement avec elle... Cela vous convient ?... A la bonne heure. Je vous enverrai un taxi à 19 h 30.

Souriant, Rolf rendit le combiné à Sappha et quitta la pièce. La jeune femme resta médusée, et ce fut la voix de sa mère sortant faiblement de l'appareil qui la ramena à la réalité.

— Sappha ! Es-tu encore là ?

— Oui, maman.

— Je te verrai demain soir. Comment vas-tu ?

Percevant l'allusion à sa rupture, Sappha eut un sourire attendri.

— Ce séjour ici m'a fait beaucoup de bien...

A 10 heures, la baronne était habillée et toute prête dans son fauteuil, alors quand Rolf proposa à Sappha de l'accompagner chez Mme MacTadd, la jeune femme accepta sans hésiter. D'autant qu'il lui précisa qu'ils y allaient en bateau.

Il faisait moins froid, et malgré la bruine qui tombait, le vent était presque doux.

La visite ne lui apporta pas toute la satisfaction attendue. Elle fut heureuse de voir Mme MacTadd rétablie, d'admirer le bébé et de parler avec Ian, mais tout cela ranimait les souvenirs de la nuit où elle avait travaillé avec Rolf, lui donnant une idée du plaisir qu'elle aurait à vivre en bons termes avec lui. Pour l'instant, ils entretenaient de bonnes relations, mais leur entente n'était qu'artificielle, et donc fragile...

En rentrant au presbytère, ils passèrent dire au revoir à Mme MacGregor qui demanda si Sappha avait revu son ami de Londres. Elle répondit par la négative et coula un regard en direction de Rolf ; celui-ci avait repris son air distant. Envolée, la camaraderie enjouée qui les rapprochait depuis le matin… Ils regagnèrent le presbytère en bavardant d'une manière agréable, mais à présent, Sappha avait l'impression de jouer un rôle.

Une heure plus tard, après un déjeuner pris de bonne heure, Rolf montait dans son Land Rover. Adressant un dernier au revoir aux MacFee, Sappha monta dans l'ambulance pour veiller au confort de sa patiente pendant la première étape de son voyage vers les Pays-Bas.

6.

Vu à travers la vitre arrière du fourgon-ambulance, l'hôtel Savoy paraissait impressionnant, et en descendant du véhicule, Sappha ressentit un léger frisson d'excitation.

Les ambulanciers s'activaient déjà pour sortir le fauteuil roulant. Sappha, un peu perdue, se demandait ce qu'elle devait faire maintenant, quand elle vit Rolf approcher.

— Bonjour ! Venez, l'ascenseur nous attend, dit-il.

Vingt minutes plus tard, la baronne, confortablement installée dans sa chambre, avait passé un superbe peignoir de soie bleue. Sappha sortit des valises ses affaires de nuit et ses luxueux flacons de parfum, avant de préparer ses médicaments du soir. Sa propre chambre, qu'elle n'avait pas encore eu le temps d'inspecter, se trouvait juste à côté. Une autre chambre communiquait avec celle de la baronne. Sans doute celle de Rolf car elle l'avait entendu téléphoner.

Quelques minutes plus tard, il entra dans la chambre de la baronne.

— Nous dînerons à côté, dans le salon. Ce sera plus agréable pour ma mère de dîner avec nous… Pourquoi me regardez-vous ainsi, Sappha ? Vous me trouvez terriblement dépensier, c'est cela ? lança-t-il, moqueur.

Il commanda trois verres de porto et vint s'asseoir près de la baronne, pendant que Sappha s'activait dans la chambre. Elle savait qu'il la regardait, et songea qu'elle n'avait pas eu le temps de se recoiffer. Quand avait-elle mis du rouge à lèvres pour la dernière fois ? Cela remontait à plusieurs heures... Et faute de poudre, son nez devait briller. La voix de Rolf la tira de ses pensées.

— Comment faites-vous ? Après un long voyage, vous êtes tirée à quatre épingles, et fraîche comme une rose.

Troublée, Sappha laissa tomber une éponge qu'elle ramassa en hâte.

— Je... n'en sais rien. Vous avez dû mal regarder, sûrement.

A son grand soulagement, on apporta les trois verres commandés.

Tout en sirotant leur porto, Sappha et sa patiente parlèrent tenues vestimentaires.

— Prenez donc une demi-heure, proposa la baronne. Avez-vous apporté quelque chose pour vous changer... bien que vous soyez déjà très jolie dans votre tailleur en tweed.

— J'ai apporté la robe que j'ai achetée à Inverness.

— Mettez-la. Je ne l'ai vue que pliée dans son sac. Ainsi, vous pourrez la montrer à votre mère.

Sappha acquiesça, et se rendit dans sa chambre, également luxueuse, pour se maquiller et se coiffer avant d'enfiler la robe en angora rose.

Rejoignant la baronne, elle reçut un commentaire suffisamment élogieux pour la faire rougir.

Quand Rolf entra dans la chambre quelques minutes plus tard, c'est à peine s'il parut remarquer sa présence.

— Ah ! oui. Très joli, dit-il quand sa mère lui fit observer que Sappha portait la robe achetée à Inverness.

Celle-ci dut se contenter de cette appréciation laconique.

La baronne avait été installée confortablement dans le salon attenant quand Mme Devenish arriva. Sappha l'embrassa affectueusement, fit les présentations puis alla ranger dans sa chambre le manteau de sa mère. Quand elle revint, celle-ci bavardait avec la baronne et Rolf servait les boissons. Sarah Devenish était encore une très belle femme malgré quelques fines rides et des cheveux argentés.

— Quelle jolie robe, ma chérie. Tu as l'air en pleine forme. L'Ecosse te réussit !

— C'était très agréable… As-tu apporté mes affaires, maman ?

— Oui, ma chérie. J'ai laissé la valise à la réception. On m'a dit qu'on la monterait.

Mme Devenish se tourna vers la baronne.

— C'est un luxe que j'apprécie, mais j'étais tout à fait capable de la monter moi-même !

La baronne, qui n'avait probablement jamais rien porté d'autre que son sac à main, acquiesça, ce qui conduisit à une plaisante discussion entre elles deux sur les habitudes de leur génération. Après quelques minutes, Rolf se leva et vint s'asseoir près de Sappha.

— Racontez-moi votre voyage. J'espère que vous n'avez manqué de rien.

Après avoir répondu, elle le questionna à son tour sur le voyage du lendemain. Rolf répondit avec, dans le regard, une lueur malicieuse : de toute évidence, il la trouvait ridiculement guindée.

Elle se tut, regardant obstinément le verre qu'elle tenait entre ses mains, quand Rolf le lui enleva.

— Nos mères, elles au moins, n'ont pas besoin de faire semblant. On dirait déjà deux amies, observa-t-il.

Effectivement. Les deux femmes, absorbées dans leur conversation, paraissaient les avoir oubliés.

Sappha s'obligea à lever les yeux et à regarder Rolf. D'ordinaire, elle n'était pas timide. Pourquoi donc n'arrivait-elle pas à se comporter normalement en sa présence ?

Il se carra dans son fauteuil.

— Que ferez-vous à votre retour en Angleterre ? demanda-t-il.

— Je ne sais pas encore. Ça dépendra…

— D'Andrew, bien sûr. A-t-il répondu à la lettre que j'ai postée pour vous ?

Sappha chercha désespérément une réponse. Si elle disait non, il demanderait peut-être pourquoi, et elle devrait inventer une histoire abracadabrante, ou dire la vérité — et aucune de ces deux possibilités ne la tentait. Embarrassée, elle resta silencieuse.

— Me voilà bien remis à ma place, on dirait, conclut Rolf. Parlons d'un sujet apaisant et neutre. Ah, j'ai trouvé. Je vais vous raconter l'histoire de Dokkum.

Déconcertée, elle l'écouta citer un grand nombre de noms aux consonances inconnues, et bon nombre de dates. Il connaissait bien l'histoire de sa ville et il aimait la faire connaître.

— Vous ne m'écoutez pas, Sappha ! Et moi qui vous prenais pour une personne intelligente et avide d'apprendre, soupira-t-il, feignant le découragement.

Elle réprima un rire.

— Je crois que je préfère encore me disputer…

— Moi aussi. Quel dommage que nous n'en ayons pas le temps. Nos mères, sauf erreur de ma part, attendent leur dîner.

Dès qu'ils furent tous assis à table, la baronne engagea la conversation.

Sappha adorait sa mère, mais elle fut un peu agacée de l'entendre répondre aux questions de Rolf. Avait-il vraiment envie de savoir qu'elle avait joué dans l'équipe de hockey de l'école, ou qu'elle avait porté un appareil dentaire à l'âge de douze ans, ou encore, qu'elle avait obtenu une médaille d'or au Gregg ? Cela gâcha le plaisir qu'elle aurait dû prendre à déguster la mousse de sole au champagne et les fraises Romanoff.

Pourtant, le médoc, puis le délicieux champagne et, pour couronner le tout, la chartreuse servie avec le café, lui firent voir le repas sous un jour plus agréable, et après le dîner, elle se joignit à la conversation avec plaisir.

Peu après, Mme Devenish se leva pour partir. Rolf déclara qu'il serait ravi de la raccompagner chez elle — aussi Sappha n'eut-elle pas l'occasion d'avoir une conversation privée avec sa mère.

Elle resta seule avec sa patiente, qui se sentait fatiguée à présent. Aussi, la ramena-t-elle dans sa chambre et elle effectua rapidement les tâches du soir.

— Vous n'aurez pas besoin d'un somnifère, dit-elle, lui prenant le pouls.

— Non, en effet... J'aimerais beaucoup revoir votre mère. Nous sommes veuves toutes les deux, et elle aime la peinture, comme moi. J'aimerais qu'elle vienne nous rendre visite quand je serai guérie. Pensez-vous que ce sera possible ?

— Je pense que cela lui plairait beaucoup.

Une fois la baronne installée, Sappha éteignit toutes les lampes, ne laissant qu'une petite veilleuse allumée. Ensuite, elle lui souhaita une bonne nuit, gentiment mais fermement, car sa patiente semblait toute disposée à bavarder, mais un autre voyage les attendait le lendemain.

— Je laisserai ouverte la porte de communication, dit-elle, et je reviendrai vous voir avant de me coucher.

A peine avait-elle gagné sa chambre que la baronne la rappela.

— Vous attendrez Rolf, n'est-ce pas, au cas où il aurait quelque chose à vous dire ?

— Eh bien... si vous voulez..., répondit Sappha, perplexe.

— Oui, s'il vous plaît. Je suis sûre qu'il va rentrer bientôt.

— Très bien.

Sappha retourna dans le salon, où elle choisit un fauteuil confortable, prit un magazine et se mit à le feuilleter — sans prêter la moindre attention à ce qu'elle lisait. Combien de temps devrait-elle attendre Rolf, et qu'aurait-il à lui dire ?

Il arriva dix minutes plus tard et jeta sa veste sur un fauteuil.

— Encore debout ? Vous devriez être au lit. Une longue journée nous attend demain.

Sappha se leva.

— Votre mère m'a demandé d'attendre votre retour au cas où vous auriez quelque chose à me dire pour demain.

— Nous avons déjà réglé tout cela, répondit Rolf avec un peu d'agacement. Vous auriez dû le lui dire et aller vous coucher.

— C'est vrai, mais moi, je ne sais pas agir sans tenir compte des autres.

Puis elle sortit de la pièce, et referma la porte d'un geste brusque.

Elle était couchée depuis une heure, repensant aux événements de la soirée, quand elle entendit un léger bruit dans la chambre de sa patiente. Elle s'apprêtait à s'y rendre quand Rolf tapa à la porte entrouverte et entra. Instinctivement, Sappha remonta sa couverture jusqu'à son menton.

Il s'assit au pied du lit.

— N'ayez aucune crainte... Il fait trop sombre pour que je voie quoi que ce soit, dit-il, moqueur.

— Que se passe-t-il ?

— Rien. Ma mère dort. Je veux m'excuser de m'être montré si autoritaire. Vous comprenez, je ne m'attendais pas à vous trouver encore debout.

— Ce n'est pas grave. Merci pour cette agréable soirée. Je suis sûre que ma mère a passé un excellent moment.

— C'est une femme délicieuse. Il me tarde de la revoir.

Simple politesse, estima Sappha.

— Oui, elle est merveilleuse... tout comme votre mère...

— Décidément, la vie est imprévisible. Nos mères sont deux femmes formidables qui se sont appréciées dès la première rencontre, et vous et moi, nous ne nous entendons pas très bien... Ce sont vos mots.

Rolf se leva.

— Au fait, peut-être souhaitiez-vous voir Glover ? J'aurais dû y penser. Mais vous pourrez l'appeler demain matin.

Sans bruit, il quitta la pièce, avec un « Bonne nuit » murmuré si doucement que Sappha douta d'avoir bien entendu.

Le lendemain, elle se leva de bonne heure pour ranger dans ses valises les vêtements que sa mère lui avait apportés.

Le voyage se déroula sans heurt car Rolf avait tout prévu. A Schipol, elle attendit près du fauteuil roulant où était assise la baronne pendant que Rolf réglait les formalités douanières et s'occupait des bagages.

— Excusez-moi de vous avoir fait patienter, dit-il à son retour. La voiture doit nous attendre dehors.

C'était une Rolls-Royce noire. Sappha regarda Rolf soulever sa mère pour la déposer sur le luxueux siège gris perle, puis elle enveloppa sa patiente dans une couverture.

— Montez devant avec moi, décréta Rolf quand elle eut terminé.

La grosse berline s'élança sans bruit, et quand ils empruntèrent l'autoroute en direction d'Amsterdam, Sappha s'enfonça dans le siège avec un soupir de bien-être, prête à profiter du voyage. Il faisait gris, mais peu importait.

Sur la banquette arrière, sa patiente avait fermé les yeux.

— Elle dort ? demanda le baron sans tourner la tête.

— Je crois. Elle ne veut pas l'admettre, mais elle est sûrement fatiguée.

— Oui. A Dokkum, nous la garderons au lit pendant un jour ou deux. Elle ne manquera pas d'occupations — l'intendance de la maison a pris du retard, et Antonia sera là... Nous entrons dans Amsterdam, et nous allons emprunter l'autoroute périphérique. Il y a une carte dans le vide-poche à côté de vous. Si vous voulez y jeter un coup d'œil...

Sappha repéra la route sur la carte. Elle prononçait mal les noms des localités, et s'efforçait ensuite de les répéter correctement quand Rolf la corrigeait.

— Ne croyez pas que ce que vous voyez soit la véritable Amsterdam, dit-il. La ville est ceinturée d'immeubles et de maisons modernes, mais elle possède un très beau centre historique. Vous pourrez emprunter la Mini que nous avons à Dokkum pour revenir l'explorer pendant votre séjour.

Sappha regarda avec intérêt des péniches sur un canal, puis une série de moulins à vent et Rolf lui expliqua le fonctionnement des différents types de moulins. Une ou deux fois, elle soupçonna que s'il était aimable, sans doute trouvait-il sa compagnie ennuyeuse.

— Vous devez trouver fatigant de tout m'expliquer, dit-elle sèchement.

— Je vous ennuie ? demanda-t-il doucement.

— Non, pas du tout — tout cela est nouveau pour moi—, mais vous avez emprunté cette route des dizaines de fois, j'imagine.

— Des centaines de fois ! Mais les moulins à vent sont un sujet inoffensif. Comme vous ne connaissez rien à la question, il n'y a aucun risque de désaccord de votre part...

Sappha coula un regard dans sa direction, et crut percevoir dans son profil quelque chose de sarcastique. Mieux valait changer de sujet.

— Vous devez être content d'arrêter vos voyages à Dialach, j'imagine.

— Oui. Mes associés m'ont remplacé trop souvent, et j'ai dû annuler plusieurs réunions.

— Que faites-vous quand vous ne travaillez pas ?

— Je pensais que vous auriez deviné, répondit Rolf d'une voix suave. Je sors avec les plus jolies filles — une seule à la fois, tout de même. Nous parcourons le pays, nous fréquentons les boîtes de nuit, bref, nous menons la grande vie.

Elle haussa les épaules.

— C'est absurde. Je n'en crois pas un mot.

— Ah bon ? Pourtant, c'est ce que vous imaginiez, non ?

— Oui... enfin, non. Excusez-moi. Je n'aurais pas dû vous poser cette question.

— Bon, reprenons la conversation de zéro, voulez-vous ? Je vais essayer de vous expliquer ce que nous devrions faire pour ma mère.

Adoptant le ton aimable et impersonnel d'un médecin de famille, il exposa ce qu'il souhaitait.

— Qui s'occupe de la baronne ? Un de vos associés ? demanda-t-elle quand il eut terminé.

— Un médecin de l'hôpital de Groningue va la suivre. Des radios sont prévues dans deux semaines. Si je ne suis pas là, vous l'emmènerez. Nous avons un jardinier qui conduit ma mère faire son shopping, et partout à Dokkum, mais il n'aime pas aller à Groningue.

— Pas... avec cette voiture ? s'enquit timidement Sappha.

— Non, évidemment. Avec une Rover 416, que vous êtes tout à fait capable de conduire.

La baronne se réveilla alors qu'ils traversaient Leeuwarden. Reposée, elle entreprit de décrire la région environnante, signalant, dans le paysage, des constructions que le crépuscule dissimulait déjà. Puis Rolf annonça qu'ils arrivaient à Dokkum.

Quittant la grand-route, ils traversèrent des faubourgs modernes, avant d'emprunter des rues bordées de vieilles maisons aux toits à pignons. Bientôt, ils rejoignirent la route qui contournait la ville, avec un canal d'un côté, et de l'autre côté, des jardins clos.

Sappha eut à peine le temps d'entrevoir un portail grand ouvert. La voiture longea une large et courte allée incurvée, au milieu d'un jardin planté d'arbres et d'arbustes qui ponctuaient une pelouse bien entretenue.

La maison, carrée, avait l'air spacieuse sous un toit à pignons. Rolf arrêta la Rolls Royce devant des marches menant à une lourde porte d'entrée. Comme obéissant à un signal, des lumières s'allumèrent aux fenêtres du rez-de-chaussée.

La jeune femme ôta la couverture qui enveloppait la baronne, puis elle attendit pendant que Rolf la sortait de la voiture. Un homme d'un certain âge descendit les marches du perron, et après un échange de bonjours, il aida Rolf. Sappha suivit les deux hommes qui entrèrent dans la maison, et gravirent un grand escalier. Au passage, son regard enregistra le carrelage noir et blanc, le plafond de plâtre mouluré, les lambris, les lourds meubles sculptés, et les nombreux portraits sur les murs.

Quand ils parvinrent sur le large palier moquetté de l'étage, une porte s'ouvrit. Antonia apparut sur le seuil et tint le battant grand ouvert.

— Moeder ! dit-elle, d'une voix vibrant de joie.

A la grande surprise de Sappha, l'exubérante adolescente attendit sagement dans un coin de la pièce pendant qu'on installait la baronne dans un fauteuil à haut dossier, devant la cheminée. Alors seulement, elle vint se jeter dans les bras de sa mère et lui parla abondamment en néerlandais.

— Sappha va mettre maman au lit, Tonia, intervint Rolf. Laissons-la un moment, veux-tu ?

Sa sœur le rejoignit docilement, et il passa un bras affectueux autour de ses épaules avant de quitter la pièce avec elle.

Le lit était grand, avec une tête de lit en chêne sculpté et une courtepointe en velours broché rose. Sa patiente, adossée à de gros oreillers carrés, avait l'air toute petite, fatiguée, et très heureuse.

— Votre toilette, le dîner, et puis vous dormirez de bonne heure. Ce programme vous conviendra, j'en suis sûre, dit Sappha.

Tout en parlant, elle ouvrait et refermait différentes portes.

La baronne pouffa.

— Pauvre enfant ! On ne vous a rien dit. Où Rolf avait-il la tête ? Vous devez nous trouver tous bien cavaliers avec vous — c'est la joie, je suppose... La salle de bains se trouve sur votre droite, et la porte de gauche mène à votre chambre. Derrière les autres portes, il y a de simples placards.

— Oh, j'aurai tout le temps de découvrir les lieux. La priorité est de vous installer confortablement.

La salle de bains était superbe, toute en rose et vert, avec un assortiment de serviettes vertes, de savons et de beaux flacons. Sappha repéra immédiatement tout ce dont elle avait besoin et, une demi-heure plus tard, la baronne était prête.

— Vous pouvez sonner, dit-elle, agitant la main en direction de la cheminée, où pendait un cordon de soie.

Amusée par cette manière désuète, mais charmante, d'appeler, Sappha tira sur le cordon. Presque aussitôt, la porte s'ouvrit et Antonia entra en coup de vent, suivie, plus posément, par Rolf, puis par une femme d'un certain âge, grande et anguleuse, pourvue d'un nez pointu et d'yeux bleu pâle, qui portait un seau à champagne. Elle le posa sur la table, répondit au bonjour de la baronne avec un plaisir discret mais évident, puis elle s'en alla, coulant au passage un regard curieux en direction de Sappha. Sans cesser de bavarder, Antonia sortit des verres d'un petit secrétaire pendant que le baron et sa mère poursuivaient une conversation qu'ils interrompaient fréquemment pour répondre à l'adolescente.

Se sentant oubliée, Sappha se dirigea sans bruit vers la porte. Elle allait se rafraîchir et ranger ses affaires...

— Où allez-vous ? demanda Rolf. Prenez un verre de champagne avec nous.

— Non, merci. J'aimerais défaire mes valises.

Rolf lui sourit.

— Est-ce que quelqu'un vous a montré votre chambre ? Non, évidemment. Vous n'avez pas eu une minute à vous depuis que nous sommes arrivés. Excusez-nous.

— Cela n'a pas d'importance. Je n'ai pas besoin qu'on me montre ma chambre.

Elle lui sourit à son tour avant de refermer derrière elle la porte de sa chambre.

Elle alla à la fenêtre. Dans la pénombre du soir, elle distingua un haut mur et des arbres. Plus loin, de l'eau scintillait faiblement. L'endroit avait l'air isolé à en juger par un bruit lointain de circulation automobile. Sappha tira les lourds rideaux de damas de soie bleu et rose pâle, et se retourna.

Le dessus-de-lit était assorti aux rideaux, et le lit lui-même était aussi beau que celui de la baronne. La pièce, petite, mais meublée avec goût, comptait quatre portes. La première était celle d'une penderie, la deuxième donnait sur le palier, la troisième communiquait avec la chambre de la baronne, et la quatrième porte donnait sur une salle de bains bleu pastel. Dans cette dernière pièce, Sappha souleva les couvercles des flacons de sels de bains et esquissa un sourire approbateur puis elle ôta ses chaussures avant de dénouer le ruban qui retenait ses cheveux.

En déballant ses affaires, un moment plus tard, elle se dit qu'elle avait eu tort de refuser le verre de champagne que proposait Rolf. Il allait partir, et elle ne le reverrait peut-être plus avant de rentrer en Angleterre ! A cette idée, une profonde tristesse l'envahit.

On frappa à la porte et elle se sentit plus gaie en voyant Antonia entrer.

— Rolf est allé voir des patients. Il rentrera bientôt, et il a dit que si vous veniez voir maman maintenant, elle vous parlerait de la maison.

La baronne accueillit Sappha avec un regard pétillant de joie.

— Votre chambre vous plaît, j'espère. Avez-vous tout ce qu'il vous faut ? Quand Rolf aura le temps, il vous fera visiter la maison et vous présentera le personnel. Cela fait longtemps que ce personnel vit avec nous ; nous considérons certains de ses membres comme des amis, et j'espère que vous les apprécierez vous aussi. Maintenant, ma chère Sappha, je vais vous dire tout ce que vous devez savoir.

Rolf revint une demi-heure plus tard.

— Si vous avez terminé, dit-il avec une amabilité toute professionnelle, je vous propose de descendre pour faire connaissance avec tout le reste de la maisonnée.

Dans la cuisine, Sappha retrouva la grande femme mince, qui s'appelait Annie, et Jan, le chauffeur-jardinier. Il y avait aussi Joke, une jeune fille au visage avenant, et une petite femme potelée qui, échangeant avec Sappha une poignée de main, s'adressa à elle avec un fort accent écossais.

— Je m'appelle Ann Burns, précisa-t-elle, riant de voir la surprise de Sappha.

— Je suis ravie de vous rencontrer... Je m'inquiétais un peu pour la communication.

— Notre amie et cuisinière Mme Burns travaille chez nous depuis des années, expliqua Rolf. Elle vous mettra au courant pour les repas, les plateaux, et tout ce que vous voudrez savoir. Aucune des autres personnes présentes ne parle anglais, mais vous saisirez rapidement quelques mots de notre langue, et vous aurez toujours Mme Burns et Antonia pour vous aider. Suivez-moi.

Il tourna les talons, et Sappha le suivit avec réticence. Elle détestait ce ton de commandement.

— Nous allons prendre un verre, reprit-il. Ensuite, vous pourrez vous occuper du dîner de ma mère.

Ils entrèrent dans une grande pièce pourvue d'un haut plafond décoré de moulures. Des cantonnières et de spectaculaires rideaux de velours rouge ornaient les fenêtres. Un tapis, usé mais encore très beau, recouvrait le parquet ciré. Le mobilier anglais, de style Regency, se détachait sur le fond blanc des murs presque entièrement recouverts de grands tableaux. En dépit de cette décoration un peu solennelle, la pièce n'avait rien de figé. Des magazines traînaient sur un canapé, à côté d'un chat endormi, et un ouvrage de broderie était abandonné sur un fauteuil.

Rolf se dirigea vers une petite table placée contre un mur.

— Un verre de xérès vous rendrait-il le sourire ? Vous me décevez beaucoup. Nous avons réussi à entretenir des relations très courtoises pendant pratiquement une journée, alors j'espérais que nous pourrions continuer ainsi pendant encore une journée — jusqu'à mon départ.

— Partez-vous pour longtemps ? Reviendrez-vous avant mon départ ? demanda-t-elle sans réfléchir.

Rolf lui tendit le verre avant de répondre.

— Pourquoi voulez-vous le savoir ? Vous mourez d'impatience de vous disputer de nouveau ?

Sappha fixa le sol à ses pieds.

— Je ne sais pas pourquoi je vous ai posé cette question.

— Vous mentez.

Levant la tête, elle le regarda. Il la scrutait. Ses yeux semblaient encore plus sombres qu'à l'accoutumée, et il souriait sans la moindre ironie. Il suffisait qu'il lui sourie de cette manière pour que son cœur s'emballe. C'était exaspérant !

— Je ne vois pas ce que vous voulez dire.

Visiblement amusé, Rolf posa son verre.

— Evidemment, il y a Andrew Glover. Sachez que je ne l'ai pas oublié — pour d'autres raisons que vous, sans doute. Pour moi, Andrew Glover n'existe plus.

Sappha sentit une joie intense l'envahir. Elle s'apprêtait à avouer qu'elle éprouvait la même impression quand la porte s'ouvrit, livrant passage à Antonia.

— Bonsoir, vous deux, dit-elle gaiement. Maman vous réclame, Sappha. Elle voudrait dîner.

Se rembrunissant, Rolf souhaita une bonne nuit à Sappha d'un ton distant qui la glaça.

En se dirigeant vers la cuisine pour prendre le plateau garni, elle se souvint de ce qu'avait dit la baronne. Rolf aimait tout plier à sa volonté, surtout quand il s'agissait de conquérir une jolie fille. Pensant l'avoir ajoutée à sa collection, il n'éprouvait plus pour elle le moindre intérêt.

7.

Le lendemain, il était plus de 11 heures quand Sappha revit Rolf. Elle avait effectué ses tâches du matin, répondant avec gentillesse mais fermeté à la mauvaise humeur de sa patiente, et l'avait persuadée de rester au lit pendant toute la journée pour se remettre des fatigues du voyage.

Ensuite, elle était descendue pour prendre son petit déjeuner dans une petite pièce attenante à la cuisine, meublée dans le style Empire, et donnant sur le jardin. Elle fut bientôt rejointe par une Antonia en peignoir encore ensommeillée. L'adolescente, réveillée par une tasse de café, dévora ensuite avec appétit des œufs au jambon, et elle allait entamer une tartine de confiture quand elle avisa l'assiette vide de Sappha.

— Vous n'avez rien mangé ! Quelque chose ne va pas ?

— Oh, je n'ai pas faim…

— Est-ce que votre Andrew sait que vous êtes ici ? Ça ne l'ennuie pas ?

Sappha ignora délibérément la première question.

— Je ne vois pas pourquoi ça l'ennuierait… Il faut que je remonte. A plus tard.

Elle rédigeait son rapport quotidien dans la chambre de la baronne quand Rolf entra. Il embrassa sa mère et lui demanda comment elle allait, avant de se tourner vers Sappha.

— Laissez vos papiers et venez. Je vais vous faire visiter la maison. Je n'ai pas beaucoup de temps.

Comme elle lui décochait un regard noir, il sourit.

— Je sais. Cette manière que j'ai de vous donner des ordres est absolument honteuse, et si vous aviez le temps d'imaginer une bonne excuse, vous la donneriez. Peu importe. Dans une heure environ, je serai parti, et vous aurez tout le temps de préparer des réponses foudroyantes.

Vaincue, elle éclata de rire.

— Vous êtes vraiment ridicule. Vous vous conduisez comme…

— Un homme impertinent, méchant et dépourvu de scrupules ? Bien sûr…. Vous ne le saviez pas ? Je fais tout ce que je peux pour vous ennuyer.

Sappha se leva.

— Je suis prête, docteur, dit-elle, affectant une docilité excessive qui le fit rire.

— Nous allons commencer par le haut…

Sous les toits, en haut d'un escalier de bois étroit, mais bien entretenu et ciré avec soin, se trouvait un palier sur lequel s'ouvraient quatre portes. Elles donnaient accès à de superbes chambres équipées d'une jolie petite salle de bains.

— Ce sont des chambres d'invités. Quand mes neveux et mes nièces nous rendent visite, nous les installons ici. Ils peuvent faire autant de bruit qu'ils le souhaitent et ils adorent être indépendants.

Ils retournèrent sur le palier où se trouvaient deux grandes fenêtres donnant sur le jardin bien entretenu. Au-delà du mur de clôture, on entrevoyait de l'eau.

— Ce sont les fossés qui entourent la vieille ville, commenta Rolf. De l'autre côté de la maison, coule la rivière Zijl. Au fond du jardin, on peut accéder au sentier qui longe les fossés. Si vous vous en sentez le courage, vous pourrez faire tout le tour de la ville ; c'est très agréable.

— Oui, murmura Sappha.

Elle n'avait pas entendu un seul mot de la suggestion car Rolf avait passé un bras autour de ses épaules, et pour l'instant, cela seul comptait.

— Me détestez-vous toujours autant ? demanda-t-il.

Bouleversée, elle ne put répondre tout de suite. Il hocha tristement la tête.

— Nous ne sommes pas d'accord — nous ne le serons jamais. Pourtant, nous nous entendons bien quand nous ne nous appliquons pas à nous disputer. Ne pourrions-nous pas être amis ? Décrétons le match nul, et enterrons la hache de guerre pour le temps qu'il nous reste à passer ensemble.

D'une pression de l'index, il lui souleva le menton puis il pencha la tête pour déposer sur ses lèvres un doux baiser.

— Le baiser de paix... Etes-vous d'accord ?

— Oui, mais vous allez partir...

— Est-ce que je vous manquerai ?

— Bien sûr... Comme vous manquerez à toute la maisonnée, dit-elle d'un ton faussement dégagé.

— Venez, soupira-t-il. Je vais vous montrer le reste de la maison.

Les pièces de l'étage au-dessous regorgeaient de meubles anciens, d'argenterie, de porcelaine et de magnifiques tableaux.

La dernière pièce qu'ils visitèrent était située à l'arrière de la maison. Ses murs, blancs, étaient ornés de dorures, et un tapis bleu mettait admirablement en valeur le damas rose des rideaux, du couvre-lit, et des deux bergères ; elles encadraient un guéridon cerclé de dorures, dont le dessus était en porcelaine. Sappha alla l'examiner de plus près.

— C'est du Louis XIV, expliqua Rolf. Je ne raffole pas de ce meuble, mais son histoire est intéressante. Il y a très longtemps, un de mes ancêtres l'a offert à sa fiancée quand il l'a amenée dans cette maison.

Sappha suivit de l'index le dessin d'une fleur sur la porcelaine.

— Quelle jolie histoire ! J'espère que la fiancée en question a apprécié le cadeau. C'est sûrement un objet rare.

— Très rare, évidemment.

Sappha rougit. Rolf allait la juger complètement ignorante : la maison tout entière regorgeait de trésors et elle avait posé des questions naïves sur beaucoup d'objets. Elle s'approcha de la coiffeuse en laque chinoise.

— Je ne connais presque rien dans ce domaine. A la maison, nous avons des vieux meubles, mais pas... comme les vôtres.

Il lui prit la main.

— Mais ceux-ci ne vous déplaisent pas ? Je voudrais savoir ce que vous pensez de ma maison.

— Elle est magnifique... Cela doit être merveilleux de vivre ici tous les jours au milieu de tout cela — si on s'y connaît en antiquités, évidemment.

— Il suffit d'aimer, le reste n'a pas d'importance... Venez, descendons.

Au rez-de-chaussée, ils visitèrent le salon avec ses collections diverses et meubles en marqueterie puis la salle à manger, plus austère avec ses meubles en chêne, et le bureau de Rolf, seulement orné de portraits de van Duyren défunts. Les hommes possédaient le même physique beau et sombre que Rolf.

La baronne, toujours un peu irritable, retint longuement Sappha, et quand celle-ci descendit pour déjeuner, Rolf quittait la table. Elle écouta ses pas s'éloigner sans prêter aucune attention réelle à ce que disait Antonia. Quand l'adolescente se tut, attendant visiblement une réponse, Sappha s'aperçut qu'elle n'avait pas entendu un seul mot. Antonia sourit.

— Vous êtes fatiguée, conclut-elle. Maman est de mauvaise humeur, vous ne trouvez pas ? C'est en partie à cause de Leo, je pense. Leo est son pékinois, qu'on a emmené chez le vétérinaire pour lui faire arracher des dents. Le chien de Rolf — un berger allemand— est là-bas aussi. Leo dépérit quand il n'a pas Charlie avec lui.

— Votre frère a un chien ? Je l'ignorais.

— Rolf emmène Charlie à son cabinet médical, tous les jours. Il reste couché sous le bureau. Ils font une promenade ensemble tous les matins, et quand Rolf se rend dans une de nos fermes, Charlie va avec lui. Rolf a pensé que vous aimeriez peut-être venir chercher les chiens avec moi cet après-midi. Ce serait une bonne occasion pour vous d'essayer la Mini.

Sappha n'avait pas l'intention de conduire pendant son séjour à Dokkum, et elle s'apprêtait à le dire quand Rolf entra, vêtu d'un superbe manteau et portant une serviette en cuir. Antonia alla l'embrasser, et Sappha se leva, troublée par sa beauté virile et son élégance.

— Ne vous inquiétez pas, je n'oublierai rien, dit-elle, le souffle court. Je me souviens de ce que vous m'avez dit : vos frères et vos sœurs vont venir dans quelques jours, le spécialiste passera demain, et j'ai noté les numéros de téléphone utiles — et Antonia vient de me parler des chiens.

— Vous ne vous souvenez pas d'autre chose aussi ? demanda posément Rolf.

Elle se sentit rougir.

— Je... n'ai rien oublié de ce que vous avez dit, répondit-elle, évitant de le regarder droit dans les yeux.

— Parfait... Pensez un peu à moi.

Lui prenant la main, il déposa un baiser léger dans sa paume. L'instant d'après, il était sorti de la pièce.

Finalement, ce n'était pas si difficile de conduire à droite ! Après quelques kilomètres, Sappha se sentit parfaitement à l'aise. Le vétérinaire habitait juste à l'extérieur du village de Brantgum, à quelques kilomètres à peine de Dokkum. Après avoir installé les chiens à l'arrière, la jeune femme regagna prudemment la maison des van Duyren, se sentant assez satisfaite d'elle-même ; de plus, cette sortie l'avait aidée à passer un après-midi qui s'annonçait plutôt morose.

Les chiens furent une agréable diversion. Charlie, malgré son air féroce, était doté d'un caractère adorable, mais Leo montrait les dents qui lui restaient à toute personne qui s'approchait. Au bout d'une heure ou deux cependant, il sembla comprendre que Sappha s'occupait de sa maîtresse et il se montra moins hostile.

Le spécialiste venu de Groningue arriva à 11 heures.

Sappha était descendue dans le hall avec Antonia pour l'accueillir, et il les gratifia d'une vigoureuse poignée de main.

— De Winter, annonça-t-il. Enchanté de faire votre connaissance, mademoiselle Devenish, dit-il dans un anglais impeccable.

Ses méthodes étaient les mêmes que celles du Dr MacCombie. L'examen proprement dit terminé, il eut une longue conversation avec la baronne.

— Tout va pour le mieux, conclut-il. M. Devenish et le Dr MacCombie ont fait un travail remarquable. Je ne vois plus aucune contre-indication à ce que vous vous leviez. Il n'est pas question de marcher pour l'instant — simplement, vous effectuerez vos exercices avec l'aide de Mlle Devenish. Quand Rolf reviendra, il vous emmènera à Groningue pour faire des radios — les dernières, je pense.

Il afficha un large sourire, et Sappha éprouva une satisfaction mêlée de tristesse, car pour elle, le rétablissement complet de la baronne signifierait son retour en Angleterre.

M. de Winter but un café avant de prendre congé.

— J'appellerai Rolf ce soir, dit-il.

— Où cela ? demanda Sappha sans réfléchir.

Le médecin parut surpris.

— Vous ne savez pas où il se trouve ? Comment feriez-vous en cas d'urgence ?

— Il m'a laissé des numéros de téléphone sur son bureau, mais aucune adresse. Est-il loin d'ici ?

— A Bruxelles pour deux jours, puis à Paris et à Zurich, pour une dizaine de jours au total, je crois.

Dix jours — ce n'était pas si long ! Sappha éprouva un fol espoir, mais la remarque suivante lui fit l'effet d'une douche froide.

— Rolf va travailler dur, mais je pense qu'il passera d'excellentes soirées ! ajouta, hilare, le Dr de Winter, avant de regagner sa voiture.

Les premiers visiteurs arrivèrent le lendemain après le déjeuner. Le matin, la baronne s'était tenue fièrement debout à côté de son fauteuil avec l'aide de Sappha pour la soutenir. La maisonnée au grand complet était montée pour assister à l'événement.

Après le déjeuner, donc, arriva sa fille Victoria, une jeune femme âgée de vingt-deux ou vingt-trois ans, presque aussi jolie qu'Antonia et aussi brune que Rolf. Son mari portait dans un couffin un bébé. Le jeune couple venait d'offrir un énorme bouquet de fleurs à la baronne quand Annie fit entrer Ariana et Sia, les deux filles aînées. Agées d'une trentaine d'années, elles possédaient les même cheveux blonds et les mêmes yeux bleus. Leurs maris, plus âgés qu'elles, apportaient eux aussi des fleurs. Il ne manquait plus que leur frère, Theo, qui habitait Hilversum ; il arriverait plus tard et dormirait peut-être chez la baronne.

Sappha les trouva tous sympathiques. Beaucoup plus calmes que la volubile Antonia, ils se montrèrent chaleureux et reconnaissants d'une manière presque embarrassante.

Theo arriva vers 15 heures. Il ressemblait beaucoup à Rolf, mais moins grand et avec une carrure moins large. Sa femme, petite et vêtue avec soin, possédait de grands yeux bruns. Ils ajoutèrent leur part de fleurs au vaste assortiment déjà disposé dans la chambre et embrassèrent toutes les personnes de leur famille. Ils terminèrent par Sappha, dont Theo serra la main avec force.

— Ce vieux Rolf a raison, commenta-t-il. Il m'a dit que vous étiez la plus jolie fille qu'il ait jamais rencontrée — et il s'y connaît !

Sappha massa discrètement ses doigts meurtris.

— Je suis flattée, dit-elle poliment — contente, tout de même, que Rolf ait émis ce jugement. Je crois que vous et votre épouse allez rester cette nuit ? Votre mère sera enchantée.

— Oui. Rolf m'a fait promettre de me placer sous vos ordres. Si vous avez besoin d'aide, me le direz-vous ?

— Bien sûr, dit-elle en souriant. Votre frère me fait une réputation d'adjudant.

— J'ai plutôt l'impression qu'il pense tout le contraire.

Une heure plus tard, Sappha quitta la maison car elle avait des lettres à poster. Dans une petite librairie de la rue principale, elle trouva un dictionnaire anglais-néerlandais, une petite carte de Dokkum et un plan de la ville. Ensuite, elle fit une pause dans un joli salon de thé.

Pendant qu'elle regagnait la maison, ses pensées s'orientèrent vers Rolf. Aucun doute n'était permis : elle l'aimait — mais que pouvait-il bien éprouver à son égard ? Plusieurs fois, il s'était montré très charmant — et aussi très déplaisant en maintes circonstances. Elle retrouva un peu d'optimisme en se souvenant de ce qu'il avait dit avant de partir...

Chassant fermement ces pensées, elle sonna à la porte d'entrée.

Jan lui ouvrit puis la conduisit dans la pièce où elle avait pris son petit déjeuner ; un feu pétillait dans la cheminée et sur une table dressée avec soin de jolie porcelaine l'attendait un plat à gâteaux en argent rempli de biscuits et de scones. Emue par ce gentil accueil, Sappha adressa à Jan un chaleureux sourire.

— Voilà ! dit Mme Burns, posant devant elle une tasse fumante. Le baron nous a demandé de veiller à votre confort, et pour réconforter avec ce froid, rien de tel qu'un bon thé ! Mangez tranquillement. En haut, tout le monde est aussi en train de prendre le thé ; ils ne partiront pas avant une bonne demi-heure.

Sia, Ariana, Victoria, et leurs maris, partirent les premiers. Il ne resta plus que Theo. Sappha les trouva, lui et sa femme, très sympathiques. Ils ne devaient pas être mariés depuis longtemps, pensa-t-elle, et ils avaient l'air très amoureux.

La soirée passa agréablement, mais la baronne était fatiguée quand Sappha l'aida à se coucher. Elle accepta d'ailleurs sans protester l'idée de passer la journée du lendemain au lit.

— Ce sera plus sage, dit Sappha. Je suis sûre que le médecin préconiserait le repos complet.

— Oui. Quand il m'a téléphoné, hier, il a suggéré ce repos, mais il était sûr que vous y songeriez. Que pensez-vous de mes enfants ? ajouta-t-elle en souriant.

Sappha mit une dose de médicament dans un verre et referma soigneusement le flacon.

— Vous devez être très fière d'eux.

— Très fière, en effet. Je regrette seulement que Rolf n'ait pas pu venir.

Les jours s'écoulèrent suivant une routine bien réglée, qu'Antonia animait chaque soir à son retour du lycée par un joyeux bavardage. Nullement affectée par la quantité de devoirs à effectuer, et le fait qu'elle devait partir à 7 heures tous les matins, la jeune fille semblait adorer la vie. De toute évidence, son intelligence était aussi éclatante que sa beauté. Rien d'étonnant à ce que Rolf l'aimât autant.

Pendant ces quelques jours, Sappha put visiter la ville de Dokkum. Elle se rendit deux fois au musée et effectua un peu de shopping, armée de son guide linguistique, ce qui lui permit d'apprendre quelques mots de néerlandais.

Quelques jours après le départ de Rolf, la baronne reçut la visite de ses associés. Ils avaient à peu près le même âge que Rolf et parlaient comme lui un anglais impeccable. Ils se montrèrent charmants avec Sappha à laquelle ils offrirent aide et conseils en cas de besoin. Après leur départ, la baronne évoqua leur longue amitié avec Rolf.

— Ce sont trois amis d'enfance, précisa-t-elle. Ils avaient dix ans quand ils se sont juré qu'ils seraient médecins et qu'ils travailleraient ensemble, et comme vous pouvez le constater, ils l'ont fait.

— Ils sont très gentils, commenta Sappha qui massait doucement les jambes de sa patiente. C'est un cabinet médical important, j'imagine ?

— Oui. Les malades viennent de Dokkum et de tous les alentours. Dirk et Pieter font la plus grande partie du travail parce que Rolf a son travail à Groningue et ses conférences qui l'obligent à s'absenter de temps en temps… Il va rentrer bientôt. Ce sera bien agréable de le revoir, n'est-ce pas ?

Sappha répondit par un oui laconique puis elle demanda à sa patiente de mettre un peu plus d'énergie dans les mouvements de son pied. Paraissant pensive, la baronne s'exécuta et ne lui parla plus de Rolf.

La veille du jour où il devait rentrer était un vendredi et, ce jour-là, Antonia revint de l'école plus tôt que prévu.

— Une amie m'a raccompagnée, dit-elle à Sappha qu'elle rencontra dans le hall. Le dernier cours a été annulé parce que le professeur était malade. C'est génial, non ? Maintenant, je suis libre jusqu'à lundi, et si je fais tous mes devoirs maintenant, je pourrai passer tout mon week-end avec Rolf, à moins qu'il ait l'intention de sortir avec une amie.

Une lueur malicieuse faisait briller le regard de l'adolescente.

— On dirait que vous manigancez quelque chose... Auriez-vous dépensé tout votre argent de poche pour acheter quelque chose de terriblement cher ?

La jeune fille glissa un bras sous celui de Sappha.

— Moi ? dit-elle, l'air innocent. Que pourrais-je bien manigancer ? Ce maudit lycée me prend tout mon temps ! Pourquoi cet air soupçonneux ? Si vous voulez tout savoir, il me reste plein d'argent de poche. Vous allez dans la cuisine ? J'y vais aussi. Je meurs de faim.

— Je suis sûre que Mme Burns ou Annie vont vous trouver quelque chose de bon à manger. Est-ce que vous allez rester à la maison jusqu'à l'heure du thé ? Si c'est le cas, j'irai faire à pied le tour de la ville par le sentier des douves. Il ne fait pas mauvais et j'ai envie de le faire depuis que...

— Depuis que Rolf vous en a parlé ? termina Antonia. Il y promène son chien tous les matins. Est-ce qu'Andrew vous manque ? Vous n'avez pas envie de le revoir ?

Sappha ouvrit la porte de la cuisine.

— Comment pourrais-je le voir ? Il a son travail lui aussi, dit-elle d'un ton si catégorique que l'adolescente ne lui posa plus de questions.

Elle quitta la maison une demi-heure plus tard, enveloppée dans son manteau de tweed. Il avait fait beau, mais maintenant, des nuages envahissaient le ciel. Elle franchit le portillon au fond du jardin et emprunta le sentier qui bordait le canal. Sur son chemin, elle croisa quelques jeunes garçons qui gambadaient, puis un vieil homme qui la salua poliment.

Le sentier faisait tout le tour de la ville. Sur la plus grande partie du trajet, il suivait l'eau, mais parfois, il la franchissait sur un petit pont de bois, d'où le regard embrassait de jolies vues sur les vieux toits de la ville.

Le crépuscule tombait, et Sappha ne se trouvait plus qu'à cinq minutes de la maison quand elle entendit un bruit étrange. Un oiseau, peut-être ? pensa-t-elle. Le bruit se fit entendre une deuxième fois et elle s'arrêta pour écouter. Ce n'était pas un oiseau.

Cela semblait venir de la berge. Sappha s'en approcha, plissant les yeux pour percer la pénombre grandissante. Un peu plus loin, quelques petits arbres poussaient sur la rive ; le bruit venait de là.

Sappha avança dans cette direction et se pencha prudemment pour scruter les branches enchevêtrées qui retombaient dans l'eau. C'est alors qu'elle vit un petit sac, fermé par une corde à laquelle était attachée une brique. La corde s'était prise dans des branches basses, et le sac était suspendu à quelques centimètres au-dessus de la surface glauque. Quelque chose remua à l'intérieur. Fortement intriguée, Sappha se pencha, mais elle glissa sur la berge boueuse et se retrouva plongée jusqu'à la taille dans l'eau froide qui exhalait une odeur désagréable.

Puis elle entendit une sorte de gémissement, et elle plaça une main sous le sac pour le soutenir et tira sur la corde — sans succès. Il aurait fallu un canif, des ciseaux ou même une lime à ongles... Que pouvait-elle faire ? Tirant sur des fils de jute, elle parvint à pratiquer une ouverture, dans laquelle elle passa l'index. Aussitôt, une petite langue râpeuse le lécha. Si elle pouvait aller chercher Antonia ou Joke, il serait facile, à deux, de dégager le sac...

L'abandonnant provisoirement, elle s'agrippa au feuillage pour tenter de sortir de l'eau. Mais la vase s'était refermée autour de ses chevilles. Elle attendit quelques instants puis essaya encore, mais c'était inutile. Pire encore, ses tentatives infructueuses ne faisaient que l'enfoncer davantage.

Soudain, quelque chose bougea sur la rive au-dessus d'elle. Effrayée, Sappha scruta l'obscurité et, soudain, elle distingua Charlie qui l'observait. Il émit un jappement amical, et presque aussitôt, son maître le rejoignit. Rolf prononça en néerlandais quelques mots sur un ton agacé qui ne lui était pas habituel. Il paraissait furieux, songea Sappha.

Tremblant de froid, mais soulagée de le voir, elle le vit ôter son manteau. D'un pas sûr, il s'approcha de l'eau.

— Que diable faites-vous ici ? demanda-t-il.

— Il y a quelque chose... dans le sac. J'ai essayé de l'atteindre et je suis... tombée... Le sac est fermé par une corde et je n'ai pas pu... libérer l'animal, balbutia Sappha qui claquait des dents.

Sortant un canif de sa poche, Rolf coupa la corde et déposa le sac plus haut sur la berge, où Charlie l'accueillit avec de petits coups de nez et des gémissements excités. Puis, se penchant, Rolf saisit la jeune femme par les épaules et, sans effort apparent, la hissa sur la berge avant de l'envelopper dans son luxueux manteau.

— Non... Vous allez l'abîmer.

— Tenez-vous tranquille ! ordonna-t-il, si sévère qu'elle se mit à pleurer, se félicitant qu'il ne puisse voir ses larmes puisque la nuit était tombée.

Mais à sa grande surprise, il l'attira contre lui, lui caressa la joue et lui parla de nouveau dans sa langue. Elle ne comprenait pas ce qu'il disait, mais sa voix était douce et tendre. Quand il embrassa sa joue humide, puis ses lèvres, elle oublia son désarroi, la boue, le froid et la nuit, et un instant, elle se trouva emportée dans un rêve étoilé.

Puis il la repoussa doucement, brisant le rêve.

— Voyons ce qu'il y a là-dedans, dit-il avant de reprendre son couteau.

Le sac contenait un chiot de race indéterminée que Rolf cala sous un bras puis il appela Charlie et prit Sappha par les épaules pour l'entraîner vers la maison.

Quelques minutes plus tard, elle se retrouva dépouillée du manteau de Rolf, de son propre manteau et de ses bottes, et enveloppée dans une couverture. Rolf lui servit un petit verre de cognac dont elle avala une gorgée avec circonspection.

— Allons, buvez tout ! ordonna-t-il.

Elle s'exécuta docilement. L'alcool la réconforta et, se redressant, elle chercha le chiot du regard. Il se trouvait déjà dans un panier, devant le feu. C'était une petite créature disgracieuse à l'air inquiet, mais quand Annie posa devant lui un bol de lait, il lapa le liquide blanc avec avidité, sous le regard bienveillant de Charlie.

— Il est vraiment laid, dit Sappha.

— Vous le seriez aussi après l'horrible mésaventure qu'il a subie, observa Rolf d'un ton enjoué. A votre place, beaucoup de gens seraient passés en feignant de ne rien entendre. Je suis fier de vous.

Se sentant rougir, elle écarta la couverture.

— Je vais prendre un bain et me changer. Vous vous occuperez du chien ?

Rolf la rejoignit. Un sourire jouait sur ses lèvres.

— Oui, bien sûr. Il fera partie de la famille. Mais d'abord, je vais m'occuper de vous. Joke ! Venez faire couler un bain, s'il vous plaît.

Sans effort, il souleva Sappha et la porta à l'étage

Une heure plus tard, la jeune femme était remise de sa mésaventure. Pendant qu'elle s'habillait, Antonia fit irruption dans sa chambre, le chiot dans les bras. Le petit animal regardait avec un ravissement encore inquiet un monde qui soudain était devenu bon pour lui.

— Il faut lui trouver un nom, Sappha..., dit l'adolescente. C'est à vous de choisir puisque c'est vous qui l'avez sauvé. Quel moment horrible vous avez dû passer dans l'eau boueuse et glacée, et avec les rats !

A ce souvenir, Sappha frissonna.

— Oui. J'ai été soulagée, je dois le dire, en voyant Charlie et... le docteur.

— Pourquoi appelez-vous mon frère « le docteur » ?

— Parce qu'il en est un, répondit Sappha avec une désinvolture feinte. Voilà, je suis prête. Je vais voir votre mère.

Quand elles arrivèrent sur le palier, Rolf appela depuis le hall.

— Descendez. Ma mère va bien. Elle vous attendra quelques minutes.

Au bas des marches, il s'avança à la rencontre de Sappha.

— Vous vous sentirez mieux quand vous aurez pris un thé, dit-il. Et quittez donc cet air courroucé ; cela vous rend encore plus belle et je risque de vous embrasser d'un instant à l'autre.

Rouge de confusion, Sappha passa devant lui sans le regarder et il referma la porte du salon derrière eux. Le plateau du thé attendait, appétissant. Sappha s'assit sur une bergère et Rolf prit place en face d'elle.

— N'ayez aucune inquiétude. Tonia sera là avant que j'aie eu le temps de vous manifester des attentions qui vous déplairaient, dit-il, ironique.

Cette fois, Sappha pâlit. Depuis une heure, elle vivait dans une sorte de rêve, dans un monde légèrement brumeux où seul comptait le baiser de l'homme qu'elle aimait. Maintenant, le rêve se dissipait...

— Je vais servir le thé, dit-elle, morose, en soulevant la théière en argent.

Mais sa main tremblait si fort que Rolf versa le thé à sa place.

La nuit suivante, elle mit longtemps à s'endormir. Elle se conduisait comme une idiote — une idiote amoureuse ! Elle résolut d'élaborer des projets d'avenir, mais n'y parvint pas, et quand, enfin, elle sombra dans le sommeil, ce fut encore en pensant à Rolf.

8.

Le lendemain matin, il rentrait quand Sappha descendit au rez-de-chaussée. Il posa à terre le chiot qu'il portait dans ses bras et ôta son manteau qu'il jeta sur une chaise.

— Bonjour… Vous n'êtes pas dans votre assiette, on dirait. Vous avez pris froid, je suppose. J'espère qu'il ne s'agit pas d'une pneumonie…

Il poursuivit d'un ton malicieux qui amusa Sappha :

— Venez dire bonjour à notre chiot, voyons !

Elle traversa l'entrée pour prendre le petit animal dans ses bras, et elle lui caressa la tête. Il lui lécha la main de sa petite langue rose et jappa d'une voix aiguë.

— Chut ! Chut, petit chien ! dit Sappha.

— Parfait comme nom…. Nous l'appellerons Chut… Avez-vous pris votre petit déjeuner ?

— Non. Je vais porter son petit déjeuner à votre mère, mais vous voulez peut-être la voir avant…

Rolf lui ôta Chut des mains.

— Rien ne presse.

Il eut un sourire qui fit battre plus vite le cœur de la jeune femme. S'esquivant, elle gagna la cuisine. Quand elle en ressortit, portant le plateau de sa patiente, Rolf avait disparu, et les chiens aussi.

Elle redescendit vingt minutes plus tard. La baronne, qui était d'humeur bavarde, l'avait interrogée sur son état de santé après sa mésaventure, et aussi sur le chiot.

En entrant dans la cuisine, elle trouva Rolf assis à la table, occupé à griffonner des notes de son écriture illisible, tout en lisant le journal. Il posa son journal et se leva.

— Que prendrez-vous ? Des œufs brouillés ? Du bacon ? Un hareng fumé ?

Sappha opta pour les œufs brouillés et remplit deux tasses de café.

— Vous ne m'avez pas attendue, j'espère ?

Rolf posa devant elle une assiette d'œufs brouillés et se rassit.

— Qu'espériez-vous ? Qu'en vous attardant là-haut, vous me dissuaderiez d'attendre ? fit-il, moqueur.

— Simplement, votre mère avait envie de parler, et j'ignorais que vous étiez là !

Antonia entra, prête pour se rendre au lycée, et elle se laissa tomber sur une chaise, l'air accablé.

— Quelle chance vous avez, vous deux, d'avoir le temps de prendre votre petit déjeuner. Ça doit être génial de boire une deuxième tasse de café en bavardant comme ça.

— Tu pourrais le faire si tu sortais de ton lit une heure, ou même une demi-heure plus tôt le matin, observa sèchement Rolf.

Antonia lui adressa une moue qui, l'instant d'après, se transforma en un sourire angélique.

— Tu es un vieil ours. Le problème, c'est que personne ne te le dit jamais.

Se levant, elle se dirigea vers la porte et se retourna avant de franchir le seuil.

— En fait, tu es plutôt gentil, mais j'espère que ta femme te remettra à ta place de temps en temps. Sappha le fait quelquefois. Quelqu'un dans son genre conviendrait très bien.

Elle claqua la porte derrière elle non sans avoir adressé un baiser à son frère sur le bout de ses doigts.

Consciente que Rolf la regardait, Sappha chercha désespérément quelque chose à dire.

— Voulez-vous... encore du café ? proposa-t-elle.

Il lui tendit sa tasse.

— Ma mère subira une radio demain. Tout est organisé. Vous viendrez avec moi toutes les deux quand je partirai pour l'hôpital. Pourriez-vous préparer ma mère pour 9 heures ? J'aurai des consultations à effectuer, mais je serai libre peu après le déjeuner, et je vous ramènerai.

— Nous serons prêtes.

Puis elle désigna, attendrie, Chut, roulé en boule sur un coussin devant la cheminée.

— Merci de l'avoir adopté, ajouta-t-elle. C'est gentil de votre part. Je n'aurais pas su quoi faire de lui.

— Je suppose que vous auriez cherché quelqu'un d'assez fou pour lui offrir un foyer. Comment va Andrew ?

— Andrew ? répéta Sappha, déconcertée par cette question inattendue. En fait, je... pense qu'il va bien. Pourquoi me demandez-vous cela ?

Rolf se leva.

— Cherchez bien, et vous trouverez la réponse à cette question, lança-t-il avant de sortir.

Tonia rentra vers 16 heures, et ses joues roses d'excitation inquiétèrent un peu Sappha. La jeune fille avait-elle un ami — quelqu'un que Rolf n'apprécierait peut-être pas ? Elle représentait en effet une proie facile pour les séducteurs…

Le lendemain, le voyage jusqu'à Groningue se déroula sans problème. Avec un plaisir évident, la baronne signala des lieux intéressants tout le long de la route, et elle indiqua les noms de plusieurs musées et châteaux « à visiter absolument ».

— Il faut voir le château de Menkemaborg, commenta-t-elle. Il est très ancien et il contient quelques meubles très intéressants. Pendant un temps, il a appartenu à une branche éloignée de ma famille. On mange de délicieux *pannekoeken* dans le restaurant voisin du château.

— Oh, c'est formidable, dit faiblement Sappha, un peu étourdie par cette énumération de vieux amis de la famille, de musées et autres.

Rolf s'esclaffa.

— Pauvre Sappha… Avez-vous eu des jours de congé ?

Elle s'aperçut qu'il l'observait dans le rétroviseur.

— Non, mais j'ai eu du temps libre. J'ai visité Dokkum…

— Il faudra y remédier. Vous avez beaucoup de choses à voir. J'étudierai la question.

Un moment plus tard, ils s'arrêtaient devant l'hôpital.

Dans le service de radiologie, Rolf confia sa mère à l'infirmière de garde avant de s'en aller, et Sappha prépara sa patiente dans une cabine. Ensuite, elle poussa le fauteuil roulant pour aller rejoindre le radiologue et le Dr de Winter. Souriant, ce dernier lui serra vigoureusement la main tout en écoutant la baronne qui racontait le sauvetage du chiot.

La prise des clichés prit peu de temps. La baronne, rhabillée et réinstallée dans son fauteuil, fut invitée à boire un café avec la directrice, et Sappha se trouva naturellement incluse dans l'invitation.

Pendant la longue conversation en néerlandais qui s'ensuivit, elle eut tout le temps de songer à Rolf. Il effectuait ses visites, probablement, entouré de jolies infirmières amoureuses de lui… A cet instant, la porte s'ouvrit, livrant passage à Rolf et au Dr de Winter. Il eut un haussement de sourcils interrogateur et elle eut conscience qu'elle l'observait, les yeux écarquillés, mais il ne fit aucune remarque. Pendant qu'il buvait le café que lui avait offert la directrice, Sappha s'efforça de reprendre contenance — inutilement, car toute l'attention était concentrée sur la baronne.

— J'espère que vous avez de bonnes nouvelles pour moi ? demanda celle-ci.

Sappha, qui avait compris la question, reporta son regard sur le Dr de Winter et comprit que les nouvelles n'étaient pas si bonnes. D'autant que le visage de sa patiente exprimait nettement sa déception.

— Je vais vous expliquer, Sappha, dit Rolf. Le Dr de Winter veut que ma mère garde le poids fixé à sa jambe pendant encore trois semaines. Il suggère qu'elle porte une gouttière quelques heures chaque jour pendant qu'elle effectuera des exercices de marche sans forcer, bien sûr.

— Un appareil orthopédique ! C'est horrible ! protesta la baronne. Et de toute manière, à quoi me servira de marcher dans ma chambre pendant quelques minutes seulement ? Je serai aussi bien dans mon lit…

— Ce ne sera pas si terrible que cela, voyons, dit Rolf, lui prenant la main.

— Ce ne sera pas terrible du tout, renchérit Sappha. Pourquoi passeriez-vous toutes vos journées dans votre chambre ? Avant de partir, le matin, Rolf pourrait vous porter au rez-de-chaussée. Vous pourriez recevoir vos amis à déjeuner et pour le thé, puis marcher un peu dans le salon comme vous le feriez dans votre chambre.

— C'est une bonne idée, commenta Rolf, mais cela va vous donner beaucoup plus de travail.

— Mais non, voyons..., dit-elle, agacée.

Elle s'interrompit brusquement. Rolf la regardait, impassible — mais un rire dansait dans ses yeux noirs. La directrice semblait médusée, le Dr de Winter amusé, et la baronne affichait un air très satisfait. Sans doute n'avait-elle pas entendu, songea Sappha.

— Excusez-moi, docteur. J'ai oublié que nous n'étions pas seuls, dit-elle froidement.

Elle comprit immédiatement qu'elle n'avait pas amélioré les choses, à en juger par l'air ironique de Rolf.

— Aucune importance, mademoiselle Devenish. Votre idée est bonne. En avez-vous d'autres ?

Elle leva le menton.

— Eh bien oui, justement. Vous avez suggéré que je conduise une voiture pendant mon séjour ici ; je pourrais emmener la baronne en promenade ou chez ses amis...

— Excellente idée... Mais comment pensez-vous asseoir ma mère dans la voiture et l'en faire descendre ?

— Je trouverai un moyen.

— Oh, je n'en doute pas, répondit Rolf, riant de bon cœur cette fois. Qu'en dites-vous, mère ? Allons-nous adopter l'idée de Sappha ? Allons, la situation n'est pas si terrible dans le fond. Encore quelques semaines, et vous serez entièrement rétablie.

— Encore un peu de patience, baronne, renchérit le Dr de Winter. Les suggestions de votre excellente infirmière vont vous rendre la vie plus facile. Je pense que nous pourrions prendre un verre de porto pour fêter la fin toute proche de vos ennuis, qu'en dites-vous ?

— Vous voudrez bien nous excuser, dit Rolf d'un ton détaché. Je voudrais faire visiter l'hôpital à Sappha. Venez.

Un peu étonnée, elle le suivit. Dans le couloir, il la prit par le bras.

— J'ai des patients à voir, mais j'ai demandé à une infirmière de chirurgie de vous faire visiter certains services. Nous allons la rejoindre.

L'infirmière s'appelait Jane — et elle était superbe. Pire encore, pensa Sappha, elle semblait entretenir avec Rolf une relation des plus amicales. Celui-ci leur adressa un vague salut avant de disparaître dans l'escalier.

L'hôpital était grand et possédait un équipement ultramoderne. Malgré son dépit, Sappha ne put s'empêcher d'éprouver un réel intérêt.

Jane se révéla gentille et pleine d'humour, et quand elle mentionna, dans un anglais irréprochable, qu'elle allait se marier dans une semaine, Sappha la trouva immédiatement plus sympathique. Après une visite complète du bloc opératoire, les deux jeunes femmes passèrent un long moment dans le service de pédiatrie, et encore plus longtemps en médecine.

Consultant sa montre, Jane conduisit Sappha à l'étage inférieur. Elles venaient d'y arriver quand la porte à deux battants s'ouvrit brusquement, livrant passage à Rolf, suivi du chef de clinique, de deux internes, et de deux infirmières portant tout le matériel nécessaire pour les visites d'un consultant. Rolf prit congé de l'équipe médicale et rejoignit Sappha et Jane.

— Je vous laisse, dit cette dernière, car du travail m'attend.

Adressant un sourire à Sappha, elle disparut dans l'escalier.

— Descendons, dit Rolf, prenant Sappha par le coude.

Quand ils atteignirent le rez-de-chaussée, ils croisèrent plusieurs personnes en blouse blanche qui s'écartèrent pour les laisser passer.

— Vous êtes important ici, on dirait, dit Sappha, ironique.

Il ouvrit une porte et Sappha se retrouva dans une pièce sombre. Refermant la porte, il s'appuya contre le battant.

— Bien sûr que je suis important. Et je tire tous les avantages possibles de ma naissance et de ma position. Qu'attendiez-vous d'autre d'un homme aussi détestable que moi ?

Elle s'apprêtait à protester, mais, se redressant, il la prit par la taille et l'embrassa.

Sappha répondit à son baiser avec fougue quand, soudain, on frappa à la porte, et il la lâcha. Un jeune homme entra et elle reconnut l'un des internes. Paraissant un peu gêné, il se lança dans une grande explication que Rolf écouta avec attention puis il posa une ou deux questions.

— Je dois vous quitter... Une urgence, dit Rolf.

Entraînant Sappha hors de la pièce, il la poussa doucement dans la direction opposée de celle qu'il empruntait lui-même.

— Quatrième porte à droite..., lança-t-il. Je vous rejoins dans un moment.

Sappha frappa et entra, et elle se sentit soulagée en voyant la baronne, toujours avec ses deux compagnons.

— Déjà de retour ? dit la baronne. La visite vous a intéressée, j'espère ?

— Oui, beaucoup, répondit Sappha d'une voix peu assurée, encore émue par le baiser de Rolf.

Durant les jours qui suivirent, son enthousiasme retomba car si elle voyait Rolf le matin et le soir quand il s'occupait de sa mère, il n'essayait jamais de se trouver seul avec elle.

Le dimanche suivant, Rolf se rendit à la messe. Quand il en revint, il frappa à la porte de Sappha.

— Mettez votre manteau, dit-il d'un ton aimable quand elle ouvrit. Vous êtes libre pour le reste de la journée. Nous sortons.

— Pour aller où ? demanda-t-elle, déconcertée.

— Nous allons à Menkemaborg... Vous vous rappelez ? L'endroit où on mange de délicieux pancakes. Si nous partons tout de suite, nous aurons le temps d'en déguster quelques-uns avant de visiter le château.

— Votre sœur et son mari sont venus pour déjeuner. Et votre mère ? Vous les voyez si peu...

— Je *vous* vois si peu, Sappha.

— Vous n'avez pas besoin de me voir !

Les épaules de Rolf retombèrent.

— Laissez-moi juger moi-même de quoi j'ai besoin. Avez-vous eu récemment des nouvelles de Glover ?

Prise au dépourvu, Sappha ne répondit pas et Rolf fronça les sourcils.

— Ce n'est pas un homme pour vous. Si vous étiez ma sœur, je veillerais à ce qu'il ne s'approche plus de vous… N'en déduisez pas que je vous considère comme une sœur, précisa-t-il avec un bref sourire. Je vous attends dans le hall dans cinq minutes.

En hâte, Sappha retoucha son maquillage, vaporisa sur son manteau un léger nuage de *Ma Griffe* puis elle rendit une brève visite à la baronne. Apparemment, celle-ci était au courant du projet de sortie.

— Vous voilà prête, ma chère…, dit-elle. Vous allez adorer Menkemaborg. Rolf répondra à toutes vos questions aussi bien que je pourrais le faire moi-même.

— C'est très gentil, mais…

La baronne l'arrêta d'un geste.

— Non… Vous n'avez pas encore eu un seul vrai moment de distraction, alors amusez-vous. Je vais bien et Victoria sera là. Après le thé, elle rejoindra des amies d'école, mais Annie et Mme Burns s'occuperont bien de moi. Allez, sauvez-vous.

Ainsi congédiée, Sappha descendit. Rolf l'attendait dans le hall d'entrée avec Charlie.

— Chut voulait venir aussi, dit-il en souriant, mais il est encore un peu jeune pour une si grande promenade.

Menkemaborg fut une merveilleuse surprise. C'était un château de pierre grise, petit et harmonieux, entouré de douves où nageaient des cygnes. Rolf expliqua à Sappha l'histoire du château tandis qu'ils se promenaient dans les jardins qui gardaient toute leur beauté sous la lumière triste de cette froide journée.

— Maintenant, allons goûter ces fameux pancakes, conclut Rolf.

Dans le restaurant, décoré dans le style campagnard, ils s'assirent à une table recouverte d'une nappe à carreaux, et quelques minutes plus tard, une serveuse posait devant eux de grandes assiettes garnies d'épais pancakes.

— Jamais je ne pourrai manger tout ça ! s'exclama Sappha.

Rolf lui tendit le pot de sirop d'érable.

— Voyons au moins où se situent vos limites.

Il parlait avec le ton et les manières d'un gentil père de famille, pensa Sappha.

— Pourquoi me regardez-vous comme cela ? reprit-il.

— Pour rien, répondit-elle, confuse.

Rolf inclina la tête sur le côté.

— Vous êtes la plus mauvaise menteuse que j'ai jamais connue... De la bière Pilsener, commenta-t-il, remplissant les deux verres.

Sappha but une gorgée.

— C'est bon. Faites-vous souvent ce genre de sortie ?

— Non, pas souvent. Ce n'est pas vraiment le genre d'endroit où on a envie de venir seul.

— Mais vous ne sortez jamais seul !

— Vous faites allusion à mes amies, c'est cela ? Bien sûr, vous êtes persuadée que j'en ai des quantités, étant donné ma vie de débauche ! Pour votre information, j'ai une seule amie. Et malheureusement, il se trouve qu'elle est l'amie d'un autre homme.

Sappha posa sa fourchette. Son cœur battait presque douloureusement dans sa poitrine.

— Je suis sûr que vous voudriez connaître le nom de cette amie, continua Rolf.

— Oh, non, murmura Sappha d'une voix tremblante.

— Son nom est Sappha... J'ai pensé que vous aimeriez le savoir. Et j'aurai les mains liées tant qu'elle n'aura pas décidé qui elle choisit. Je préciserai simplement que cela ne fera aucune différence— je l'attendrai, s'il le faut, toute ma vie. J'ai une qualité que même elle doit me reconnaître : la patience.

Rolf consulta sa montre.

— Si vous avez terminé votre repas, nous pourrions aller voir le château. La visite commence à 13 heures.

Sappha effectua cette visite dans une sorte de brouillard, regardant sans les voir les meubles, les papiers peints, les parquets, les tableaux et divers objets d'art. Dans les cuisines, elle s'attarda, perdue dans ses pensées, devant un curieux séchoir à linge du XVIIe siècle — et s'aperçut soudain que le guide et les autres visiteurs étaient partis dans une pièce voisine. Il ne restait plus que Rolf qui la regardait, l'air amusé. Elle se lança alors dans des commentaires éperdus sur les fers à repasser anciens et les superbes casseroles en cuivre suspendues au mur.

— Vous n'avez pas peur de moi, tout de même ? l'interrompit soudain Rolf.

— Non !

— Alors, si je comprends bien, il y a quelque chose que vous n'arrivez pas à me dire. C'est cela ?

Comme ce serait facile de lui dire maintenant qu'elle l'aimait ! pensa Sappha, en proie à un brusque désarroi. Mais auparavant, il fallait qu'elle lui parle d'Andrew et c'était plutôt difficile, au milieu d'une cuisine médiévale où un groupe de touristes risquait d'entrer à tout moment. Rolf leva la main.

— Très bien, je peux attendre. Vous choisirez votre moment.

Pendant tout le reste de l'après-midi, il se montra charmant et agréable, et quand ils rentrèrent à la maison, Sappha se sentait de nouveau complètement détendue.

Le soir, plongée dans une agréable songerie uniquement centrée sur Rolf, elle s'assit devant la jolie coiffeuse ancienne de sa chambre pour se brosser les cheveux quand on frappa discrètement à la porte, et Antonia entra.

— J'espérais que vous ne dormiriez pas encore, Sappha... Je voudrais vous dire quelque chose. Vous ne devinerez jamais.

Avec un sourire rêveur, elle se jeta sur le lit.

— Andrew est ici, à Dokkum. Je suis sortie avec lui cet après-midi !

— Pourquoi est-il venu ? demanda Sappha, consternée. Votre mère — ou Rolf — sont-ils au courant ?

— En fait, je lui ai écrit pour lui demander de venir. Personne ne le sait à part vous. Je suis sûre que vous ne l'aimez plus, mais je ne le lui ai pas dit parce que je vous ai utilisée comme appât pour qu'il ait envie de venir... Enfin, nous avons passé un après-midi génial. Je pense qu'il m'aime beaucoup. Il dit qu'il n'a jamais connu de fille aussi jolie que moi. Je lui ai dit que j'aurai beaucoup d'argent quand j'aurai dix-huit ans...

Sappha la fixa, horrifiée.

— Tonia ! Vous n'avez pas fait ça !

— Mais si ! Il est merveilleux. Il m'a dit qu'il pourrait bien tomber amoureux d'une fille comme moi, et je pense que, si je voulais, je le mènerais par le bout du nez !

— Ecoute, Tonia, dit Sappha, faisant un effort pour rester calme. Nous sommes amies et je peux te tutoyer, n'est-ce pas ? Tu as seize ans... tu rencontreras beaucoup de garçons, puis des hommes, dans les années qui viennent. Andrew est beaucoup plus vieux que toi. Bien sûr, il te trouve très jolie — et tu l'es —, mais cela ne veut pas dire qu'il ait des intentions très sérieuses à ton égard.

— Si tu n'étais pas si gentille, je penserais que tu es jalouse.

Sappha préféra ignorer la remarque.

— Ecoute, tu dois absolument parler de cela avec ta mère ou avec Rolf. Il le faut !

Se levant, Antonia vint la prendre par les épaules.

— Bien sûr... Mais tu ne diras rien à Rolf, n'est-ce pas ?

— Non, je ne dirai rien.

Soufflant sur ses doigts, Antonia lui envoya un baiser puis s'enfuit.

Le premier réflexe de Sappha aurait été de tout raconter à Rolf sans attendre, mais c'était impossible — elle avait promis. De plus, il ne la croirait peut-être pas. Peut-être même penserait-il qu'elle utilisait Antonia comme une excuse à la visite inattendue d'Andrew... Quand elle se coucha, les pensées en tumulte, elle mit des heures à s'endormir.

9.

— Vous serez toute seule à table ce matin, annonça Mme Burns quand Sappha descendit dans la cuisine, le lendemain matin. Antonia a pris le petit déjeuner avec son frère et elle est partie plus tôt que d'habitude. Ça faisait longtemps que je ne les avais pas vus si gais, tous les deux. Si vous aviez vu comme ils riaient et plaisantaient...

Une terrible appréhension avait envahi Sappha qui affichait un air intéressé, mais en fait, n'écoutait plus vraiment. De toute évidence, Antonia n'avait pas parlé d'Andrew à Rolf...

Sia, arrivée à l'improviste juste avant le déjeuner, déclara son intention de rester pour le repas et de passer une heure ou deux ensuite avec sa mère. Sappha pourrait sortir un moment après le déjeuner, suggéra-t-elle. Celle-ci accepta volontiers la proposition. Il fallait agir au plus vite. Si Andrew séjournait à Dokkum, il logeait dans un des deux hôtels —probablement le Posthoorn. Il fallait qu'elle le voie pour le convaincre de rentrer à Londres.

Sûre d'avoir pris la bonne décision, elle enfila son imperméable et ses gants, noua une écharpe autour de son cou, puis quitta la maison pour se rendre à l'hôtel Posthoorn.

A l'aimable quinquagénaire installée à la réception, elle demanda si le Dr Glover était là.

— Le Dr Glover ? Il est parti très tôt ce matin pour Leeuwarden.

Sappha dissimula à grand-peine sa consternation. Cela signifiait sûrement qu'Andrew avait emmené Antonia à Leeuwarden, et même si l'adolescente s'était rendue au lycée, il avait pu la rejoindre pendant la pause du déjeuner.

En sortant de l'hôtel, elle frissonna car il faisait froid et humide. Elle hâta le pas et, machinalement, se dirigea vers le musée. Cet endroit lui plaisait beaucoup ; elle y était déjà venue deux fois depuis son arrivée à Dokkum.

Au premier étage étaient exposés de superbes bijoux et Sappha flâna dans les salles silencieuses, essayant de déchiffrer les noms des objets exposés, sans toutefois cesser de penser à Rolf. Soudain, un murmure de voix venu du rez-de-chaussée lui parvint. Elle fronça les sourcils. Apparemment, sa tranquillité allait être troublée...

— Bonjour ! fit la voix de Rolf. J'aurais dû commencer par ici au lieu de vous chercher dans toutes les boutiques de la ville puis au Posthoorn.

Sappha se sentit pâlir — mais bien sûr, il ne pouvait pas être au courant pour Andrew.

— Bonjour. Je croyais que vous travailliez, dit-elle faiblement.

— J'ai pris mon après-midi. A quoi servirait d'avoir un excellent chef de clinique s'il ne pouvait pas me remplacer à l'occasion ?

Foulant le parquet qui craquait, il s'avança et scruta Sappha avec attention.

— Que regardez-vous ?

— J'aime ces objets précieux..., répondit-elle, nerveuse. Le problème, c'est que je ne sais pas de quoi il s'agit. J'arrive parfois à deviner, mais pas pour ceci.

Elle désignait une petite boîte en argent gravé dont l'intérieur était garni de velours et de forme oblongue.

A son grand étonnement, Rolf s'esclaffa.

— Qu'y a-t-il de si drôle ? demanda-t-elle, agacée.

— Ah, ce n'est pas drôle... Je dirais plutôt que c'est approprié à la situation. Il s'agit d'un écrin de fiançailles. Autrefois, les jeunes Frisons emportaient avec eux une boîte de ce genre pour faire la cour, et quand ils demandaient une jeune fille en mariage, ils le remettaient à l'élue de leur cœur ; l'écrin contenait un anneau de fiançailles.

— C'est charmant, mais en quoi est-ce approprié à la situation ?

Rolf la prit par la taille.

— Parce que si j'avais une boîte comme celle-là, je vous l'offrirais, répondit-il, accompagnant ces mots d'un sourire qui la bouleversa. Je vous donne ceci à la place.

Et il l'embrassa, d'abord doucement, puis avec une fougue qui la laissa pantelante. Soudain, il s'écarta car des pas résonnaient dans l'escalier. L'instant d'après, un couple de touristes faisait son entrée dans la salle.

— Venez, dit-il.

La Rolls était garée en face du musée. Rolf mit le moteur en marche.

— Nous allons traverser la ville car il faut que je passe à mon bureau, dit-il.

Ils allaient donc passer devant l'hôtel Posthoorn ! Sappha s'assombrit, sûre que la voiture d'Andrew serait garée devant l'hôtel.

C'était bien le cas. Et pire encore, Andrew était en train de descendre du véhicule. En le voyant, elle ne put réprimer un soupir horrifié qu'elle déguisa maladroitement en un accès de toux.

— Saviez-vous qu'Andrew Glover était ici ? demanda Rolf quand ils atteignirent le centre de la ville.

Sa voix, d'une politesse excessive, emplit Sappha d'un profond désarroi.

— Oui…

— Vous êtes passée à son hôtel cet après-midi, avant que je vous rejoigne, n'est-ce pas ?

— Oui. Je…

— Si vous le voulez bien, nous parlerons de cela plus tard.

Rolf arrêta la voiture devant le cabinet médical puis il ouvrit sa portière.

— Je n'en ai que pour une minute.

Sappha attendit, désespérée. Qu'allait-elle lui dire quand il reviendrait ? Elle allait attendre d'être rentrée à la maison. Antonia y serait, et si l'adolescente avouait ses frasques, Rolf saurait qu'elle-même n'avait pas revu Andrew !

Le court trajet du cabinet médical à la maison fut un cauchemar qui se poursuivit à la maison, car Mme Burns leur dit qu'Antonia, ayant pris froid, avait jugé prudent de s'aliter. Elle avait pris de l'aspirine et du jus de citron chaud et elle avait demandé qu'on ne la dérange pas.

Rolf gagna son bureau sans dire un mot, et Sappha monta pour mettre son uniforme. Elle aurait dû protester ou agir, mais elle se sentait étrangement vide et désemparée.

Sia se trouvait toujours avec sa mère, et voyant leurs regards inquisiteurs, Sappha se lança dans une description animée des bijoux du musée tout en préparant des médicaments.

— Est-ce que Rolf vous a trouvée ? demanda la baronne. Je lui ai indiqué tous les endroits où vous avez l'habitude de vous rendre.

— Oui, il m'a rejointe au musée, justement. Dois-je dire à votre fils que vous êtes prête à descendre, madame ?

— Sia s'en va. Elle va sûrement bavarder un instant avec son frère et elle le lui dira.

Après avoir embrassé sa mère, Sia adressa à Sappha un geste amical de la main puis sortit.

— Sappha, il y a quelque chose qui vous tracasse. Dites-moi de quoi il s'agit. Vous aviez l'air si heureuse..., reprit la baronne.

— Ce n'est rien... Un détail sans importance, répondit-elle avec une gaieté qui sonnait faux. J'ai une idée : que diriez-vous d'une promenade en voiture demain ? Vous pourriez rendre visite à des amis. Je vous couvrirais chaudement et je vous promets de conduire prudemment...

Elle s'interrompit car Rolf venait d'entrer. Pour éviter son regard, elle feignit de mettre de l'ordre dans le contenu du tiroir réservé aux médicaments.

Mais pendant le dîner, elle se demanda si elle n'avait pas imaginé cet horrible épisode au sujet d'Andrew, car le baron lui manifesta une franche cordialité.

Quand, enfin, elle eut mis la baronne au lit, elle sentit qu'elle ne pourrait pas dormir sans avoir parlé à Antonia. Elle frappa doucement à sa porte et, ne recevant aucune réponse, entra.

L'adolescente n'était pas là. Les vêtements qu'elle portait habituellement pour se rendre à l'école étaient jetés en désordre sur une chaise. La porte de son armoire était ouverte et Sappha vit immédiatement qu'il manquait une tenue —celle, toute neuve, que Rolf lui avait achetée quelques jours auparavant quand elle l'en avait supplié.

Sortant de la chambre, Sappha décida de descendre dans le salon. Si Rolf souhaitait lui parler, il la trouverait là.

A 11 heures, Mme Burns, entrant pour poser le gardefeu devant la cheminée, ouvrit des yeux étonnés.

— Que faites-vous là toute seule ? Mlle Tonia est couchée, la pauvre, et le baron est parti pour Leeuwarden ; il y a une grande réception chez le bourgmestre. Il ne rentrera pas avant 3 ou 4 heures du matin... Vous avez l'air épuisée. Allez donc au lit.

Il était inutile d'attendre davantage — Rolf ne voulait pas parler d'Andrew, songea Sappha en se levant. Il allait probablement se montrer distant et poli jusqu'à ce qu'elle quitte la maison — ce qui ne saurait tarder si cela dépendait de lui. De toute évidence, il pensait qu'elle s'était moquée de lui, mais il aurait quand même pu lui laisser une chance de s'expliquer.

Décidée à attendre le retour d'Antonia, elle s'assit près de la fenêtre, dans un fauteuil. Elle s'assoupit à plusieurs reprises, et il était presque 3 heures quand un bruit de moteur la tira de sa somnolence.

A travers le rideau de pluie qui tombait, elle vit la voiture d'Andrew franchir le portail et s'arrêter devant la porte. Sans réfléchir, elle quitta sa chambre, prit son parapluie dans le hall d'entrée, et descendit en courant les marches du perron. Antonia était en train de descendre de la voiture dont Sappha ne put distinguer les occupants dans l'obscurité. Vivement, elle saisit l'adolescente par la main, et l'abritant sous son parapluie, l'entraîna jusqu'à la maison.

Elle secoua le parapluie avant d'entrer à son tour dans le vestibule. Là, elle poussait doucement le dernier verrou quand, alertée par une sourde exclamation d'Antonia, elle se retourna et resta sans voix.

La porte du bureau était ouverte. Rolf, superbe dans un smoking noir, la regardait, négligemment appuyé contre le battant. Il avait dû rentrer pendant qu'elle sommeillait...

— Je vous dérange ? demanda-t-il d'un ton enjoué. Evidemment, vous me croyiez au lit.

Posément, il appuya sur l'interrupteur et alluma le grand plafonnier de cristal qui inonda l'entrée de lumière. Ensuite, il regarda sa montre puis Sappha. Son regard brillait de colère.

D'une main nerveuse, la jeune femme rejeta ses cheveux derrière ses oreilles. Ils étaient mouillés et sa robe aussi, alors que grâce au parapluie, Antonia n'avait pas reçu la moindre goutte d'eau.

Elle voulut parler avant que l'adolescente ne révèle toute cette déplorable affaire.

— C'est ma faute. Andrew...

— Ne prenez pas la peine d'inventer des excuses, l'interrompit Rolf. Je crois être un homme tolérant, vous faites peut-être ce que vous voulez de votre vie, mais vous comprendrez bien qu'entraîner Antonia dans vos... réjouissances nocturnes est intolérable !

Il s'approcha de sa sœur et passa un bras autour de ses épaules.

S'il pouvait la croire capable d'une pareille conduite après ce qui s'était passé au musée l'après-midi même, alors elle ne prendrait pas la peine de lui révéler la vérité. De toute manière, elle ne le pourrait pas à cause d'Antonia qui ressemblait à une enfant apeurée après avoir fait une bêtise. Au prix d'un effort surhumain, elle parvint à sourire.

— Je suis désolée, Tonia. Je n'aurais pas dû... C'est moi qui suis à blâmer, et moi seule.

Le regard de l'adolescente exprima une touchante gratitude, et elle murmura un timide « Bonne nuit » avant de monter l'escalier. Sappha allait la suivre quand la voix de Rolf l'arrêta.

— Vous avez bien quelques minutes ? Une brève conversation ne changera pas grand-chose, à cette heure de la nuit — ou plutôt, du matin.

Dans le bureau, Rolf alla s'installer dans son fauteuil sans l'inviter à s'asseoir. Le menton levé avec défi, elle attendit.

— Vous serez d'accord avec moi, n'est-ce pas, sur un point, dit-il, glacial. Il vaudrait mieux que vous quittiez cette maison aussi vite que possible.

Sappha jugea plus sage de ne pas protester. Contenant son désarroi, elle acquiesça, les yeux fixés sur le portrait d'un van Duyren accroché sur la cloison en face d'elle. A aucun prix elle ne présenterait des excuses pour sa conduite.

Rolf se leva.

— Vous n'aurez aucune difficulté pour voyager demain. J'imagine qu'Andrew sera ravi de vous emmener en voiture. Je serai absent pour la journée, mais je ferai le nécessaire pour qu'on vous paie ce qu'on vous doit avant que vous partiez... Je vous suis très reconnaissant pour les soins que vous avez donnés à ma mère. Vous êtes une bonne infirmière, et ma mère s'est attachée à vous. Je vous saurais gré de ne rien lui dire de tout ceci. Je m'arrangerai pour que vous receviez un télégramme d'ici à une heure, un message qui vous rappellera en Angleterre — disons à cause d'un problème de santé dans votre famille. Je suis sûr que vous saurez très bien comment agir...

Ainsi, il la considérait comme une experte en tromperie, pensa Sappha. L'envie de tout lui dire était si forte qu'elle faillit y céder.

— Cet après-midi, au musée, j'ai cru un instant..., reprit-il avec amertume. Bah ! Pour vous, cela ne signifiait rien, n'est-ce pas ? Vous vous amusiez, j'imagine.

Sans lui laisser le temps de répondre, il alla à la porte et tint le battant ouvert.

— Bonne nuit, docteur van Duyren, dit Sappha en passant devant lui.

— Pas bonne nuit, adieu.

Le lendemain matin, elle fut réveillée par Joke qui lui apportait son thé du matin. Sur le plateau, se trouvait comme prévu le télégramme de Rolf. A dessein, Sappha informa Joke que le message contenait de mauvaises nouvelles, sachant qu'elle les répandrait dans la maison.

Elle avait presque fini de s'habiller quand Antonia entra. Elle portait un peignoir ; sa pâleur et ses joues marbrées trahissaient un manque de sommeil. Quand elle vit la valise, elle vint se jeter en pleurant dans les bras de Sappha.

— Tu t'en vas ! Qu'est-ce que Rolf t'a dit ? Est-ce qu'il sait... ?

Sappha se dégagea doucement.

— Allons, allons... Tonia, tu n'as pas dormi ! Assieds-toi, je vais te raconter ce qui s'est passé.

Elle le fit, en commençant par le télégramme et en terminant par l'entretien avec Rolf dont elle gomma l'aspect humiliant.

— Il faut que je lui dise tout, décida Antonia. Rolf découvre toujours la vérité. Je me suis conduite comme une idiote.

— Non, tu ne le feras pas. Cela n'avancerait à rien. Si tu dis tout, Rolf, en plus d'être fâché, sera profondément peiné. Il t'aime beaucoup, tu le sais, et il considérera cette affaire comme un échec, parce qu'il a essayé de remplacer ton père, j'imagine... Mais dis-moi. Que s'est-il passé exactement ? Andrew a-t-il essayé... ?

Antonia eut un petit rire.

— Tu parles comme ma mère ! Non, il ne s'est rien passé. Nous nous sommes disputés, Andrew et moi, et il m'a traitée de petite sainte nitouche. Ça ne m'a pas plu. Tu l'aimais vraiment, dis ? Je ne vois pas ce que tu lui trouvais.

— Moi non plus, répondit Sappha, soulagée à l'idée qu'Antonia n'était plus amoureuse de lui.

— Je sais que Rolf était en colère contre toi. Sa voix était glaciale, comme toujours quand il est furieux. Je lui dirai que je t'ai laissée prendre toute la faute sur toi — j'avais tellement peur que je n'arrivais plus à réfléchir.

Sappha se leva, se sentant incapable de parler plus longtemps de Rolf.

— Il n'était pas en colère. Maintenant, je dois aller voir ta mère pour lui dire que je rentre en Angleterre. Tu devrais retourner te coucher et je demanderai qu'on te monte un plateau.

Sappha montra le télégramme à la baronne, son pouce dissimulant la date.

— Oh ! mon Dieu, vous êtes toute pâle... Et Rolf qui est parti très tôt ce matin..., dit la baronne, visiblement contrariée. Il m'a dit qu'il avait des examens à faire passer aux étudiants de première année ou quelque chose dans ce genre. Cela vous oblige à organiser votre retour toute seule... Avez-vous assez d'argent ? Prenez la voiture si vous en avez besoin. S'il vous faut quelque chose, vous n'avez qu'à demander. Voulez-vous que j'appelle Rolf, ou préférez-vous le faire vous-même ? Il va être terriblement déçu.

— Je... lui téléphonerai, si vous le voulez bien, répondit Sappha, prise au dépourvu.

— Je n'arrive pas à imaginer ma vie sans vous... Vous avez été comme une fille pour moi. Y a-t-il une possibilité que vous reveniez dans quelque temps ?

Emue, Sappha tapota la main de la baronne, et préféra mentir.

— C'est très probable... Je vous écrirai dès que je saurai ce qu'il en est.

— Bien sûr. Quelle égoïste je fais... Je vous parle de moi alors que vous êtes mortellement inquiète. Allez vite organiser votre voyage, Annie s'occupera de moi. Il faudra bien que je m'habitue à vivre sans vous, conclut la baronne, les yeux pleins de larmes.

Sappha se rendit à la gare. Non sans difficulté, elle trouva un train qui partirait en fin d'après-midi. Ensuite, elle prendrait le bateau. Rien ne pressait. Sans projet et sans travail, elle allait rentrer à Londres, et ensuite, elle chercherait un poste pour gagner sa vie et remplir le vide terrible qui l'attendait.

Après le déjeuner, qu'elle prit en compagnie d'une Antonia silencieuse, Joke entra avec une lettre. Sappha la lut, et son cœur battit la chamade car elle avait reconnu l'écriture de Rolf sur l'enveloppe. A l'intérieur, elle ne trouva qu'un chèque, qu'elle plia avec soin avant de le remettre dans l'enveloppe.

— Est-ce que mon frère est là, Joke ? demanda Antonia. Je ne l'ai pas entendu rentrer.

— Non, *Juffrouw.* Il m'a donné cette lettre avant de partir, ce matin, et il m'a demandé de la remettre à Mlle Devenish avant son départ.

Sur cette révélation, Joke sortit.

— Je ne comprends pas ! s'exclama Antonia. Rolf est parti avant que tu aies reçu le télégramme, Sappha. Comment pouvait-il savoir ?... Il t'a demandé de partir ! Et il était furieux, n'est-ce pas ? Oui, c'est cela, je le sais. Il a monté toute cette histoire pour que maman ne sache rien. Je vais l'appeler tout de suite et je lui dirai...

— Ne t'avise pas de l'appeler !... Ecoute, Tonia, ce n'est pas si grave. De toute manière, je serais partie dans une semaine ou deux, et nous ne nous serions probablement jamais revues. Oublions tout, cela vaudra mieux. Personne n'a souffert en définitive.

Consciente que, si elle restait, elle ne pourrait retenir ses larmes, ce qui gâcherait tout, Sappha se leva.

— Je vais dire au revoir à tout le monde, parce que c'est presque l'heure de partir.

Elle avait pris congé de toute la maisonnée et Jan l'attendait près de la voiture quand Antonia la rejoignit.

— Je suis encore plus stupide que je ne l'aurais cru. Je n'ai rien vu ! Tu aimes Rolf, n'est-ce pas ? dit-elle, triste et honteuse.

Sappha détourna le regard. Au bout du jardin, on entrevoyait au-dessus du mur l'eau grise du canal. C'était dommage qu'elle ne se soit pas noyée le jour où elle avait trouvé Chut, pensa-t-elle, le cœur brisé, en caressant les oreilles du chiot, blotti contre la poitrine d'Antonia.

— Oui, Tonia. Mais il ne faut pas que cela te tracasse. La vie ne va pas toujours comme on le voudrait, tu sais. Il se produit des choses inattendues…

Elle déposa un baiser sur la joue de la jeune fille.

— Au revoir. Je ne t'écrirai pas, et tu ne devras pas m'écrire car je ne crois pas que Rolf serait d'accord.

Elle monta dans la voiture et agita la main en direction de la baronne, assise derrière la vitre du salon. Elle voulut adresser aussi un signe de la main à Antonia, mais celle-ci était déjà rentrée.

Au Posthoorn, dans la salle à manger vide, Sappha commanda un café, car elle devrait attendre une heure au moins.

Dix minutes avaient passé quand la porte de la salle à manger, ouverte à la volée, livra passage à l'air froid du dehors — et à Rolf visiblement furieux.

Sappha leva vers lui ses yeux brillant de larmes. Retenant ses sanglots, elle résolut de livrer bataille. Elle n'avait plus rien à lui dire et il n'obtiendrait pas d'excuses de sa part.

— Où allez-vous ? Pourquoi êtes-vous venue ici, et où est Glover ? demanda-t-il d'une voix tonitruante.

— Ne criez pas.

— Je ne crie pas, martela, encore plus fort, Rolf. Et j'exige que vous répondiez à mes questions.

— Vous n'obtiendrez aucune réponse. Vous arrivez ici comme un ouragan et vous hurlez d'une manière insupportable !

— J'attends.

— Je rentre chez moi ! dit Sappha, exaspérée. Vous m'avez ordonné de partir — l'auriez-vous oublié ? Je n'ai pas vu Andrew. Si je suis ici, c'est pour attendre mon train parce que je ne veux pas passer un instant de plus dans votre maison.

Malgré ses résolutions, elle fondit en larmes. Rolf s'avança pour lui tendre un grand mouchoir blanc immaculé qu'elle lui arracha des mains avant de s'essuyer les yeux d'un geste rageur.

— Je ne veux plus vous revoir ! Jamais !Vous ne me faites pas confiance.

— Ai-je dit que je ne vous faisais pas confiance ? demanda Rolf d'une voix douce.

— Vous avez cru que je voyais encore Andrew et vous m'avez même conseillé de rentrer en Angleterre avec lui.

— Que pouvais-je dire d'autre ? demanda Rolf, amer. Je ne suis qu'un homme et j'ai mauvais caractère, c'est vrai. Mais un moment, vous fondiez dans mes bras, et cinq minutes plus tard, j'apprenais que vous étiez allée voir Glover.

Exaspérée, Sappha se leva et repoussa sa chaise comme pour mettre un obstacle entre eux.

— Je m'en vais, dit-elle en se dirigeant vers la porte.

— Antonia m'a appelé, Sappha. Je réglerai les choses avec elle plus tard, mais il fallait d'abord que je vous voie parce que je ne comprends pas. Pourquoi ne m'avez-vous pas détrompé ? Pourquoi m'avez-vous laissé imaginer que vous et Glover...

— J'ai essayé, répondit-elle sans se retourner, mais vous ne m'avez laissé aucune chance de vous parler, et de toute façon, je ne voulais pas trahir Tonia. Croyez-vous que ce soit facile de vous parler ? Vous êtes... Vous êtes si...

Les mots lui manquèrent. Au bord des larmes de nouveau, elle sortit de la salle à manger et referma doucement la porte avant d'affronter la neige, et le vent froid qui soufflait en bourrasques. Où se réfugier ? Le seul endroit qui lui paraissait convenir était le musée. Il y ferait chaud, et il ne fermerait pas avant 17 heures.

Au premier étage, elle se dirigea tout droit vers la vitrine qui contenait le petit écrin en argent ciselé. La dernière fois qu'elle l'avait vu, vingt-quatre heures plus tôt, elle nageait dans le bonheur...

Il fallait qu'elle se construise une nouvelle vie, maintenant. Glissant la main dans sa poche, elle sentit sous ses doigts la fine étoffe du mouchoir brodé de Rolf. C'était tout ce qui lui restait...

Des pas dans l'escalier la tirèrent de ses sombres pensées — et elle sut que c'était Rolf. Se retournant, elle le vit s'avancer dans sa direction.

— Je savais que tu serais là, ma chérie... Non, ne dis rien. Pas maintenant. Rien de ce que nous pouvons dire ne changera le fait que je t'aime de toute mon âme, et je crois que tu m'aimes aussi.

Il referma ses bras autour d'elle et embrassa ses lèvres, puis ses joues, de nouveau ses lèvres. Puis il sortit quelque chose de sa poche : un petit écrin d'argent finement gravé, qu'il lui glissa dans la main.

— Ouvre-le, mon amour.

A l'intérieur, elle découvrit, bouleversée, une bague de style ancien en diamant et rubis. Rolf l'embrassa de nouveau.

— La bague était dans ma poche depuis plusieurs semaines, mais l'écrin, je l'ai acheté ce matin. C'était la meilleure manière de te dire combien je regrette de t'avoir rendue malheureuse.

— Et si j'étais partie ? murmura Sappha, levant vers lui un regard brillant de larmes.

— Je serais venu te chercher à Londres.

— Même si j'avais été avec Andrew ?

— Même si tu avais été avec Andrew.

— Qu'aurais-tu fait ?

— J'aurais glissé la bague à ton doigt, bien sûr.

— S'il te plaît, fais-le, Rolf.

Le bijou scintillant à sa main, elle se haussa sur la pointe des pieds et embrassa avec passion l'homme qu'elle aimait de tout son cœur.

— Nous nous marierons à Dialach, dès que possible, ma chérie, parce que c'est là que nous nous sommes rencontrés.

— En cette saison ? Il faudra que je m'emmitoufle de la tête aux pieds dans de la fourrure blanche, plaisanta-t-elle.

— Accordé ! Tu auras tout ce que tu veux, mon amour, dit-il doucement.

D'un geste tendre, Sappha lui caressa la joue.

— Je ne veux que toi.

Collection Blanche

HARLEQUIN

PROCHAINS RENDEZ-VOUS LE

15 *décembre 2003*

POUR NOËL, POUR TOUTE LA VIE, de Caroline Anderson • N° 674
En ouvrant la porte de sa chambre à l'hôtel où il réside lors d'un congrès médical, le Dr Oliver Crawford découvre, stupéfait, qu'elle est déjà occupée… par Kate, sa femme, qui l'a quitté sans explications cinq ans auparavant…

UN GRAND PATRON AMOUREUX, de Lucy Clark
Séduit par Annie Beresford, sa chef de clinique, le Dr Hayden Robinson hésite. Une aventure avec sa consœur ne sera-t-elle pas source de complications ?

L'EX-FEMME DU DR DONOVAN, de Leah Martyn • N° 675
Lorsque le Dr Liam Donovan passe une annonce pour engager un autre médecin afin de le seconder, il reçoit une seule candidature : celle de son ex-femme dont il est divorcé depuis six ans…

SECONDE CHANCE POUR UNE INFIRMIÈRE, de Abigail Gordon
Fabia et Bryce ont traversé la même épreuve : leurs conjoints respectifs se sont tués dans un accident de voiture alors qu'ils s'enfuyaient ensemble. La tragédie, au lieu de les rapprocher, a creusé un fossé entre eux. Pourront-ils le combler aujourd'hui, alors qu'ils se retrouvent par hasard ?

L'ORGUEIL DU DR HART, de Maggie Kingsley • N° 676
Revoir David Hart à l'hôpital de Belfield est un choc pour Rachel Dunwoody, d'autant qu'il a toujours le même pouvoir sur elle. Mais comment croire qu'il serait capable maintenant de faire le sacrifice de son indépendance et de sa liberté pour elle ?

UN ASSOCIÉ TROP PARFAIT, de Margaret O'Neill
Alors qu'elle travaille avec Rory North au cabinet médical de Midchester, Karen en vient à douter qu'il est ce monstre avide de pouvoir et d'argent décrit par Jonathan, son fiancé. Mais pour quelle raison ce dernier lui mentirait-il ?

UN CAS COMPLIQUÉ, de Jennifer Taylor • N° 677
Ouvrir son propre cabinet médical est l'objectif de Julia Lewis, et rien ni personne ne la détournera de sa route. Pas même Matthew Fielding, si charmant, attentionné et drôle !

UN NOËL TRÈS SPÉCIAL, de Jessica Matthews
Noël n'est pas synonyme de joie pour Claire Westin qui a perdu son mari, deux ans auparavant, à la même époque. Comment Alex Ridgeway, son confrère et meilleur ami, peut-il à ce point manquer de cœur et l'accuser de se complaire dans son chagrin ?

BEST SELLERS

Les Best-Sellers Harlequin, c'est la promesse d'une lecture intense : romans policiers, thrillers médicaux, drames psychologiques, sagas, ce programme est riche d'émotions.

Ne manquez pas, ce mois-ci :

La nuit masquée, *de Heather Graham • N° 183*
Venue célébrer la Saint-Patrick chez ses parents à Boston, Moira Kelly est très vite le témoin d'étranges agissements dans le pub de son père. Son frère Patrick, Danny son amour de jeunesse, Michael son nouveau petit ami, tous disparaissent tour à tour sous des prétextes fallacieux. Puis, tandis qu'on parle d'un tueur en série dans la ville, un habitué du pub est assassiné. En proie à une totale confusion, Moira découvre qu'en réalité, un complot se trame au cœur même de l'établissement de son père, ourdi par un groupe terroriste irlandais. Mais qui, de ses proches, y est impliqué ? Difficile à dire, quand la famille et les amis sont brusquement devenus étrangers. Pire, suspects…

Le passé à fleur de peau, *de Mary Alice Monroe • N° 184*
Quinze ans plus tôt, Cara Rutledge a quitté le vieux Charleston pour aller s'installer plus au Nord, à Chicago. Mais voilà, à quarante ans, le bilan n'est pas brillant : sa carrière et son indépendance lui laissent un goût amer. Au moment où elle fait ce triste constat, sa mère, qu'elle n'a pas vue depuis des années, lui écrit une lettre énigmatique, où elle l'invite à Primrose Cottage. Cara prend le risque de retourner dans la maison de son enfance. De renouer avec sa mère. Comme si soudain le temps leur était compté…
Mais à quoi pourra bien ressembler ce retour aux sources ?

Intimes confidences, *de Charlotte Vale Allen • N° 185*
Grace Loring n'est pas mariée depuis longtemps quand survient le drame. Des violences conjugales suivies de réconciliations de plus en plus fragiles. Refusant d'être une victime impuissante, Grace va se réfugier avec sa petite fille dans le Vermont. Elle y écrit un livre inspiré de son expérience, qui devient vite un best-seller. Son site Internet est bientôt visité par des centaines de victimes en quête de conseils, dont l'une la touche particulièrement : Stephanie Baine. Mais cette mystérieuse correspondante est-elle bien celle qu'elle prétend être ?

Virus sur ordonnance, *de Gwen Hunter • N° 186*
Médecin aux urgences dans une petite ville de Caroline du Sud, le Dr Rhea Lynch est soudain confrontée à un cas inédit : un couple — lui blanc, elle asiatique —, torturé et battu jusqu'au sang, meurt peu après d'une infection pulmonaire. Une infection galopante dont Rhea circonscrit la nature, à mesure que d'autres cas semblables sont admis dans son service. Horrifiée, elle craint qu'une épidémie menace la ville, et devine bientôt derrière le virus meurtrier les manipulations d'un groupe raciste extrémiste. Désormais, dans cette lutte contre la mort où Rhea tente de rassembler les pièces du puzzle, chaque seconde compte…

L'insoumise, *de Emma Darcy • N°86 - réédition*
Rien ne semble pouvoir arrêter Tamara Vandelier dans sa course à la vengeance. A l'heure où sa mère, mourante, prépare sa succession à la tête des vignobles familiaux, elle ne songe qu'à contrarier les plans de celle qui lui a toujours tout refusé, y compris l'amour maternel. Se venger. Dût-elle pour cela séduire l'homme dont sa mère l'a autrefois séparée, et à qui elle réserve un rôle majeur dans son scénario diabolique. Hélas, en exacerbant les passions et les ambitions de toute sa famille, Tamara aura un prix à payer...

COMMANDE... COMMANDE... COMMANDE...

Ces volumes sont disponibles auprès du Service Lectrices dans la limite des stocks. Si vous souhaitez commander certains titres, cochez les livres choisis et indiquez vos coordonnées dans le bon de commande ci-joint.

Chaque volume est vendu au prix de 4,85 €, auquel s'ajoutent 2,05 € par colis pour la participation aux frais de port et d'emballage.

N'envoyez pas d'argent aujourd'hui, une facture accompagnera votre colis.

Renvoyez ce bon à : Service Lectrices HARLEQUIN
CÉDAP / BP 77 - 94232 CACHAN CEDEX.

Mme ❒ Mlle ❒ Si abonnée, n° : └┘ └┴┴┴┴┴┴┘

NOM ______________________________

Prénom ______________________________

Adresse ______________________________

Code Postal └┴┴┴┴┘ Ville ______________________

______________________ Tél. : └┴┘└┴┘└┴┘└┴┘└┴┘

Date d'anniversaire └┴┘└┴┘└┴┴┴┘

Signature indispensable

Le **Service Lectrices** est à votre écoute au **01.45.82.47.47**
du lundi au jeudi de 9h à 17h et le vendredi de 9h à 15h.

Conformément à la loi Informatique et Libertés du 6 janvier 1978, vous disposez d'un droit d'accès et de rectification aux données personnelles vous concernant. Vos réponses sont indispensables pour mieux vous servir. Par notre intermédiaire, vous pouvez être amené à recevoir des propositions d'autres entreprises. Si vous ne le souhaitez pas, il vous suffit de nous écrire en nous indiquant vos nom, prénom, adresse et si possible votre référence client. Vous recevrez votre commande environ 20 jours après réception de ce bon.

Offre réservée à la France métropolitaine et soumise à acceptation.

Composé et édité
PAR LES ÉDITIONS HARLEQUIN
Achevé d'imprimer en octobre 2003

BUSSIÈRE
GROUPE CPI

à Saint-Amand-Montrond (Cher)
Dépôt légal : novembre 2003
N° d'imprimeur : 36063 — N° d'éditeur : 10206

Imprimé en France